林朵朵职场奋斗记

青 妍 作品

时事出版社

目　录

“相比同类产品，你们觉得自己的产品具备哪些优越性？请简单扼要地说说。”

朵朵从包里拿出一截铝合金料头从容不迫地道：“我们具备同类产品目前尚没有的一个优势，这是我们师傅最新研制出来的45度接角的门扇，它要比90度接角的门扇承重力强，而且更为美观。”

第二天，朵朵刚到办公室就接到Kevin公司打来的贺电，有那么一秒她觉得自己大脑处于缺氧状态，她几乎不敢相信自己的耳朵，没想到心心念念惦记了大半年的单终于砸在了她头上。

Kevin临上飞机前对朵朵说：“希望我再来中国时雅阁已成为顶尖的门窗公司。”

“谢谢，祝一路平安！”

飞机起飞后，朵朵仰头望着天空，晚霞飘在空中宛如一条条彩练，摇曳多姿，又如朵朵绽开的玫瑰，姹紫嫣红……

序：职场就是一个江湖

□ 李晓敏

如果江湖可以分很多种，职场应该就是最大的江湖。

浮燥的大都市，淡薄的人情，老板、职员、客户、同事、对手……这些名词或者说是角色重叠又相互纠结。职场里的人们在面对流光溢彩的物质、利益时候，演绎的正是不折不扣的“刀光剑影”。这是大自然的生存法则，是江湖规矩。于是，有人被斩落下马，有人绝地逢生，有人险招求胜，也有人封刀退隐。

当然，封刀退隐的人是败者，是江湖的过客。

职场江湖，比拼的不仅仅是功夫，更主要的是谋略、勤奋、胆识以及智慧。

这个江湖是公平的，又是不公平的。这里不分男女，只要你功力高强、修为深厚、品德高洁、会隐忍、够坚强、算厚道、从容不迫、落叶飞花，就能笑傲江湖。

就像小说的主人公林朵朵。

林朵朵，一个平凡而又执着的女子，她没有国色天香的容貌，也没有冰雪聪明的头脑，她只是一个普普通通的女销售。在这个职场江湖里，她是一个彻底的新人，武艺平平，毫不出色，甚至没有一点儿业绩来支撑她的尊严，金融危机引发的裁员风暴更是使她陷入了恐慌与自危中。

然而，勤奋、不放弃、不服输，最终让屡败屡战的林朵朵一路披荆斩棘、破茧而出。

职场江湖里，人人都有一个假想敌，或者是老板，或者是同事。林朵朵的假想敌叫白媚，这个女子能干又精明，她就是现代版的周芷若，而林朵朵就是小龙女，苦极一生，最后守得云开见日。但当这个假想敌决定离开公司时，林朵朵没有任何喜悦反而是失落。作者针对方面的描述及设置很精准，也符合现代职场人的心理，更加贴切生活，同时也不失戏剧性。

另外，小说中实用性极强的“职场计谋”及实战手段，对于整个销售行业甚至是职场江湖都具有很强的指导意义。由此我们也不难看出作者青妍娴熟、老练的职场经历。

作者青妍长期任职于深圳一家大型公司的人事主管，且担任过销售方面的重要职位，她有着敏锐的洞察力及职场应变能力。在具备职业成功女性一切素质的同时，她还有着作家内心的柔软和犀利。因此，她的文字是穿透纸背的，是穿透人心的，你看故事里那一个个巧夺天工的职场阴谋，那一幕幕没有刀光剑影的惊心较量，一个个生动亲切如自我的江湖刀客，写尽了江湖的险恶，写尽了职场江湖里讳莫如深的职场人际关系、尔虞我诈的职场政治斗争、酸甜苦辣的百般情感。自私贪婪、悲观绝望、不屈不挠……人性淋漓尽致地呼之欲出。

是的，她写尽了江湖刀客们的眼泪和欢笑。

小说里的人物，如同你我。

很多时候，职场江湖的生活及精神状态是极度相似的，就像：当清晨的第一缕阳光在城市的上空升起，我们穿过钢铁丛林，行色匆匆地开始工作。大街上，怎么有那么多充满着轻碎却又慌张的脚步？这种脚步声是何等的相似啊！

作者青妍笔下的职场江湖，从某种意义上，除去置身其中的亲切和共鸣，除去职场江湖的实战宝典，除去心灵拂过的温暖，她更想表达的是一种人文关怀。

也许，这才是该小说的目的所在。

《遍地狼烟》作者：李晓敏

引　子

朵朵对销售常识一无所知，

决定来“早禾”应聘才临时抱佛脚在网上搜罗了大堆资料恶补，

凭借随机应变的小聪明和一点运气居然过五关斩六将，

成功杀进该公司，

成为销售部门的一名职员。

湖南女子林朵朵二十七岁这年终于把自己给嫁了，蜜月旅行一结束，她就马不停蹄地投入到火热的求职中。在深圳这座寸秒寸金的国际大都市，女职员嫁人的风险就是你将丢掉年薪十万的工作和一个升职的机会。因为婚后接踵而来的便是产假，没有几家企业会愿意给你保留职位，那些高高在上的老总们时常挂在嘴上恐吓下属的口头禅——

21世纪最不缺的就是人才！

林朵朵虽说“高龄”二十七，但因其长相甜美，加之善于装扮自己，看上去仿若二十三四的模样！朵朵进“早禾”前在一家物流公司任职，对销售常识一无所知。决定来“早禾”应聘才临时抱佛脚在网上搜罗了大堆资料恶补，凭借随机应变的小聪明和一点运气居然过五关斩六将，成功杀进该公司，成为销售部门的一名职员。

朵朵被分在主管白媚手下，媚是销售部的一名精英骨干，朵朵第一天上班她就笑眯眯地说：“林朵朵，挺有趣的名字，以后我就叫你朵朵，你叫我阿媚吧！”

白媚二十五岁，江西人氏，姿色中等，属于丢在人群中一眼找不出的那种，但她的笑容却比三月里的春风还要和煦，柔柔滑滑宛如丝绒一般，看去相当有亲和力！

朵朵对她第一印象非常好，暗自庆幸自己在即将踏上的销售路上遇到了好的领路人，心里瞬间开满了小花。

“阿媚，我去帮你倒杯咖啡吧。”白媚不置可否地笑了笑，朵朵拿起她放在电脑桌上印有卡通公仔的口杯，跟在销售部一位女孩身后去了茶水房。

“嗨，你以前做过销售吗？”到了茶水房那女孩问朵朵，阳光透过玻璃窗照得她脸上的雀斑如雨后春笋般欣欣向荣。

“做过，但铝合金门窗这块不太懂，经理让我先跟着白媚学学再单飞。”朵朵气定神闲地撒着谎。在职场逢人但说三分真话是前辈们经过千锤百炼总结出的生存法宝，以朵朵的“高龄”又岂能不知这浅显的道理！

“哦，做过就好，否则只能像我一样乖乖滚蛋！”雀斑女孩眼里飘过一丝失望，她对朵朵做过销售不会和自己一样即将被 fire 感到胸闷，临死也希望能拉个伴儿似乎是许多人的通病。

女孩轻轻叹了口气，随即恶毒地恐吓朵朵，企图让朵朵的心情和她一样灰败，她撇撇嘴角说：“别以为打入这家公司就可以高枕无忧，这家公司的老总和所有员工都极其变态，不要天真地幻想有谁肯教给你什么实质性的东西！我进销售部快两个月了，业绩为零，当真是赤条条来赤条条去，狗屁也没学到一点！”

“慢慢来，别泄气！”朵朵容色平和地瞄了她一眼，心里却弥漫起一层浅浅的阴霾。

“切，没有业绩待在这等着被人扫地出门的滋味……算了，不说了，今天是星期一，等到了黑色星期五你就会知道什么是人间地狱了。”雀斑女孩屁股一扭便走了。

黑色星期五？人间地狱？

朵朵边走边玩味着雀斑女孩说的话，按说星期五应该是黎明前的曙光，因为紧接着便是快乐的双休日，为什么会是黑色星期五呢？

第一章　虚心请教

要想出去跑单必须先熟悉和掌握公司产品的各项性能与价格，
朵朵对图册尾页上拍的那些铝合金料头一窍不通，
见白娟在噼里啪啦地打字，
她决定等她忙过这阵再开口请教！

销售部里电话此起彼伏地交错响起，不过去茶水房倒杯咖啡的工夫，朵朵再回到销售部就发现大家似乎都忙得飞了起来，有的同事跑进跑出忙着复印文件或传真，有的在和客户约定见面的地点和时间，还有的在哼哼唧唧和客户打着太极。

白媚偏头夹着话筒，一边和客户说话一边两手不停地在一堆资料里翻找着什么。朵朵因对公司生产的铝合金门窗没什么概念，怕越帮越忙，所以只好暂时袖手旁观，将咖啡轻轻放在白媚桌上。

“谢谢!”白媚百忙中匆匆抬眸瞟她一眼，绽放了一个大大的笑颜。

回到自己那方玻璃隔间里，朵朵明眸慢转悄悄打量着四周。销售部正面那堵墙上贴着灰色横条磨砂墙纸，墙面正中嵌着一块薄薄的泛着冷光能照见人影的黑色大理石，上面粘着“早禾门窗”四个大大的水晶字和一串小小的英文字母，整体布局看上去简约而大气。

临街是面巨大的落地窗，室外八月骄阳似火，室内习习凉风流动，同事们一个个忙得热火朝天，朵朵满意而笑，她喜欢这种一派蓬勃生机的工作氛围，连带着觉得自己的个人价值也得到了提升！当她目光掠过先前那位雀斑女孩时，才发现唯独她无所事事，像只午后蜷缩在屋顶晒着阳光的懒猫，焉头耷脑的。大家都在忙碌唯她清闲，这就是她的个人问题了!

而且这女孩和自己初次见面，上至老总、下至员工就通通抱怨一气，朵朵嘴角微微上翘，心里已将这女孩归结为不思进取、EQ低、爱传播谣言的人。雀斑女孩在茶水房带给她的丝丝疑惑被室内凉风吹得烟消云散了。

朵朵瞟了一眼坐在自己旁边的白媚，她还在接电话，脸上挂着灿烂的笑容在和客户进行沟通，解说的那些专业术语听得朵朵云里雾里，仿若外星语一般。朵朵觉得白媚的笑比春光更明媚，这应该是个热情爽朗的女孩，不像心机深重的人，朵朵凭着主观印象对她下了定义!

随后朵朵拿起了摆放在桌上的一本公司图册认真地看了起来。

早禾门窗————

国内顶级品牌，高档门窗典范。

图册首页印着醒目的广告语，翻开第一页写着公司简介：早禾门窗是一家集研究开发、生产制造、销售及售后服务于一体的企业，产品畅销全国各地及全球许多国家和地区。

早在上世纪末开始，门窗的定义就绝非只是透光遮雨那么简单！现代科技的发达，生活艺术的提高，都已全面延伸并融合到门窗的设计上。

早禾门窗，一个诠译着全新意义的顶级品牌，凝聚着无限的创意、灵感，洋溢着完美、和谐、高贵、优雅的生活气息……

这些广告语朵朵来应聘前就在网上看过，倒是图册中拍摄的那些工程实例图引起了她的兴趣，特别是在一些客户家中拍下来的图片。窗外是小区风景，窗内是现代化的高档家私，在蓝天白云的映衬下，简简单单的铝合金推拉门窗看去仿佛被赋予了生命般，在静止中与园中花草树木倾心交流着生活的美好!

合上图册，朵朵发觉不知何时办公室的人少了一大半，估计是出去跑业务了。朵朵也想去，因为这家公司给销售员的提成最高达 10 个点，从进这家公司起，10 个点的提成就极大刺激着朵朵的神经!

可要想出去跑单必须先熟悉和掌握公司产品的各项性能与价格，朵朵对图册尾页上拍的那些铝合金料头一窍不通，见白媚在噼里啪啦地打字，朵朵决定等她忙过这阵再开口请教!

他奶奶的！午饭时，坐在餐厅里朵朵暗暗咒骂自己结婚结傻了。一个职场老将的 EQ 竟溺死在一小姑娘的笑窝里，想她林朵朵远离硝烟弥漫的职场不过短短两月，EQ 仿佛就沦为了负数。

整整一上午白媚不管忙与不忙都没再正眼瞧过她，话也没一句，似乎完全忘了这世上还有个林朵朵。当朵朵装出虚心好学的样子向她请教时，白媚却笑着说："这些其实很简单，以后我和客户谈单你在边上多听听自然就懂了!"

呸，说的什么屁话！既然简单你说说难道会闪了舌头？这丫头不容小窥，俗话说教会徒弟饿死师傅，她是怕自己翅膀硬了后对她造成威胁，有意对自己藏奸呢！这丫头可不是一般的阴。

不行，得披挂上阵拿下白媚，一定要撕开她的防线，撬出自己想要的东西，EQ 只有在不断的斗争中才能成长！餐厅在朵朵眼前旋转成了炮火连天的战场，那些摇旗呐喊浴血奋战的千军万马在她眼底漫卷而起，双眸瞬间燃成一片红色枫林。

“阿媚，不好意思，打扰一下，你看我能帮你做点什么吗？你这忙着而我却在边上游手好闲……”用过餐回到办公室，朵朵对白媚刚说了几句，随即意识到不妥，立马打住，因为话里有影射之意，这EQ果然降得厉害。可说出去的话如泼出去的水，朵朵唯有暗暗祈祷白媚没听进去忽略掉她方才说的话。

“谢谢！我不忙！”白媚将视线从电脑桌面上移开，扬起一张纯洁无瑕的笑脸，眸中干净透明如一池清泉。

“呵呵，既然不忙，那我占用你一点点时间行吗？”一点再一点，然后就是无数点，朵朵心里暗暗得意，不等白媚表态，她手臂一伸从自己桌上拿过那本图册翻到尾页，指着上面的料头说：“我对这些60、80等系列的概念有些模糊，麻烦你说说好吗？多谢了！”

“呃……你先别急。”白媚稍愣了会儿，随即笑道：“我听经理说你是跑过销售的，既然懂得销售，上起手来就很快，铝合金不代表它就有多么高深的含金量，我一说你就能明白，只是我现在赶着做上月的分析与本月销售计划表，改天抽个空我好好给你说说吧！”

“那你先忙着，等你有空了我再请教！”人家话说到这份上，朵朵只得灰头土脸地败下阵来。

朵朵心不在焉地翻着图册，越想越呕，心底燃起一股无名火，不就是让你给说说吗？说了你家房子是会被蚯蚓拱翻还是会被蚂蚁搬走？她斜眸偷偷瞪着白媚，如果目光可以射出刺来的话，白媚已经是团仙人球了。

叫什么白媚？干脆改名叫白蛇精好了。

第二章　败兴而归

白媚周围似乎环绕着一圈十厘米厚的真空地带，
让朵朵无法靠近半步！
上班头一天，
她的收获就是对公司有了个大致的了解，
公司共有八大部门，
而销售部是最大、
职员最多的一个部门，
公司全体职员的福利薪金都要从销售部职员的业绩中出来。

将近黄昏时分，大幅的落日余晖从车窗外漫进来，洋洋洒洒铺了朵朵一身。夕阳下，她看上去有些愁眉苦脸。

好吧，她老实坦白！先前说自己是职场老将含有很大水分，因为朵朵以前任职的单位其实是一家小型物流公司，连她在内总共就七八个职员，几乎没有什么升职空间，同事间也没多大的利益冲突，所以人际关系相对简单。

若论智商，朵朵和金庸大师笔下聪明伶俐的黄 MM 根本不具可比性，她不过是个偶尔会耍点小聪明、撒点小谎、玩点小手腕的普通女人而已。充其量朵朵最大的本领也就是欺压欺压家中婆婆，时常把肥胖的高老太气得捶胸顿足、七窍生烟。

下午她接连又使了几手阴招，可都被白媚那天使般的笑容击得七零八落。白媚周围似乎环绕着一圈十厘米厚的真空地带，让她无法靠近半步。

上班头一天，朵朵的收获就是对公司有了个大致的了解，工厂设在关外，总部设在华强北最高的一幢写字楼里，共有八大部门：销售部、财务部、设计部、产品开发部、市场部、人事部、安装部及后勤部。而销售部是最大、职员最多的一个部门，公司全体职员的福利薪金都要从销售部职员的业绩中出来。

想到这，朵朵体内的血液不禁就有些沸腾，要是自己能成为销售部的悍将，这份成就感多多少少是令人陶醉的。可白媚那死丫头看来是打定主意不教自己一点武功了，这鬼公司也真够奇怪的，不说召集新人搞个培训，弄什么一带一，都是靠业绩吃饭提成的，谁会教谁呀？这家老总的脑子可真够秀逗！

唉，在白媚这条“白素贞”面前，朵朵觉得自己就是一条小蚯蚓，在潮湿阴暗的泥土里不停拱啊拱啊，不知何时才能拱出头来看到光明。

此时正值下班高峰段，公车就像七老八十的老太婆般走走停停，在经过无数红灯洗礼后终于晃晃悠悠到了站……

“回来了，婚后第一天上班感觉如何?”朵朵老公妹儿（朵朵给他取的别名）拿着一双拖鞋殷勤地迎上来。

妹儿大名郑明浩，虽身高八尺，却生得唇红齿白，在和朵朵的爱情长跑路上以任劳任怨、随叫随到、且如面团一般任由朵朵捏圆捏扁的好脾气而最终抱得美人归。

朵朵家婆最见不得儿子对媳妇散发的这股子绵劲，她瞄瞄弯腰换鞋的朵朵冲老伴呶呶嘴，对媳妇心安理得享受儿子的服务极为不满。若不是看在“女大三，抱金砖”的份上，高老太说啥也不接受比自己儿子大三岁的朵朵做媳妇。

“噢，舅妈回来了!”妹儿姐姐那刚满五岁的女儿嘟嘟，手里倒提着变形金钢从高老太卧室出来欢呼道:“开饭喽!”

“为了庆贺你正式上班，妈今天特地烧了一桌好菜。”妹儿拿下朵朵肩上的挎包笑道。

朵朵去厨房洗手顺便瞟了下满桌的菜，心下无良地暗哼，说的好听，全是你们家自己人爱吃的菜（尽管桌上有一道她爱吃的超辣宫爆鸡丁)。

朵朵家公是位退伍军人，祖籍上海，脾气火暴，平素不爱言语，就跟谁借他米还了糠似的，一天到晚拉着张脸。从部队转业后先是在广东做些小买卖，改革开放这些年一直在深圳开着出租车。

妹儿在一家 IT 公司任职，高老太家庭妇女爱碎嘴，妹儿性子随和，既不像爹也不像娘，不知随了谁?其姐郑明妍嫁的是位湖南人，婚后拖家带口一直在娘家白吃白喝，说是每月和朵朵夫妻一样象征性地上交 100 元生活费，可交没交鬼才知道（反正老头儿手上有俩小钱，不耗白不耗)!

“妈妈，你从良了没有?”嘟嘟坐在沙发上嘴里包着一口饭，一边扭着变形金刚一边瞪着给她喂饭的郑明妍，毫无预兆就突然冒出这么一句石破天惊的话。

电视里正播着一部古装剧，这是高老太每天这时必看的。电视上青楼里的老鸨两片嘴唇上下翻飞，对着一位哭哭啼啼的姑娘诲人不倦地道:“我的儿，这年头只有银子才对自己最亲，趁着年轻貌美京城里这些个王孙贵族看得上，咱多多的挣钱，日后人老珠黄，娘一定替你寻个老实巴交、心眼实在的人从良，包你生活如意!我儿休要啼哭……”

老鸨甩着一方丝帕，鼓着蛤蟆眼说得眉飞色舞，口水如倾缸暴雨般尽皆喷在那姑娘秀发上。

她在电视里说个不停，这一屋子人除了朵朵个个惊得目瞪口呆。郑明妍求助似的望向高老太，她实在不知该如何回答女儿这个问题，说从了吧，那你以前是什么身份？说没从吧，从良后生活如意你为什么不从？

历来自以为冰雪聪明、神机妙算、事事都爱逞能的事后诸葛亮高老太也傻了眼，和明妍大眼瞪着小眼！

朵朵白天在公司受的闷气被嘟嘟这充满童趣的问题给逗乐了，她搁下碗走过去拿起遥控器轻轻一按，笑着说："嘟嘟，你看咱们家里开着空调，屋里凉不凉快呀？"

"凉快！"嘟嘟眼珠一转，大声道："我知道了，咱们家都从良了！"

"扑……"妹儿和他姐夫一口饭差点喷了出来，就连一向严谨的郑老爷子嘴角也微微翘了起来。

不曾想一波刚平，一波又起，朵朵换台后电视上反复播着一家专治男性病医院的广告，一个声音大肆鼓吹着："本院专治早泄、少精……"

"妈妈，什么是早泄？"嘟嘟扬起粉嫩嫩的小脸。

呕血三升！

有人说爱问为什么的小孩长大后都是天才，因为充分证明这些小孩爱动脑，善于思考问题。可郑明妍怕是活不到嘟嘟成为天才的那一天了，因为她此时想一头撞在电视机上，一如杨家将里杨继业撞李陵碑一样，嗑死自个算了。

果然爱问为什么的孩子善于思考，这次不需别人解答，嘟嘟自己就自问自答了，"我知道了，早泄就是拉稀粑粑，憋不住，拉裤裆里了。"

朵朵听后碗一摞直奔洗手间，吐了个惊天动地、天塌地陷。

妹儿随后跟进去，轻拍着她背揶揄道："这么大反应，是不是有了？"

"有你妈个鸡毛掸子，滚一边去。"朵朵扭着妹儿耳朵发嗲。

这话好被紧跟着进厨房的高老太听到了，她极为不满，下巴都快垂到了地上。

第三章　婆媳过招

“我儿子堂堂男子汉，
你别一口一个妹儿的叫，
你再这么叫，
我就打电话给你爸妈，
让他们评评这个理！”

“这两片菜叶子还留着做什么?”高老太坐在餐桌旁，一边剔牙一边拿眼斜瞟着桌上的菜碗。朵朵捧着一叠碗正欲去厨房，闻言不由得愣了愣。因为高老太是那种哪怕有亿万身家也要将节俭进行到底的人，她常说浪费粮食会遭雷劈。平素碗里剩一片菜叶，只要她的胃还能勉强容下去，高老太就会毫不犹豫地把它扫进嘴里。实在撑了吃不下，她也不让倒，要留到下餐再吃。

朵朵不明白婆婆为何突然转性不怕雷劈了？她向来对洗碗有着切齿之恨，方才还动过念头要将这两片白菜叶分在两个碗里，巴不得少洗一个才好。

在这家里不用做家务的就三人，一是朵朵的公公，二是妹儿和嘟嘟。大半家务是高老太一手包揽，妹儿的姐夫和朵朵的公公一样，同属吝啬语言之人。但他在这家里舍得下力气干活，如老黄牛一般，双休日的早晚饭及一些体力活都是他的职责，朵朵和郑明妍则按周轮着洗碗。

高老太为先前朵朵那句“有你妈个鸡毛掸子”憋着气借题发挥，而朵朵因为突然多洗一个碗，再加上婆婆腔调阴阳怪气导致她心里极为不爽，她这一不高兴不光写在脸上，在行动上也表露无遗。

朵朵在厨房把各种声响弄得惊天动地，高老太坐在客厅先是忍着，及至听到厨房传来哗哗的流水声再也坐不住了。她拖着肥胖的身躯以一支利箭破空般的速度射向厨房，像一只被刀捅进喉咙的猪一样发出刺耳的尖叫：“你这砍刀的！把水开这么大做什么？不要你出钱是吧！现在水一吨五块五你知道不。”

她声音又尖又细，朵朵还来不及回招，紧跟着跑进来的郑明妍就向高老太开炮了。她两眼瞪着自己母亲道：“你就这张嘴讨人厌，水开大开小总得把水池接满水才能洗碗不是？连我家嘟嘟都嫌你，烦你爱唠叨。”

郑明妍因为怕朵朵反感自己一家赖在这混吃混喝，所以每当这对婆媳关系亮起红灯时总是坚决站在朵朵这边，时不时还送她一些比较贵重的小礼物。而高老太平常在外人面前是不肯吃一点亏的，别人若吼她一句，她会一蹦三尺高，惹急了还会扯着尖尖的嗓音，把人家祖宗十八代的女性挨个问候一遍才罢休。

可老伴或儿女只要一发飚，她的气焰立即就低到了尘埃里，高老太这会儿撇着嘴说："嘟嘟屁大的人还敢嫌老子，没有我这老太婆她能有这么享福，你一天到晚就只知道摸牌牌，哪里管过她?"说归说，但高老太的声音已明显低了八分贝，她嘴里碎碎念着去了客厅。

"朵朵，你别和我妈一般见识，她就这张嘴碎了点，人其实挺好的，嘟嘟早就念着饿了要吃饭，可我妈非等着你下班回来一块儿吃，她心里是很疼你的。"明妍压低嗓门道："对她来说，媳妇是自家人，女婿是外人，你看嘟嘟她爸，不管怎么卖力都讨不了她的欢心。"

"我姐说得对。"妹儿不知什么时候走了进来，他拍着朵朵肩膀笑道："我妈骂你砍刀的，那是把你当自己女儿才那么说，她骂嘟嘟都是小砍刀的，这是她对家人的习惯用语。"

朵朵当然不信高老太会把她当自己女儿看。和妹儿恋爱这几年她很少来婆婆家，所以婚前和高老太并没有什么矛盾。可婚后住一块这大小摩擦便不断，头一桩，高老太就看不惯她洗碗还带双手套；他俩度完蜜月回来的第一天，八点不到，高老太就在他们房门外扯嗓子："浩子，你还不起床，天上就是掉饼子你也捡不到，被别人捡起跑了啦。"

接连几天，高老太比北京时间还准，每天八点差一刻准时准点在他俩房门外鬼叫。后来朵朵她妈打电话来，朵朵把这事当成笑话讲给她妈听，谁料朵朵她妈当即就在电话里教导女儿："你这缺心眼的家伙，人家哪是叫自己儿子起床，她儿子就是睡到太阳落山，她也不会有意见，这是在叫你呢。"

原来如此!

事后，朵朵套妹儿的话，问他妈从前是不是每天都要这么叫魂。妹儿随口笑道："以前不叫，可能她觉得我成家了不应该再睡懒觉吧!"朵朵立刻就冲妹儿发飚了，为了息事宁人，妹儿自然在他妈面前说了一番好话，自此高老太才结束了每天清晨例行的叫魂。

朵朵被高老太刚才那一通吼，弄得恶向胆边生，正打算摘掉手套大战一场时，偏这对姐弟会做人，跟交警似的，在她和婆婆欲闯红灯、事故将要发生的前一秒及时挥手制止了。

冲着这姐弟俩，朵朵也不好再发作，对他俩笑了笑说："我不会和妈生气，知道她心直口快，比那些有什么事阴在肚里的强多了。"

一场将要发生的婆媳战就此平息。可今天仿佛注定是朵朵不顺心的日子，高老太和老伴儿散步回来，见儿子撅着屁股在洗手间替媳妇洗衣服，而朵朵浴后却顶着一张面膜在房里悠哉游哉地听音乐。

高老太气不打一处来，鼻子一歪，指着朵朵就骂："嘿呀！你还真把自己当过去宫里的皇后娘娘了，我把个儿子辛苦养大可不是给你当下人使唤的。哪家女人像你这样？你看我这样对你爸爸不？"

高老太的语言功力非常出色，如果她出生为有钱人家的90后，好好培养一番，很有可能长大后会成为一位杰出的外交家。她每次在朵朵面前称呼老伴儿都是一口一个"你爸爸"，而不是"浩子他爸爸"。

朵朵懒洋洋地把眼睁开一条缝，从容地看着面前的高老太，只觉她浑身上下的肥肉似乎都在舞蹈，朵朵不急不慢地和婆婆过了一招："每家的生活方式都不一样，就说你家明妍吧，嫁出去是一个，回来三个，弟媳进门两月多了还往这凑，别人家的女儿也这样吗？那我是不是要带妹儿去我家落户？你别老拿自己做人做事的标准来要求别人行不行。"

虽说明妍对朵朵很好，背后这样说她，朵朵自己也觉得有点卑鄙无耻。可没办法，为了打击婆婆，朵朵只得将她搬出来说事，其实明妍在不在这搭伙，朵朵是不介意的，反正不用她做饭，她也不会做。

"我儿子堂堂男子汉，你别一口一个妹儿的叫，你再这么叫，我就打电话给你爸妈，让他们评评这个理。"

"要不要我帮你拨号？"朵朵扯掉面膜，起身毫无惧色地斜睨着高老太，大逆不道地和婆婆干起了口水仗，"妹儿姐夫没帮明妍洗过衣服吗？你女儿指着你女婿鼻子骂时怎不见你吭半声？你女儿是吃皇粮长大的，别人家的女儿就都是嚼草根长大的么？"

从某种意义上来说，高老太算得上贤妻良母，她一辈子没对自己老伴起过高腔，对子女她就像只老母鸡似的，张开翅膀把他们牢牢裹住，生怕遭受一点风吹雨打。可朵朵家却正好相反，朵朵妈是把人类的现代社会往母系氏族拉，在朵朵家，她妈妈占绝对的领导地位，她爸服从朵朵妈就像高老太顺从郑老爷子一样。高老太原以为媳妇比儿子大了三岁，必会事事处处把自己儿子侍候得跟个皇太子似的，没想到反了过来，她不生气才怪呢。

强悍的高老太被同样彪悍的媳妇气得手脚冰凉，嘴里一迭连声地骂着："你个死砍刀的，你个死砍刀的……"

一向在家很少发话的郑老爷子这时背着双手过来了，黑着那张一成不变的脸对老伴喝斥道："妍儿没有讲错，你就是这张嘴讨厌，你怪别人干什么？她又没有拖枪逼着你儿子去洗，要怪就怪你自己儿子没出息。”

语意隽永，耐人寻味。

朵朵先时以为公公是帮着自己说话，心下还为对刚才自己婆婆话说过了头有几分自责，听到后面一句方知公公是个狠角色。

因高老太先时说了朵朵，妹儿怕老婆心里不舒服，才主动请命自告奋勇替朵朵洗衣服。他在洗手间开着水清衣服，对这边发生的事一无所知。晾好衣服回房见朵朵脸上就像冰块一样冒着冷气，少不得又花费精力和口水哄得她慢慢开心起来。

日历在朵朵和高老太的横眉冷对中不知不觉就翻到了星期五……

第四章　糖衣炮弹

"阿媚，这个送给你！"
发了一上午呆，
等大多数同事下去吃午饭时，
朵朵起身将一个包装精美的小礼盒塞给白媚。
"这什么呀？好好的干吗送我礼物啊？"
白媚睁大眼看着她。

“呜……我要穿棉衣，我要穿棉衣。”

郑明妍两口子有时晚上爱打个小麻将，赶上两人都要出去玩的那天，吃完晚饭嘴巴一抹，将嘟嘟扔给高老太就双双赶赴麻坛去了。小家伙为了逃避去幼儿园故意拖延时间，大清早就胡搅蛮缠，哭着跳着从床头奔到床尾，跺着小脚丫非穿棉衣不可。

“你个小砍刀的，少给我来这一套，大热天你要穿棉衣，冷天你吵着穿短袖。这么热的天，你要穿棉衣，别人会把你当疯子抓起来关在小黑屋里的。我还要去买菜，你莫耽搁老子时间，小心我揍你。”

高老太气急败坏地冲着嘟嘟张牙舞爪，逮住她就往小 PP 上扇，一边扇嘴里一边骂：“你以为我真的不打你是吧？你爸妈都不是好东西，自己摸牌牌快活去了，把你这小祖宗丢在这害老子，一大家子吃喝拉撒全要我一人张罗，你个小砍刀的还给我添乱。”

朵朵夫妻这会儿在急急忙忙地刷牙洗脸，郑老爷子在餐厅吃着他十年如一日雷打不动的早餐——面条。他和高老太是这家里每天起得最早的人。

朵朵家住在南区月亮湾，每天吃过早餐郑老爷子就开出租载朵朵和妹儿去公司，在福田车公庙这块放下妹儿再送朵朵去华强北。朵朵公司位于华强北最繁华路段，在一幢高耸入云的写字楼的 28 层。早上她搭公公车子上班，晚上则乘地铁到世界之窗再转公车回家。

等朵朵和妹儿吃过早餐收拾停当后，嘟嘟还在哭闹，小家伙在床上打滚耍赖，不让高老太脱她的睡衣。郑老爷子抬腕瞅了一下时间，对高老太说：“来不及了，她不想去幼儿园你就在家带着吧。”

嘟嘟听了哭声戛然而止。在高老太碟碟不休地咒骂声中，朵朵夫妻跟在郑老爷子身后下了楼。

这几天朵朵用尽了招数也没能撕开白媚的防线，她只扔给朵朵价格表和一些有关资料。可朵朵对铝合金一窍不通，研究半天也没研究出个名堂来。

有时她厚着脸皮找白媚不耻下问，白媚脸上总是洋溢着春天般的笑容，说："别急，你先自己看看，好好琢磨琢磨，实在有不明白的再来问我。"

当朵朵忍气吞声琢磨半天再告诉白媚自己实在不明白时，她就甩出一个"忙"字，让她等等，这一等就等到了星期五。

雀斑女孩星期三就接到了辞退通知，那天朵朵看着她黯然离去的背影，心里就像跟压了个铅坠似的，沉甸甸的。掌握不了公司产品性能就无法出去跑单，接不到单，雀斑女孩的今天就是朵朵的明天。

有时趁白媚不在，她想请教别的同事，可销售部的职员一个个都鬼精鬼精，彼此间还没处熟，你要对谁跟喇叭花似的突然展开笑颜，还没等你开口请教，人家立马就变成了机敏的猫咪，两眼瞪得溜圆，身子弯成了弓箭，全神贯注地盯着你，唯恐你要打他什么主意。

这几天朵朵心里急得像热锅上的蚂蚁，她不想像雀斑女孩一样被 fire，更不想让婆家人看了笑话，尤其高老太那张嘴不定有什么冷嘲热讽呢！

妹儿在车公庙下车后，朵朵和公公坐在车内谁也不搭理谁。郑老爷子绷着他那张一成不变的脸，默默无闻地开着车，两人彼此间就跟乘客和司机一样，不，比乘客和司机还不如，乘客和司机有时还会搭讪几句，从内心说，朵朵对严谨的公公有着几分敬畏。

"我到了，谢谢爸！"虽然郑老爷子不会对朵朵这话做出任何回应，连点头或"唔"一声都不会，但朵朵每天钻出车子时还是坚持丢下这句感谢语，就跟人每天要喝水要如厕一样。

"阿媚，这个送给你！"发了一上午呆，等大多数同事下去吃午饭时，朵朵起身将一个包装精美的小礼盒塞给白媚。

"这什么呀？好好的干吗送我礼物啊？"白媚睁大眼看着她。

"就是一条丝巾，早几天一个朋友从澳大利亚回来送我的，我觉得清新淡雅很合你的气质。我第一眼看见你呀，就觉得你像一朵山谷幽兰，特别的清新怡人。"

俗话说千穿万穿马屁不穿！而朵朵这马屁恰好拍到了白媚心坎里，白媚的 MSN 和 QQ 都是以空谷幽兰命的名，当然朵朵曾瞄见过，所以她的糖衣炮弹让白媚十分受用，推辞一番也就收下了这条郑明妍送朵朵的丝巾。

作为销售员首先眼睛就要够毒，白媚看客户一般只需一眼，单凭一眼就能看出这客户有没有诚心和能力购买公司产品，因为"早禾"是专业生产高档门窗和玻璃阳光屋的企业，“早禾”产品不是普通消费阶层所能承受的。

收下朵朵的礼物后，白媚原打算投桃报李教她一两招，可冷静下来稍做思考，她就改变了主意。公司近日流传销售部经理年底会高升，作为本公司的王牌销售员，白媚极有可能在他走后升任销售部经理，所以她不能在自己的职业生涯中设置任何路障。

打从朵朵第一天跨进销售部，白媚就看出她眼神中透着几分精明。所有新人进了销售部，最后要想留下来，脸皮薄、不千方百计下脸求人的不行，不虚心向上的不行，没有顽强意志的更不行，因为没有谁会手把手耐心教你，也没有谁会上赶着求着要教你，一切都得靠自己个人努力。

至于朵朵，白媚是打定主意不教她了，能不能在试用期后留下来全凭她自己造化了。朵朵送白媚的这条丝巾，确是郑明妍的朋友从澳大利亚带回来的，送给白媚，算是丢在了河里，连水泡都没冒一个。

白媚心里想什么，朵朵浑然不知，话说拿人手短、吃人嘴软，她还想着要趁热打铁。下午一点多时，朵朵见白媚在电话里和客户约好时间地点，拿上包准备出去时立即笑道：“阿媚，我和你一起去好吗?”

“哦，朵朵啊!”白媚弯腰从办公桌下拖出一个黑色塑料袋，“差点忘了，这是吃过饭后我在楼梯拐角的仓库里替你找的，里面是各种型材的铝合金料头，你对着资料上的好好看看，我一会儿就回来，今天还要开会呢。”

“早禾”公司每周五 4∶30 都要准时召开全体职员大会，可职员们私下管这会叫“上大刑”。

第五章　销售演讲

大浪淘沙，
留下来的才是金子，
才有可能成为王牌销售员！
时钟指到 18：30，
余旺财的销售演讲才结束，
他在上面说得眉飞色舞，
下面这些老职员听得昏昏欲睡，
一个个活像戴了面具的木偶，
心早不知神游到了何处。
朵朵却听得津津有味，
他的那些销售理念及他个人的一些销售史让朵朵觉得受益匪浅！

“早禾”公司老总余旺财，五十五岁，祖籍在大别山革命根椐地的某个叫黄莲村的穷疙瘩里。

江湖传言，打他爹往上可以追溯到的八代祖宗，按成分划分清一色属贫农，连个贫下中农都没能混上，他家在当地穷得那是有诗为证：

黄莲村口是他家，
粥汤照影就盐巴。
烂泥砌墙草盖顶，
门前一朵牛屎花。

别误会这堆牛屎是旺财家养的牛屙的，他家连蟑螂都不来落户，那还是生产队上的老黄牛打他家门前过时友情赞助的。

可就这么一个从小挣扎在温饱线上的苦哈哈，不知是不是他家祖坟突然冒了青烟，如今却成了深圳铝合金门窗行业的龙头老大，早些年还被市里树立为企业标兵！

旺财幼时，他们村的村长和村支书在他心目中就像两尊大神，在他小小的心里看起来是那么威风凛凛、英明神武。他俩站在土地庙前的土垛上，披着一件破棉袄，叉着腰，在全体村民无比敬仰的目光中挥舞双手、唾沫飞溅的画面，在旺财脑子里深深定格。

因此，在他做了老总后，最爱最喜欢并乐此不彼的一件事就是——开大会。尤其坐在豪华会议室里给一群大学生们开会，给他们讲自己的奋斗史。看着手下这帮毕恭毕敬的下属，余旺财感觉超级拉风！

他开会的时间每周五下午 4：30 准时开始，会议结束时间正常情况下是 10：00，非正常情况下是 12：00，至于 12：00 点后有没有公车，地铁开不开与他无关。针对他这一恶习，“早禾”公司职员看在薪水丰厚的份上选择了咬牙忍着。

余旺财早些年就是靠着跑销售发家的，他总结了一套自己跑销售的余氏秘籍，只要销售部进了新人，他就会在周五大会上将老职员听过千百遍的销售理念从头到尾再讲述一遍。

每次开会，他桌上必放一个大茶缸，喝口茶，他咂巴咂巴嘴开始了滔滔不绝地演讲……

作为一个企业老总，余旺财深切懂得质量才是王道，他出身贫农，没读过几年书，但他知道佛靠金装！“早禾”公司的办公环境一流，处处彰显着高档时尚。他强调销售员一定要注重仪表和素质，因为外出谈单时你代表的不仅仅是你个人，而是整个公司的形象。

“早禾”是专业生产高档门窗的公司，如果职员出去灰头土脸，客户很难相信，这样一个仪表不洁的销售员所在的公司能生产出什么顶尖级产品。他自己早些年就为着装不洁吃过大亏，明明推销的产品质量比别人好，客户却因为他皮鞋上沾满灰尘连个开口说话的机会都不给，直接就将他拒之门外。

“早禾门窗”在深圳不仅仅拥有强大的销售部门，在全市各大排得上号的建材超市也都设有专卖店，装修之华丽在各大建材超市中位居第一。公司门窗的零售价和工程价都是硬性规定死的，这无疑增加了销售员的工作难度，极大挑战了销售员的口才。

余旺财之所以让销售部经理对新进销售员采用一带一的模式，其实是对新人下的一道考题，不管用什么办法，你能橇开带你的老员工那张嘴，让他们把你想知道的公司产品各项性能说出来，你才具备做销售员的能力。

大浪淘沙，留下来的才是金子，才有可能成为王牌销售员。

时钟指到 18：30，余旺财的销售演讲才结束，他在上面说得眉飞色舞，下面这些老职员听得昏昏入睡，一个个活像戴了面具的木偶，心早不知神游到了何处。朵朵却听得津津有味，他的那些销售理念及他个人的一些销售史让朵朵受益匪浅！

朵朵以为差不多要散会了，可谁知余旺财话锋一转又开始了谈古论今，并且能从每一个小故事里引出公司存在的一些现状及员工的职业素养，然后开始长篇大论……

余旺财这一毛病源于他出的一次洋相，早些年他不是被树立为企业标兵过吗？人家请他上台讲几句话，他老人家把个憧憬念成了撞憬，惹来台下一片哗哗笑声。

此后，“新华字典”和“资治通鉴”便成了他的随身二宝，他还专门请了一个家庭教师，每次开会前替他做足了工夫。他这会儿引经据典，说得头头是道，他专好以此来镇手下这些个自以为是的大学生，好教他们知晓他余旺财可不是一个没文化的“土包子”老总。

靠！这唱的是哪一出啊？听了会儿，朵朵有些发懵，想她一个文科毕业生用得着你来和她说这些吗？这职员大会怎么一下子风云突变成了谈古论今的课堂了？而且看这架式一时半会儿还下不了课。

7：30的时候，朵朵手机响了，余旺财正讲得口水横飞，听到铃声，那张脸立时烂得就像是刚从碎纸机里爬出来的。他闷声道：“怎么还有人开着手机？”

“白媚，你没有告诉林朵朵开会时要关机吗？”销售经理回过神来，看看朵朵再瞪了白媚一眼。

“我跟她说过的。”白媚一脸受了委屈的模样，只差没挤出泪水。

去死！你他妈的什么时候告诉过老子？朵朵心里的愤怒之火烧得足以燎原，但她不是职场菜鸟，气归气，该压住火时还得压住。朵朵强压住怒火道：“对不起，是我的疏忽。”

余旺财开会时是不允许职员开手机的，他需要大家集中精力听他的高谈阔论，哪怕有几百万的单等着签合同也不许开机。想当年他们村的村长和村支书开会时下面那是鸦雀无声，他之所以爱开会要的就是这种隆重的体现领导人高高在上的气氛。

销售部经理岳明飞曾向他反映过，担心一些有意向在周五签合同的单会因联络不到销售员而流失。对此余旺财自有他的一套说辞，他之所以在成本上舍得下血本，一律采用铝合金高档型材和进口五金配件，打造的就是“品质”二字。他对岳明飞说，只要销售员将公司产品的各项性能向客户详细介绍清楚了就不怕人家不买。因为“早禾”的知名品牌早已打响，“早禾”这块牌子代表的不仅是质量过硬，更象征着高品质的生活。

余旺财指出，适当的以退为进也是签订合同的一种策略。

朵朵在挨了岳明飞一眼刀后，又被余旺财纠结于她的素质问题狠批了一顿，并就这个素质问题又喋喋不休地说了近一个小时。

因为她的疏忽导致“上刑”时间被延长，大伙均对朵朵感到不满，埋怨指责的目光呈各种线条状纷纷砸在她身上，朵朵一时成了众矢之的。

第六章　得不偿失

蜷缩在末班地铁里，
朵朵茫然地望着站台上一盏盏散发着暖黄色又略带孤寂的灯光贴窗而过，
她脸上盘距着浓浓的沮丧。
朵朵觉得自己像一个正在慢慢融化的冰激凌，
内心充满了绝望和无助！

英姿勃勃、白马银枪的少年英雄罗成因马陷淤泥河，万箭穿身而亡。此刻，朵朵却因白媚睁着两眼说瞎话成了箭靶子。

她又惊又怒，忍气吞声关了机……

会议进行到九点多时，朵朵已饿得眼冒金星，若不是10个点的销售提成如柄“尚方宝剑”悬在她脑门上，朵朵真想一个箭步冲上去，直接将麦克风塞进余旺财嘴里，让他闭上鸟嘴。

虐待！绝对的精神和肉体双重虐待！

朵朵真不明白为什么余旺财给大学生上课的热情这么高涨。讲了几小时还丝毫没有下课的迹象，你有钱有权就不能在周末晚上去找点别的娱乐吗？干吗非得跟这折磨人呢？硬是活生生把个会议室整成了语文课堂。就差没在他身后那块墙上贴“好好学习，天天向上”八个励志标语了。

就算你要表明自个儿不是没有文化的土鳖，也不能这样饿其他人的体肤呀。饿得七荤八素谁还有心情听你在那大放厥词呢？

偷偷瞄瞄四周这些麻木不仁、面无表情的同事，再看看台上生龙活虎的余旺财，朵朵不知怎么就联想到童话故事中威风凛凛的森林之王——老虎，在召集一帮，例如小兔、小松鼠等善良、毫无反抗力的小动物们开会的场景。

只是老虎还有个打盹的时候，而这该死的余旺财居然在灌下两大缸茶水后，连趟洗手间都不上，不得不佩服他的“忍者神龟”！

在朵朵又烦、又气，饿得几近抓狂的时候，她突然想起雀斑女孩说的“黑色星期五”。这一瞬间，她似乎看见大片大片黑云沿着四壁张牙舞爪地翻滚而来……

11∶06分，下课铃声终于敲响，受刑完毕。大伙儿先用目光恭送余旺财出了会议室才欢呼雀跃起来，活像一群沉睡了两千多年刚刚苏醒过来的“兵马俑”！

“朵朵，下周五开会前记得先吃点东西，我耳朵尖，听到你肚子咕咕叫呢。”跨出电梯，朵朵在一楼大厅和从另一部电梯出来的白媚撞个正着，她冲朵朵绽放了一个纯真的笑容。

“谢谢！我会记住你今晚说的话。”朵朵一语双关，立即还了她一个大大的笑容，尽管心里恨不得脱下鞋子，用鞋底狠狠抽掉白媚脸上那虚伪的假笑。

“出门往左拐几步有个面包店，通宵营业，先去买个面包填填肚子吧。”白媚语气听起来透着真诚的关切。

“好的，对了，你住哪?”

“布吉，你呢?”

“我住南区，传说布吉的痞子满街转，也不知是真是假，不过这大晚上的，你一个女孩子，路上还是小心点儿比较好。”朵朵说完似乎想起了什么，她突然止步扯住白媚，双眸从上到下、从头到脚，缓缓将白媚打量了一番，笑道：“其实我刚才多虑了。”

白媚脸上的笑立时僵住了……

蜷缩在末班地铁里，朵朵茫然地望着站台上一盏盏散发着暖黄色又略带孤寂的灯光贴窗而过，她脸上盘踞着浓浓的沮丧。朵朵觉得自己像一个正在慢慢融化的冰激凌，内心充满了绝望和无助。

方才羞辱白媚出了挤压在胸口的一团恶气，心里迅速膨胀起混合着报复和宣泄的快感，怨气就像被打开闸门的洪水，酣畅淋漓地尽情流泻。可这种快感并没有持续多长时间，出了写字楼夜风一吹，朵朵随即就清醒了，她想了 N 种亡羊补牢的措施，最后都被她消极地一一枪毙了。

冲动是魔鬼！朵朵悲哀地发觉在自己对产品性能一无所知的前提下，为了逞一时口舌之快得罪白媚实在是得不偿失。

从地铁出口上来，物欲横流的世界之窗和空气中弥漫的奢华气息，在朵朵眼里成了衬托她有多么失败的标本。她觉得自己的人生跌进了最寒冷最深渊的低谷，两滴泪在她眼睫下闪来闪去，却不肯落下来，仿佛那泪也怕碎了似的。

这种巨大的悲观情绪一直持续到第二天……

中午胡乱扒了几口饭，搁下碗筷朵朵回到房里像条死鱼一般毫无生气地躺在床上。头顶上的水晶吊灯在她眼里旋转出了无数重重叠叠的幻影，透过水晶灯片，朵朵看见自己和雀斑女孩一样灰溜溜地被赶出了公司。

一股透心窝的凉意如涨潮的海水从心底漫卷而起，迅即将她淹没。朵朵起身懒洋洋地从柜子里拽出一床厚棉被……

“嘿呀！这屋里怕是有个鬼！”高老太进来不知寻什么东西，见她用被子把自己裹得像个粽子一样便大声尖叫起来："这大热天，昨天嘟嘟吵着穿棉衣，今天你他娘的披棉被，这神经不正常的全跑到老子家来了。"

高老太说着就去扯棉被，朵朵蒙在被子里用力抓着两边被角。高老太没拽动，不觉来了气，手上一边使劲嘴里一边骂道："你莫给我发癫，这要捂出个好歹，你爸妈还道我这婆婆没招呼好你。"

两人拽着被子拉拉扯扯了好几个回合，朵朵闷在里面死命揪着被子只不出声，气得高老太顺手在她屁股上用力拍了几下。朵朵恼了，猛然松手，老太太猝不及防，抱着被子踉跄几步险些跌倒，涨红脸喘着粗气指着朵朵劈头盖脸就骂："你个坏东西，把我这老骨头摔着了，看我儿子不揍你才怪。"

"你成天就巴不得妹儿揍我，你好看个哈哈笑！我借他一个胆子，你看他敢不敢，今晚等他睡着了我就拿针扎死他！"朵朵翻身而起，披头散发怒视着高老太。

"嘿哟，你只管去扎死他，我老太婆吓死了，和他过一辈子的人是你不是我，再说把他扎死了你也跑不掉！"

"如果你爱闻，我不介意放。"朵朵翻翻白眼，顺手拉过身边毛茸茸的公仔搂在怀里复又倒在了床上。

高老太叠好被子放进柜里，骂骂咧咧地摔门而去……

过了会儿，妹儿满头大汗抱着篮球跑了回来，他一边用手不停拎着胸前球衣一边对着空调猛吹。高老太从厨房出来一见他这样就嚷嚷道："跟你说过好多遍，出了大汗不能这样对着空调吹，结了婚还要我操心，快去冲凉再吃饭，打什么鬼球，弄得一身臭汗。"

妹儿冲好凉出来，高老太等在浴室外把他抓到一边悄悄问道："你昨晚是不是和朵儿吵架了？她一个人在这无亲无故，你个大男人可不能欺负她，当心你爸爸知道了擂你。"

"没有的事。我怎么可能欺负她。为什么这样问？"妹儿用毛巾擦着头发上的水珠，闻言不解地抬头看了高老太一眼。

"我看她情绪不对，会不会是工作不顺心啊？你快去问问看。"

"哦，好的。"妹儿把毛巾扔在高老太怀里抬脚就走。

"哎，等等。"高老太叫住他，叮嘱道："别说是我让你问的。"

"知道。"妹儿回头冲她笑了笑，伸出手指在老太太胖脸蛋上看似轻佻地勾了勾。

第七章　另觅捷径

朵朵暗暗咋舌，

专卖店的背景墙和公司一模一样，

都是采用灰色横条纹墙纸，

黑色的大理石上粘着“早禾门窗”四个大大的水晶字和一串小小的英文字母，

办公用具一应俱全，

更为奢侈的是居然还有一台复印速度 32p/s，

最大可以连续复印 999pages 的富士施乐 DocuCentre3000DC 数码复印机。

当妹儿得知朵朵是为无法了解公司产品性能郁闷时，他皱着眉头想了想，露出一脸温润如玉的笑容，问道："你们公司在各大建材超市应该设有专柜吧?"

朵朵闻言惊愕地瞪着他，表情就像刚吞了一个鸡蛋，尔后扑上去揪着妹儿头发又抓又扯，形似癫狂，嘴里语无伦次乱七八糟地嚷嚷道："我以后一定是笨死的。我实在是太笨了。妹儿你真聪明，你在我心目中的形象空前高大，高大得波澜壮阔、浩如烟海……（以下省略十几个形容词）"

"喂喂，我头发碍你啥事了?"妹儿从她魔爪下抢救回自己那头柔亮的秀发，咧嘴笑道："高大有这么形容的吗?"

"管它呢，反正你听了很受用不就行了。"朵朵跳下床开始手忙脚乱地武装自己，一边命令妹儿速度吃饭再换装，她打算和妹儿冒充一对有钱夫妇去超市探听"军情"!

朵朵坐在梳妆台前认真化着装，不再年轻滑嫩的肌肤需要精心细致的妆容才能提升她在人前的自信。化好装将一头波浪似的卷发挽在脑后，朵朵打开衣橱想了想，挑了套黑色衣裤换上，最后对着镜子再戴上副大大的墨镜，照了照，自我感觉特好。

妹儿外貌不说玉树临风、丰神俊朗，那也是一表人才、气宇不凡。这俩人穿戴好看着倒还真像一对高职高薪的有钱夫妇。

朵朵和妹儿一合计，决定去香蜜湖水上乐园旁边的一家在本市很有名气的大型建材超市。乘车到了目地的，俩人在B区逛了逛，果然看见"早禾门窗"，一座气宇轩昂的玻璃阳光屋位居正中，店内错落有致地陈设着各种款式的铝合金推拉与平开的门窗样板，高档品质尽显无遗。

"你们好！请随便看看!"一位身着店长制服的女孩和一个系着金黄围裙的男

店员正坐在玻璃屋里品茶，见有客来笑容可掬地起身，热情接待了朵朵夫妇。

“嗯。”朵朵点了点头，挽着妹儿手臂装模做样地四处瞧着。

这的装修可真够豪华气派，朵朵暗暗咋舌。店面的背景墙和公司一模一样，都是采用灰色横条纹墙纸，黑色的大理石上粘着“早禾门窗”四个大大的水晶字和一串小小的英文字母，办公用具一应俱全，更为奢侈的是居然还有一台复印速度32p/s，最大可以连续复印999pages的富士施乐DocuCentre3000DC数码复印机。

为避免在以后周五的全体员工会议上被这位店长认出，所以朵朵的墨镜一直没摘掉，看上去就跟个国民党女特务似的。她用手在一扇红胡桃木的铝合金门框上敲了敲问道：“为什么这铝合金看起来像实木的?”翻看公司图册时朵朵就对这个问题一直存有疑惑。

“这是在铝合金表皮上烤了一层木纹漆，起一个美观作用，看着像实木，其实是铝合金，既有实木门的美观，又能防水、防腐烂。”女店长微笑道。

“哦，原来是这样。”朵朵装做很中意这款门的样子，上下左右打量了一番，然后问妹儿：“你看咱们阳台上选这款如何?”

“你说好就行。”妹儿一付财大气粗的派头。

“可好像比别家的贵很多，一平米就要卖1080元，不知它到底有什么优越性?还有这烤的漆会不会很容易脱落?”朵朵瞄了瞄贴在门框边上的标签轻轻摇了摇头。

“这您可以尽管放心，我们采用的都是最先进的烤漆工艺，除非是人为的撞伤，否则绝对不会出现脱漆现象，而且我们会在合同上承诺，五年保修，终身免费维护。”那店长微微一笑，接着道：“您现在看的这款是1.8厚的白加磨断桥双轨双层中空推拉门，它有专业隔音、隔热的功效。”

“断桥是个什么定义?”说起断桥让朵朵想起白蛇传和白媚这条“白素贞”。

“请二位过来这边坐。”女店长彬彬有礼地将他夫妇请到阳光屋里坐下，那个男店员赶紧拿来几个料头并沏上三杯热茶。

店长拿起一个樱桃木的料头看似很随意地问了句：“你们买的哪座花园小区的房子?”

“云水山庄。”妹儿公司总经理在新开盘的高档别墅区“云水山庄”才购了套房，他一看这店内华丽的装修和样板上所标的价格，就知道这家公司的产品不是普通花园小区里的业主所能消费得起的。

朵朵透过墨镜察觉到这位女店长听妹儿说出“云水山庄”后，眼里有着一闪而过的喜悦。她指着料头中间的黑胶极其耐心细致地解说起来……

为了套出更多的专业知识，朵朵当着店长的面故意和妹儿商量，说想再弄个玻璃阳光屋，家里有客来访时，在里面一边喝茶聊天一边还可以欣赏小区风景，感觉挺不错。

经她这一说，那店长解说得更加起劲，面对大客户热情周到得不行。在店里泡了几个小时，朵朵对铝合金的性能有了大致的了解，最后她借故要做的门窗太多，自己不怕贵，只怕商家品质不过关，怕钱花了没买到好货，得多去几家比较一下才能决定在哪家下订单。

“没问题，随时欢迎您二位再来。”店长爽朗地笑了笑，她知道这不是几块钱的小买卖，没有一谈就成的，但她自信自己解说得十分到位，这笔生意在她看来已是十拿九稳。而朵朵自始至终没摘掉墨镜在她眼里也成了有个性的表现。

从建材超市出来，朵朵心情大好。她用肩膀撞撞妹儿，“你今天出的这主意太妙了，从明天起我要跑遍全市所有大型建材超市，不仅要了解铝合金各种性能还要学习别人的销售技巧，我一定要成为公司的王牌销售员，等赚了钱咱们就自己买房搬出去单住。”

“哈，那我后半辈子幸福的腐朽生活可就都指着你了！等你赚了大钱，咱一人买辆小车，再请三个保姆，一个扫地、一个做饭、一个洗衣服。”妹儿嬉笑着将朵朵搂在怀里。

“呸，想都别想，你就老老实实给我做牛做马，一人干三个保姆的活。”朵朵用胳膊肘儿赏了他一拐子。

第八章　婚姻兵法

看朵朵气鼓鼓的样子，
妹儿深悔不该一时多嘴，
不问她要吃啥不就天下太平了，
这会儿自己该美美地躺在被窝里睡大觉。
事已至此，
少不得又大费唇舌哄得她开心起来，
真是没事找事。
不觉叹道："明天我要去书店看看有没有婚姻兵法这本书。"

“朵朵，看看我新买的包，LV 限量版的。”郑明妍一回家就直奔朵朵房间，眉飞色舞地向她炫耀着自己新购来的 LV 限量版的手提包。

朵朵坐在电脑前瞄了瞄她手里的包，复古钩扣设计及水蛇皮手挽带，为 Papillon 这款品牌添上了几分怀旧味道。但朵朵不喜欢，感觉有些花里胡哨，明妍是标准的盲族（即盲目追求品牌一族），尤其听到限量版就两眼发直，倾其所有也要购来，尽管大多数时候她买来并没有用过几次。

针对她这种嗜好，朵朵和妹儿曾私下召开党小组会议研究探讨过，最后一致鉴定：明妍同志追求并享受的是砸钱购买限量版品牌时那瞬间拉风的感觉。

“这包真炫！你可真舍得下血本！”虽然朵朵并不喜欢，却啧啧赞叹了两声，并流露出羡慕之色，以满足明妍的虚荣心。说起来朵朵还是挺喜欢自己这位姑子，两人同一年的，明妍虽是五岁女孩的妈妈，却天生一张娃娃脸，一笑就露出两个迷人的小酒窝，性格有些时候也和孩子一般纯真。

“一进屋就大呼小叫，又在这里显什么宝呢？”高老太闻声走了过来，一看见明妍手里的 LV 包就开始嚷嚷：“又买一个包回来做什么？这多少钱？你要那么多包怕是装尸。”

“哎呀！你出去出去！”明妍不耐烦地冲老太太挥挥手道：“懒得和你废话，什么也不懂，又超级爱管闲事。”

“这家里没有我这老太婆管东管西，我看你们怎么过日子？你们两个都是不当家不晓得柴米贵，左买一个包，右买一个包，它是能当饭吃，还是能当衣穿呢？”

“哎呀！你走啦！哪来这么多废话？”明妍往外推高老太，边推边说：“这包今天打折，才卖一百多块，看着便宜才买的。”说完回头冲朵朵笑着眨了眨眼。

“一百多还便宜啊！”高老太扭过身怒道：“你们两家每家一月交 100 块钱够买

什么？你们这都是在喝我们两个老家伙的血。你们爸爸六十多了还在跑出租为的什么？不就是想着让你们把自己那几个钱攒下来，将来好过日子。你们倒好，成天拿着钱打水漂。”

“你干吗每次说明妍就要扯上我？”朵朵不满地瞪了高老太一眼。

“反正你们都不是什么好东西。都是拿着钱不当数的家伙。”高老太嘟哝着走了出去。

“我们本来就不是东西！”明妍冲着高老太背影脱口而出，待察觉失言已被朵朵丢过来的抱枕砸中脑袋，俩人一时笑得猫弹狗跳。

“两个癫婆，吸血鬼。”高老太回头没好气地又骂了句。

“这家里你才是名副其实的吸血鬼，就你没工作，这些年不都是老爷子养着你！一天到晚游手好闲，精力过剩就好管闲事。”明妍顺嘴顶了回去。

“你打屁！我怎么游手好闲了？这些年家里大大小小事儿哪样不是我操持？没有老子在家辛勤劳动，你们能安心在外工作？能有现成饭吃？”

“那是你喜欢做，你和老爷子都闲不住。”

“你他妈的就讲得好啦。”高老太脊背一挺，扯着尖嗓门厉声道：“我和你爸爸骨头发贱，我们有钱不知道去游山玩水，偏要来给你们做保姆。”高老太越说越气，像头发怒的熊狮扑过来就欲撕碎明妍。

好在朵朵和明妍身手敏捷，千钧一发之际，及时阻敌于门外，合上门俩人躲在屋里再次笑得猫弹狗跳……

凌晨一点多时妹儿睡在床上翻了个身，脚习惯性地往旁边搭去却落了空。他睁开醒松的睡眼抬头看了看，朵朵还坐在电脑桌前噼里啪啦地打着字，橘黄色的台灯融出一捧温柔的暖晕，软软投影在她身上。

“怎么还不睡？也不看看几点了？”

“我要把下午储存在大脑里的铝合金各项性能整理成文字，你睡吧，别管我了。”朵朵头也没回。

妹儿瞄了瞄桌上闹钟皱着眉头说：“明天弄不行吗？熬夜可是危害职业女性健康的最大杀手。”

“人会死于厌世，死于疾病，可不会死于努力工作。早几年大好的花样年华都沉溺在吃喝玩乐中了，以我现在的高龄再不迷途知返求求上进，这辈子我就真的只能和你妈一样做个家庭妇女了。”

妹儿倒头睡了会儿，想了想又抬头问道：“饿了吗？要不要给你弄点宵夜？”

朵朵扭身看看他笑道：“如果我说要，你会去跑腿吗？”

“我只是随便问问！”妹儿拽拽空调被缩了进去，过了会儿又冒出头来问：“真的要吃吗？到底要不要？要不要啊？”连问三遍没有回应，妹儿坐起身伸长脖子一看，朵朵双眸已冷成了北极冰天雪地里的两汪冻泉。

“嘿嘿，想吃什么？我这就去买。”妹儿下床拍拍朵朵肩膀笑道：“我去买还不成吗？别生气了，女人生气容易衰老，可别说我没提醒你。”

“我又没生你的气，你着哪门子急？”朵朵侧身甩掉他的手，好似他手上沾有毒液。

“不生我气你生谁的气？”

“生我自己的气，气我没有自知之明，太把自己当盘菜，还以为是恋爱那会儿呢！”

看她气鼓鼓的样子，妹儿深悔不该一时多嘴，不问她要吃啥不就天下太平了，这会儿自己该美美地躺在被窝里睡大觉。事以至此，少不得又大费唇舌哄得她开心起来，真是没事找事。不觉叹道：“明天我要去书店看看有没有婚姻兵法这部书。”

妹儿买了宵夜回来，恰好高老太起来上洗手间，她指指妹儿咬牙切齿地用唇语骂道：“没出息的家伙。”骂了妹儿又在心里骂朵朵死砍刀的，大半夜还要使唤老子儿子去跑腿，这个狐狸精！

日子在磕磕绊绊中不知不觉就到了深秋，朵朵顺利地度过了试用期，大大小小接了十几个单，可全是人情单。朵朵自己没有什么人脉，都是妹儿和明妍夫妇替她拉来的单。

这阵子让朵朵感动的是平素一向严谨的公公居然给了她无私的帮助。郑老爷子让妹儿找朵朵要了她的名片和公司宣传图册，自己掏钱复印了厚厚一叠，和高老太花了一晚上时间将朵朵名片一张张订在图册上放在车内。

现在他每天拉客都特地跑去新开盘的那些高档别墅区，尽管那能拉到客的几率很低，但只要客人一上车不管人家需不需要，他都塞给客人一份资料。虽然到目前为止还没见到什么成效，可老爷子这份心意却让朵朵感动得稀里哗啦。在感动的同时也让她平添了几分压力。为了支持她的工作，妹儿一家可谓是全民总动员了。

这天早晨从老爷子车上下来，朵朵抬头仰望着面前的高楼大厦，心中暗自感叹，不知什么时候才能接到第一张有成就感的非人情单，也不知什么时候才能骄傲自信地在这幢写字楼里横着进出。

第九章　初次跑单

销售部每天早晨有将近一小时的时间就跟打仗似的，
放眼一望，
整个办公室的职员不是在打电话就是在发邮件和传真，
每个进进出出、来来往往穿梭的人脚下都跟踩着风火轮一般，
行色匆匆的脸上全写着火烧眉毛。

“早晨好。”

“早晨好。”

每天早上跨进写字楼不论是在大厅、电梯、各层走廊还是办公室里，同事间的打招呼问候声不绝于耳。

在朵朵公司，利益冲突最激烈的部门非销售部莫属，业绩排行榜的月冠军、季冠军和年度总冠军那丰厚诱人的奖金将每个人的心都铸成了铜墙铁壁，人人都咬着牙憋着屁地卯足劲儿往“钱”奔。

销售部每天早晨有将近一小时的时间就跟打仗似的，放眼一望，整个办公室的职员不是在打电话就是在发邮件和传真，每个进进出出、来来往往穿梭的人脚下都跟踩着风火轮一般，行色匆匆的脸上俱写着火烧眉毛。

朵朵初来公司那会儿非常喜欢并享受这种忙碌的工作氛围，时不时还被同事们的工作热情激得热血沸腾。可现在她却十分害怕看到别人忙得脚不沾地，因为这会让朵朵觉得自己好似和时代脱了节。紧迫感和挫败感充斥着她全身的每一个细胞和毛孔，仿佛天地间所有的重量都压在了心上，她现在才知道自己的力量有多渺小，内心有多害怕。

忙过这一小时后，销售部就像谢了幕的舞台，一下子沉静下来，绝大数人都已赶赴另一个战场。作为销售部主管，白媚的业绩那是一片锦绣山河，每月都稳居排行榜第一，将一干男职员死死踩在脚下。

昨天她又签下一张跟了近两月之久的大单，眉梢与鬓发间都透着得意之气，所以这会儿她跷着二郎腿，坐在转椅上特悠闲地搅抖着手里的咖啡，摆出蒙娜丽莎式的微笑，神情高贵得仿如女王一般。

“朵朵，你这身衣裳不错，在哪儿买的?”精致的妆容与素雅的服饰衬得朵朵一点儿也不显年龄，白媚心下由衷地发出赞叹。

“在东门一家女装专卖店。”朵朵今天下身穿了一条水绿色泛着绒光的V型裙，上身配着同色系的针织外套，衣领及胸前衔接着白色起小褶子的丝缎面料，看上去清爽怡人。

“颜色挺适合你这年龄，看着像年轻了好几岁，换我就不行，穿上会显幼稚。”白媚将年龄和年轻几个字咬得格外清晰厚重。

“谢谢！”朵朵背上挎包拍拍她的肩膀笑道：“我在你这年龄时适合所有颜色，谁让咱肤色白皙呢！哈哈！”

白媚扭头望了望朵朵修长窈窕的背影，不自然地抬手摸了摸自己脸上略黑的皮肤……哼！你就得瑟吧！做销售可不是说长得好业绩就全线飘红，有能耐把这牙尖嘴利用在工作上。

她愤愤地收回目光，朵朵能在试用期接到单，在同事和经理看来都是白媚的功劳，有道是强将手下无弱兵嘛。可是白媚自己心里清楚，她并没有教给朵朵任何有实质性的东西。

不知为什么，或许是出于女人直觉，白媚每每在暗讽暗讥暗嘲朵朵工作能力低的同时又隐隐觉得她像只潜力股，不定哪天就会突然飚升窜红！

朵朵出了写字楼，站在声色犬马纸醉金迷的街头眯眼想了会儿，决定去郑老爷子早上告诉她的位于田贝四路一幢新峻工的商业城。老头儿说商业城里那些头头们的办公室搞不好会需要推拉门来做隔断。

此时虽是深秋，可深圳的天空依然很蓝，云朵依然很白，风儿吹在脸上暖融融的，但朵朵心里盘踞着大片大片浅浅的、灰灰的云彩。同事们辉煌的业绩在空气中似乎转化成了无形的压力，从四面八方张牙舞爪地漫过来将她紧紧包裹住。

胸闷！朵朵抬头望着天空挤眉弄眼做了个怪相。她祈祷云层深处那个她肉眼看不见的坐在莲花上的女人，能用柳枝沾几滴净瓶里的圣水洒在她头顶，让她今天能交点好运，或者狗屎运也行。

“呃，请问我该找谁?”朵朵在商业城前前后后转了几圈，就看见几个民工拿着小铁铲在一丝不苟地刮着瓷砖上的水泥印，好不容易逮着个小保安便穷途末路地递上了自己的名片。

“原来大姐是做销售的。”小保安看看名片善意地笑了笑，指着右边一楼道口说，“我也不知该找谁，现在电梯还没开始运行，你从那上去，在五楼最后一间临时办公室里找瞿经理问问看。”

“你刚叫我什么?”朵朵杀气腾腾地盯着他。

“大姐呀！”小保安一脸的无辜，眼神透着丝丝迷茫。

“哼!”朵朵从他手上一把夺过自己名片，临了还恶狠狠地瞟了人家一眼。

“请问瞿经理在吗?”朵朵走进五楼临时办公室面带微笑，声音异常柔和。一中年男子捧着一张报纸在漫不经心地浏览着，闻言抬头看了看她，不急不慢地吐出一句：“你进来不知道要敲门的吗?”

“对不起!”朵朵微微弯下腰，转过身时脸上笑容迅速冻结。她咬唇走到敞开着的大门前，当她再次转过身时面上又笑得仿如春风拂栏了。朵朵轻轻敲了敲门，“请问瞿经理在吗?”

“你有什么事?”那男人放下报纸皱起了眉头。

原来他就是瞿经理，朵朵告诉自己想吃销售这碗饭脸皮就得放厚点，要在别人或厌恶或反感的目光中练就刀枪不入的本领。因为人情单不会月月有年年有，况且人情用一次少一次，用了还得还。

朵朵破釜沉舟般地踩着八公分厚的高跟鞋扭了进去，扭得一室的春满乾坤，别人不请她进去，她总不能在门外站成雕像吧!

“您好! 这是我的名片。”她从包里掏出名片，双手拿着恭敬地递了过去。

“唔……早禾门窗，好像听说过。”

“这是我们公司的宣传画册，您看看。”

半小时后由朵朵做东，俩人将阵地转移到商业城附近一家西餐厅里，瞿经理说这儿的牛排味道特对他的口味。朵朵虽然肉疼，心里却有几分狂喜，因为从理论上来讲，瞿经理暗示她请客说明这事有了眉目，看来“早禾门窗”的名气确实不小哇。

第十章　目标客户

“瞿经理，您看可不可以考虑一下我们早禾的产品呢？”

微微晃动杯中的红酒，

朵朵含笑用期待的目光看向自己今天的目标客户。

灯光幽暗，气氛怀旧，耳边飘着随意而慵懒的爵士乐，朵朵心绪不由自主就随着音乐缓缓流淌开来。她捧着红酒，微眯双眼看了看瞿经理，心下寻思此时对面若坐着一个风流倜傥、幽默风趣的男人，气氛不知该有多暧昧呢。

这念头刚冒出，朵朵面上便微红了一下，呸，自己可是有夫之妇，怎能无端端起这色心？她暗暗鄙视了自己一下！

“瞿经理，您看可不可以考虑一下我们早禾的产品呢？”微微晃动杯中的红酒，朵朵含笑用期待的目光看向自己今天的目标客户。

“哈哈，林小姐可真敬业，念念不忘工作啊！”瞿经理冲她笑了笑，叉起一大块牛排送进嘴里用力嚼着，他极不绅士的吃相让朵朵不自觉地微蹙了下眉头。

“贵公司位于车水马龙的大路边，周围人声鼎沸，长时间处在嘈杂的工作环境中对健康可是不利哟！”朵朵顿了顿，瞄瞄他又接着道：“我们公司生产的80系列断桥铝合金推拉门有专业隔音功效，可将所有噪音拒之窗外。”

“林小姐不光长得漂亮，口才也好，佩服！佩服！来，干杯！”

席间朵朵几次将话题转到合同签订上，都被瞿经理轻描淡写地溺死在红酒中……

过了会儿瞿经理电话响了，他起身走到一边接完电话后对朵朵抱歉地点了点头，笑道：“我们需要定制的量比较大，早禾的名气我也略有耳闻，这样吧，明天下午我再联系你具体洽淡合同之事，现在公司有事等着我去处理，就先告辞了。”

“行，预祝我们合作愉快！”喜悦顿时盈满朵朵心房。

从西餐厅出来，朵朵步履轻快地走在林荫道上，一头披肩长卷发在风中轻舞飞扬，她觉得周围的一切都是这么美好，就连蜷缩在墙角衣衫褴褛的乞丐在她眼里也看成了是在幸福地享受秋日的阳光。

走了会儿，朵朵停下了脚步，她望望远处的天桥，再扭头看看大马路，双眸四下转了转，目光透出丝丝狡黠，上了天桥还得倒回来走好远才到公交车站，直接过去岂不省事。

“罚款！罚款！”就在朵朵快要横过马路时，一老头儿和一老太太神出鬼没般地从一辆车后迅速现身，手臂上佩着红袖套，穿着黄马褂，键步如飞地向她奔了过来。

“罚款二十！”俩人逮着她，兴奋得一个劲儿地猛吞口水。

“罚款？为什么？”朵朵睁大双眼，装迷糊，现在她一个子儿也不愿往外掏。刚那顿西餐，两份牛排、两杯红酒、外加沙拉和一盆鹅肝就花去了她几张大钞。妈的，又不是情人节套餐，真够黑的。

“横穿马路罚款。”老太太用手指着她，激动得满头白发迎风招展，据估计N久没逮到猎物了。老头儿麻溜地从兜里掏出一红皮小册子在她眼皮下扬了扬，尔后吐出舌头用食指沾沾口水翻开册子，精神抖擞地念道：“凡违反交通规则，私自横穿马路者一律罚款二十。”

“对不起，我不知道不能横穿马路，下次坚决改正。”

“这没有红绿灯，不能过，要走天桥，三岁小孩都明白的道理，别狡辩了，拿钱。”老太太手一伸，恶狠狠地瞪着她。

“大妈，您看我这刚打乡下来，啥也不懂，在我们乡下牛都能大摇大摆地过马路，我知道错了，您就原谅我这一回，我保证不再犯类似的低级错误了。”

“不行，我们这可是为你好。”老头儿大手一挥，“过马路多危险呀！这儿车来车往，要是人人都像你这样还了得，不罚款就不知长记性。”

“就是，少废话，拿钱！拿钱！”老太太一只玉手都伸到了朵朵鼻尖下，目光跟探照灯似的在她全身上下狐疑地扫来扫去，眼神含了丝讥讽，穿成这样还敢说乡下人，不就二十块至于吗？

朵朵被她眼神激怒了，好哇，敬酒不吃吃罚酒，那就别怪她不客气了。二十块钱倒不是什么问题，可交罚款却一万个不甘心。朵朵收起笑脸斩钉截铁地道：“没钱，一分也没有。”

“你这是什么态度啊？我们可是为你好，这万一出个什么事故害的可是你自己。”老头儿拉长脸不高兴了。

“为我好？为我好你们就该守在马路边阻止我横穿马路，如果是我不听劝阻强行要过，那么别说二十、二百，二千我也认罚。可你们却跟特务似的隐蔽起来，这叫什么事啊？”

老头儿和老太太在伶牙利齿的朵朵面前败下阵来，将罚款金额由二十降到十五，再降到十块，五块，朵朵铁了心就是一毛不拔，最后俩人万般无奈只能眼睁睁地看着猎物从手中溜走……

轰轰烈烈地回到公司，朵朵心情前所未有的好。虽说今个儿请客破了点财，可舍不得孩子就套不着狼，智斗老头儿老太太成功赖掉二十元让她巨有成就感，想不高兴都难。

“看你一脸春风得意，想必钓到大单了?”白媚看着她盈盈浅笑，晶亮的眸中含有丝丝嘲讽和探究的韵味。

在白媚身上朵朵使尽了十八般招数，讨好、收买乃至激将法一一用遍都不见效，请客吃饭或送礼她都悉数笑纳，可只进不出，人小鬼大说的就是白媚这号人。

有时朵朵恨得牙痒痒，她在白媚这年龄时纯真得像清晨的一滴露珠，压根儿就没有这么多的弯弯肠子。后来她终于醒过味来，在职场谄媚奉承只会让人瞧不起，唯有不卑不亢干出业绩才能赢得别人的尊重。

朵朵淡淡地扫了白媚一眼，拿起桌上茶杯皮笑肉不笑地说：“大单在我看来就是白大主管的代名词。”

“大姐，没水了是吧? 我去给您倒!”朵朵身后冷不丁冒出一小姑娘，她见朵朵拿起茶杯看看又放下，立刻殷勤起身。

“谢谢，不必了，我待会儿自己去倒。”一声大姐叫得朵朵眼前一黑，心里瞬间飘起雪花，先前的好心情就像蒲公英一样被风吹散。

“给你们介绍一下，这是新来的销售员王雪雁，这是林朵朵。雪雁啊，你以后就叫她师姐吧，朵朵可厉害了，试用期内就接下了十几张单。朵朵，有空记得传授雪雁一两招哈。”白媚嘴角勾起一丝得意的弧度，看得朵朵眼冒金星，有强烈的想将口水吐到她脸上去的冲动。

真是见鬼。朵朵一直为自己不显年龄的花容引以为傲，可今个儿却被二十出头的小伙和姑娘接连叫了两次大姐，叫得她魂飞魄散。

难道真的老了吗?

站在洗手镜子前，朵朵静静凝视着镜中自己那姣好的容颜，怎么瞧也看不出有一丝岁月蹉跎的痕迹，那俩 EQ 低的家伙凭啥管自己叫大姐?

胸闷! 朵朵觉得心房沉甸甸的，宛如被根特大号的针头扎了个洞，针筒在源源不断地滋滋往里推着冷气……

第十一章　愤而抢单

“不是说国外的东西就什么都好，
但国内的五金配件目前的确和进口的存在较大差异。
您刚说的可能是德国进口的丝吉利娅 SI 滑轮，
这种滑轮承重力超强，
而且推拉起来悄无声息，
轻轻一带门扇自动就滑了过去，
声音柔柔滑滑宛如丝绸一般。”

“阿媚姐，这到底是不是铝合金？怎么看着像实木啊？”朵朵回到销售部见新来的王雪雁手捧着公司画册正在向白媚虚心请教。

“噢，这个问题让朵朵给你解答吧，我约了客户在楼下见面。说话间就要动身，朵朵空闲时间比较多。”白媚脸上绽放的笑容一如当初对朵朵那般和煦。

“你这面红旗没倒，哪里轮得到我来迎风招展！”朵朵笑了笑，用无比真诚的语气对雪雁说：“阿媚的业绩在咱销售部月月稳居首位，那可是响当当的巾帼不让须眉，能跟着她可是咱俩的福气！”

“雪雁你别听她吹，我是不行了，过一天老一天，这女人呀，最经不起岁月……”说到这儿，白媚好像醒悟到自己不小心失言，赶紧打住。她看了看朵朵，眼神中充满了歉意。

“呵呵，怎么就说到不行了？让咱们女人骄傲的不光是美丽的外表，自信的谈吐也能让人由内而外散发永恒的魅力！阿媚，你可不能丧失自信哟！”朵朵不动声色绵里藏针地还了一击。

“自信不是上下嘴皮一碰说说就能有的，你得拿业绩说话，否则你平时即使能口舌生花也白搭。如今生意难做，竞争又大，看着雪雁我是真感觉岁月催人老，想出去跑都力不从心了。我现在就剩下吃老本的份儿，全靠滚雪球，一个客户带一个客户，这不，今天又有一个老客户介绍了新客户过来。”白媚说这话时眼里藏了匿不住的得瑟。

“力不从心？如果你真有这种感觉，可别说我没提醒你，你这是未老心先衰，人可得学会居安思危，一旦严冬过去，天不降大雪，到时你这雪球还怎么个滚法？”朵朵看着她意味深长地笑了笑。

要说朵朵原来并非一个胸怀大志之人，毕业后来到深圳一直就属月光一族，和妹儿结婚后想到自己不久将要生孩子，然后就会慢慢老去便心惊胆颤。也是打那会儿起，她开始后悔自己虚度了年华，才拼命重新找工作，想要竭尽全力留住青春，阻挡岁月的脚步，争取干出一番事业让自己往后忆起从前能做到无怨无悔。

最初，朵朵并没想过要和白媚争个高低，她只想着能在销售部站稳脚跟，做出业绩让自己的生命活得精彩一点儿即可。可自从那晚散会在一楼大厅一时没压住火气拿话刺过白媚后，现在白媚处处与她为敌，动不动拿年龄说事，让她心里升起一股无名火，从而也激起了她的好胜心。

朵朵表面上风平浪静，内心却在翻江倒海，她贼看不惯白媚这副虚假的嘴脸。此刻她在心里暗暗发誓，一定要在业绩上赶超白媚，坚决将她从云端上打下来。

她俩气定神闲地跟着见招拆招，雪雁一旁笑得那叫一个甜。在雪雁想来，朵朵试用期能接到单皆乃白媚肯倾囊传授之功也，有这样的名师何愁出不了头?

这么一想，幸福在她心里就像花儿一样开放……

过了会儿，雪雁见她俩终于消停下来，赶紧乖巧地叫道："师姐，麻烦您给说说这铝合金为什么看起来像实木，好吗?"

朵朵正欲告诉她，心念转动间便改变了主意，凭什么自己绞尽脑汁也得不到白媚教的一招半式，而这小丫头却能这么好命? 再说白媚这条死"白素贞"说的也有道理，如今生意难做，竞争又大，教会一个将来敌人就多一个，能扼杀就扼杀吧!

主意一定，她笑着对雪雁说："铝合金不代表它就有多么高深的含金量，我一说你就能明白，只是我现在要出去办点事，改天抽空我好好给你说说哈。"

朵朵将白媚当初用来搪塞她的话甩给雪雁，拿包起身时心里不经意地微微荡漾了一下，恍惚觉得白媚的笑容此刻复制在了自己脸上，双眸不自觉地就瞟向了白媚，见她正似笑非笑地望着自己，眼神复杂，意味不明。

站在公司楼下，朵朵猛然发现这城市仿如一夜间横空突现了许多娇艳欲滴的面孔，随便一瞅，入眼都是穿着吊带二十出头的小姑娘，她心里升起淡淡的物是人非的沧桑感。

物是人非，好毒的一个成语，朵朵苦笑着勾勾唇角，站在台阶上追忆着自己的似水年华，跟着伤春悲秋，感叹青春就像一江春水向东流……

"请问是早禾门窗的白小姐吗?"一穿戴讲究的中年女人极有礼貌地打断了她的追忆。

"哦……您就是那位和白媚约好在这儿碰面的客户吗?"白媚说的滚雪球，和客户约好在楼下见的话在朵朵心里风起云涌，她脑子立刻变成了算盘。

"对，你怎么知道? 你不是白小姐吗?"那女人眉眼透出几分疑惑。

“这是我的名片，我叫林朵朵，也是销售部的。”朵朵迅速从包里掏出名片递给她，镇定自若地编着瞎话：“白媚刚被经理临时急调去了会展中心，她方才打您电话总是无法接通，我正好从外面回来，她匆匆抓住我，说等您来后让我替她好好接待您。可她忘了留您的电话号码给我，便火烧火燎地走了，我正在这儿琢磨准备打电话问她呢！”

“这样啊！可真是太巧了！我刚在车上可能信号不好！”这女人对看上去漂亮稳重的朵朵极有好感。

“咱们去那边茶餐厅坐坐吧？”

朵朵选了公司附近一家环境幽雅的港式茶餐厅，刚坐下她就从包里掏出手机说：“我打个电话告诉白媚您来了。呀，没电了，您稍等等，我去外面用公用电话拨给她。”

“用我的吧。”

“谢谢！”朵朵接过手机迅速消了音，尔后侧转身悄悄按下关机键，再装模做样地和白媚在电话里亲热地说了几句。

“给我杯茉莉花茶。”

“我也一样，再上几碟小点心。”朵朵将手机反着递给了她。

“我前天在隔壁邻居家看到你们公司的产品，你们做的门推拉起来没有一点杂音，为什么别家的推拉时会‘吱吱咯咯’地响呢？”

“因为我们公司一律采用进口滑轮，不是说国外的东西就什么都好，但国内的五金配件目前的确和进口的存在较大差异。您刚说的可能是德国进口的丝吉利娅SI滑轮，这种滑轮承重力超强，而且推拉起来悄无声息，轻轻一带，门扇就自动滑过去，声音柔柔滑滑宛如天鹅绒一般。”

“对，推起来就是这种感觉，不闹心。可除了这点，也看不出在别的地方和其他公司的产品有什么不同，但价格却贵了很多。”

“这铝合金看着简单，实则里头的学问大着呢，比如烤漆、玻璃胶、滑轮等，这些都至关重要。就说玻璃胶吧，它分中性和酸性，我们公司用的全是高档的中性胶，这种胶密封性特好，颜色透着点灰黑，手感有点硬，它的优势在于密度小，水气绝对不会渗露到玻璃夹层中。”

“谢谢！”朵朵接过服务生送上的茶水轻轻吹了下继续道：“酸性胶颜色黑亮黑亮的，手感较软，它的密度大，您想想，这双层中空玻璃里面一旦有大片大片水印会有多难看，而且您根本没法处理，必须拿回工厂，把胶割开才能将水气擦掉……”

“听你这么一说还真是悬乎。可是同类产品我选择价格优惠、采用中性胶和进口滑轮的不就完了，似乎没有必要非得购买你们公司的产品，你们那价格实在贵得有些离谱。”

在接下来的交谈中，朵朵发现这位女士属于余旺财曾在会上说过的那种犹豫型的客户。针对这种客户，销售员要循循善诱地将她的思路往自己思路上引，待时机成熟后再帮助她下定签单的决心。

朵朵从包里拿出几个随身带着的小料头和公司图册……

“您看我们烤的这木纹漆，除非用刀子去划，否则它是绝不会出现脱漆掉漆的现象，而同类产品是达不到这种工艺要求的。”朵朵拿着一个小料头就她提出的各种问题耐心解答着，说了一阵见时机差不多后，朵朵掏出合同销售单，决定按余旺财说的诱导帮助她定下来。

“我今天只是来了解一下，暂时不下定。”那女人语气中还透着几分犹豫。

朵朵笑吟吟地道：“没关系，我只是先替您做一个预算，您可以到处比较一下再决定要不要在我们公司下定。噢，顺便告诉您，这装修房子，门窗可是第一步就要定的，因为在是毛坯墙时就要先把门窗安装上，然后装修师傅才好贴瓷片修补缝隙。”

“唔，前几天工头和我说过了。”中年女人抿了口茶说：“门洞都打好了，可是我不知道尺寸，你怎么做预算呢?”

“我先按标准尺寸给您算一下大概价格，门窗行业统一规定，两扇推拉不足3平米按3平米计，超过按实际面积计；三扇推拉不足4.5平米按……”

朵朵将她要定制的产品一一写好，这位客户订的东西还真不少，两个推拉门、封阳台的固定窗，还有一个玻璃阳光屋，按标准尺寸价格略算了算，大概金额为十七万元左右。

“我知道你们公司产品没有价讲，但可不可以免加SI滑轮的钱?”女人微微皱起了眉头。

“从没有过这样的先例，一个门扇就需要两个滑轮，您一个阳台四扇推拉，一个厨房两扇推拉，共有6个门扇，合起来就是12个滑轮，一个滑轮60元，这720元钱我是真没有权力替您免掉。”

“别的价格贵我都不和你说了，可SI滑轮另外加收钱真说不过去，别家都是配送滑轮，我是特地冲着你们早禾的名气才找上门来的。”

“我们配送的是GU滑轮，SI滑轮单卖一个要卖到180元，已经从中减掉了GU滑轮的差价。”

“你看咱们一直谈得很投机，也可以说非常有缘，如果白小姐今天有空我就是和她谈了。你看吧，如果能免掉我就考虑在你们公司下定。”

尽管朵朵知道早禾例来就没有讨价还价的先例，可她定单心切，暗自在心里权衡一番，十几万的单少个几百元怕也没什么关系，大不了挨顿批，她实在太想从白媚手中抢下这个单，打击一下白媚的气焰。稍做思考后她笑道："这样吧，咱们一人退一步，每个滑轮加收 30 元，我就壮着胆子自作主张给您破个例，就是这样您还得答应我不往外说。"

"这个自然，其实钱并不是问题，关键是要花得心里舒服，你这没一点讨价的余地，任何客户都不会高兴。"

朵朵改了单后递给她，"您过下目，如果没问题就在下面签个名吧！"说这话时朵朵心跳有些加速，因为她不知道余旺财的销售经验灵不灵，毕竟客户说了今天暂不下定。

当那女人在销售单上签下大名后，朵朵乐得心花怒放，她今天的心情真可谓变化多端，坐在回家的地铁上还止不住笑意。朵朵迫切想知道白媚发现自己抢了她的单后会有着怎样的一张脸。

第十二章　防火防盗

朵朵打开电脑就收到白媚发来的邮件，
点开一看就七个字：
防火防盗防同事。

明妍风风火火地一踏进家门就从纸袋里掏出一件品牌女装，两手提着比在胸前，美滋滋地向大伙炫耀着："今年秋季最新款式，怎么样？养眼吧？"

"拿去在你那帮对名牌精挑细选、喜欢张扬自我的 BOBO 族中显摆吧。"妹儿笑道，"我和朵朵都是崇尚简约、拒绝玩炫的 NONO 族。"

"确切地说，我介于 BOBO 族和 NONO 族两者之间。"朵朵笑盈盈地更正妹儿的说法。

"又买衣服。"高老太从厨房端菜过来，瞟了瞟明妍手中的衣服骂道，"哼，这都是有两个钱烧的。"

"啧啧啧，你真是天底下最好管闲事的人。"明妍笑着望了望高老太，转身拎着新衣去了朵朵房间，对着试衣镜臭美去了。

晚餐的饭菜摆齐后，郑老爷子一上桌就大发雷霆："你看你炒的什么菜！全是一桌的柴火棍子。"

原本一家人围在桌前开开心心地说说笑笑，见他发飚，明妍赶紧扯着嘟嘟闪去了客厅。朵朵和妹儿还有嘟嘟爸也各自胡乱夹了点菜迅速离开了饭桌。

惹不起咱躲得起。

唯有高老太稳如泰山，坐在桌前就跟一碉堡似的，耷拉着眼皮，默默咀嚼着嘴里的饭菜，一声不吭。餐厅一时静得仿佛能听到绣花针落地的声音。

老头儿黑着一张煤炭般的脸，端起碗扒拉了几下就重重摞下碗筷摔门而出。

他一走，大伙又回到桌前。明妍望着高老太绷成碉堡似的脸幸灾乐祸道："哈哈，挨骂了吧！我喜欢！"

"一屋就这死老头嘴巴刁，这菜怎么不好？"高老太用筷子像点兵点将似的在每盘菜碗上敲着，"竹笋炒肉，蕨菜炒肉，到他嘴里就成了柴火棍子。天天要吃小炒肉，一天没做就发火，隔壁周大妈随便做什么菜她家老头子都一个劲儿地说好吃。就他磨人，现在肉多贵呀！”

“难道咱们家连肉都吃不起了？”明妍不满地瞪了高老太一眼。

“爸在的时候怎么不当面说给他听，背后说人坏话可不好。”朵朵特别乐意看见高老太挨老爷子骂，她曾私下和妹儿说，这家里若没有老爷子镇着，高老太准能上房揭瓦。

“你以为老子怕他呀？”高老太一急，嘴上就爱爆“老子”二字，她这会儿脖子一伸，挺胸怒道：“我那是让着他，懒得和他一般见识。”

“对对，咱妈就是风格高。”妹儿和嘟嘟爸赶紧赔笑顺着老太太，同时用眼神暗示各自的老婆别再火上烧油惹老太太生气。

“切，怕就是怕，有什么不好意思承认的，死要面子。”明妍一张脸笑成了向日葵。

“你晓得什么，你爸就是这脾气，我让他又不是让外人，一家人没有必要非争个高低不可，我如果事事和他针尖对麦芒，那天天有架吵，这家就别想有个太平日子。”

“就是。”在这家里一向很少发言的嘟嘟爸接过高老太的话说，“妈要是什么事都和爸较劲，你和明浩从小还不都得在峰火岁月中成长。”

“一个家要和睦才能兴旺，夫妻过日子不说互相谦让，但最起码得有一方要懂得谦让，这家才能安定团结。”高老太扫视大家一眼又道：“虽说你们几个都没什么大的出息，但只要你们两家能这样平平安安过到老，我和你们爸爸也就心满意足了。”

“反正我是不会谦让的。”明妍瞟了瞟嘟嘟爸低声嘟哝道。

“咱家你是领导，凡事你说了算。”嘟嘟爸笑得跟个弥勒佛一样。

高老太听女婿这样说，脸上正欲绽放笑颜，目光触及朵朵，随即正色道：“这女人也不能太惯了，隔壁周大妈说起自己儿子就掉泪。她儿子把个老婆那是含在嘴里怕化了，千依百顺。结果老婆倒嫌他没个性，现在跟一男人跑了。”

说完高老太有意无意地扫了妹儿一眼。嘟嘟爸这回没接高老太的话，朵朵却不管不顾地接了过来，“照您的意思，周大妈的儿子要一天将老婆揍三四遍她就不会跑了？”

“妈不是那意思，吃饭吃饭，咱少管别人家的闲事。”见高老太拉下脸，妹儿赶紧打着圆场，并立即岔开了话题，明妍也迅速响应配合弟弟，俩人滔滔不绝、眉飞色舞地开始谈论起股票……

吃完饭回到房里，妹儿见朵朵兀自气鼓鼓的不理自己，知她是为了先前在饭桌上的事生气，便赔笑道：“你干嘛和妈较劲呢？你看姐夫多会察言观色，他就知道什么话该接什么话不该接。”

“作为内科医生，察言观色是他的基本功。我可没那本领。”

“呵呵，你做销售也得学会察言观色才行啊。”

“在外面处处看人脸色，如果回到家也那样，还让不让人活了？”朵朵给了他一个大白眼，走到电脑桌前坐下不再理会他。

原本朵朵和妹儿的两张电脑桌是并排摆放的，后为防止上网时对方干扰，朵朵将自己那张电脑桌旋了个方向，这样俩人再上网时就不是肩并肩，而是面对面了。

朵朵打开电脑就收到白媚发来的邮件，点开一看就七个字：防火防盗防同事。

下午白媚在朵朵出去后也紧接着起身预备下楼，她签订的那宗大单的客户却恰巧在此时打来电话。待挂机后，白媚赶紧拨打约好的这位新客户的手机，拨了几遍都是关机提示，一直到晚上七点多才打通，虽然通电话彼此看不到对方，她脸上仍是挂着职业性的微笑道：“您好！我是早禾的白媚……”

“哦，白小姐啊！”话还没说完客户就笑着告诉她：“我已经和你们公司的林小姐签了合同。怎么，有什么问题吗？”

“……没，没有。我下午打过几个电话您都关机了。”

“噢，可能是手机没电自动关的，我才换了电板。”

挂断电话，白媚气得半死，在家里不需要再掩饰自己任何情绪，她狠狠砸碎了一只茶杯，气得在屋里来回急走……

第十三章　风平浪静

白媚所表现出来的“大度”，
让朵朵愤恨的同时也隐隐觉得自己似乎做了件极不光彩的事，
以至于她都不好意思当着白媚的面将订单传真到工厂。
一直磨到白媚出去，
她才赶紧掏出订单。

朵朵收到白媚发来的邮件，起先唇角还漾着浅浅笑窝，有着几分得意。可冷静下来一琢磨，俩人一个办公室待着，抬头不见低头见，况且以她目前的实力去招惹白媚，无异于以卵击石，难保白媚日后不会想方设法揪她痛脚，然后暗下黑手灭了她。

这么一想，朵朵就发觉自己做事太欠考虑，过于冲动。虽说在销售部里大多数人眼红白媚，因为白媚业绩好，别人没她那么好的业绩，当然就要眼红外带嫉恨。但自己在销售部还是个资历尚浅的新人，若大家知道她一个新职员抢了白媚的单，心里即使解气，行动上却必定会毫不迟疑地站在白媚那边来打压、排挤自己。

这么和白媚正面冲突绝不是什么明智之举。

说起来朵朵也是快奔三的人了，可有时却相当任性，因妹儿对她千依百顺，她这脾气也就被惯得日益见长，凡事越来越爱争强好胜、不计后果。她这会儿两眼盯着电脑屏幕，微蹙双眉在心里默默思索着对策……

“朵儿，你去告诉爸爸，他的袜子在衣柜最下面的那个柜桶里。”高老太轻轻推开朵朵和妹儿的房门，走过来悄悄对朵朵说。

“你为什么不自己告诉他啊?”朵朵挑挑眉，她正烦着呢。

“叫你去你就去。”高老太推推她，压低嗓门道，“死老头发闷脾气不理我，他要冲凉也不让我帮他找换洗衣服，你快去。”

“你就帮妈去说说吧，爸再发脾气也不好对你怎样。”

朵朵拿眼斜了妹儿几秒，才不情不愿地起身。心里暗自嘀咕，老头儿发火就将她往枪口上撞，难道她不怕老头儿么?

“爸，袜子在最下面的柜桶里。”朵朵进了公婆卧房，见衣柜已被公公翻得惨不忍睹，一片狼藉。

“搞什么鬼，一双袜子也乱放。”郑老爷子闻言弯腰拖出柜桶，嘴里含糊不清地低声嘟哝着。

朵朵转身缩缩脖子抿唇笑了笑，她没想到平素严谨的公公居然也有着孩子气的一面，袜子不放柜桶该往哪里放?

要说在打理家务上，高老太的能干利索是朵朵永远也难以望其项背的。这家里小到一根针、一根线，都有着它们固定摆放的地盘。你要找什么只需开口问高老太，她准能在第一时间立即告诉你。卫生方面，无论何时，不管什么边边角角的地方你伸手去摸都干干净净。

高老太的生活作息也很规范。早上起床先准备好一家人的早餐，然后将卫生打扫一遍再邀上对门的周大妈一起去买菜，买完回来又开始准备自己和老伴儿的午餐。除去节假和双休日，别的时候中午一般都是高老太和郑老爷子俩人在家，偶尔嘟嘟也会在。

忙完中餐，下午高老太要么去周大妈家串门，要么跑到楼下小区的亭子里，坐在那儿“万水千山只等闲”，等来了老头儿或老太太就凑一块儿聊天、说八卦。

高老太和别的老太太有个不同之处，别的老太太动辙爱咬牙切齿地例举自家媳妇或女婿的种种罪名，可高老太从不，有啥意见和不满她只在家里唠叨。在人前，她总是把自家女婿夸成参天大树，把媳妇说成一朵花。

在她看来表扬女婿和媳妇就是提升自己儿女。高老太时常在自家饭桌上骂那些个老太太死蠢，一点也不懂得维护自家人的名誉。高老太眼里心里看到、想到的都是自己这一家人，仿佛她生活的全部重心都系在了家人身上。

聊到四点钟高老太就回家开始准备晚餐，她把晚上要做的菜及配料都一一洗好切好盛在盘子里，单等女婿下班回家来炒。论厨艺，高老太在嘟嘟爸面前甘拜下风!

吃过晚餐，她就开开心心地和老伴儿一块儿去散散步，回来再看看电视。就这样每天重复着同样的生活，她却简单而充实地快乐着。高老太最大的心愿就是儿子与女儿的这两个小家庭能幸福和睦。

朵朵回到自己房里，见妹儿聚精会神地沉浸在网游世界里玩得不亦乐乎。眼珠转了转，她伸手拔掉了电源。

“咦，是停电了吗?”妹儿抬头左右看看，见灯亮着，便将疑惑的目光投向了朵朵。

懒得理他，朵朵翻翻白眼，顺手从书架上抽本杂志在妹儿脑袋上敲了敲，然后一头倒在床上……过了会儿，她将杂志从脸上移开，转眸瞟着妹儿背影。这家伙婚后除了上班就整天泡在网游里，要么就去打篮球，好像天塌下来都不知愁为何物。既没个追求也没啥理想，更不知求上进。

朵朵在心底轻轻叹了口气……

第二天在公司，白媚看见朵朵就跟没事人一样，脸上挂着淡淡的笑，热情地和她打着招呼，神态一如往日，似乎昨晚那封 E—mail 压根儿就不是她发的。

朵朵特不喜欢白媚这张一成不变像贴上去的笑脸，因为她一时无法知晓这淡静的笑容下面隐藏着怎样的滔天巨浪。

“淡”实际上是人生最深的滋味。一个人或悲或喜或忧至少能让别人知道她在想什么，可当一个人将所有的情绪都隐在淡定的表象下时，你就很难揣测到她的内心了。

白媚的笑容让朵朵昨晚拟好的一套说辞活活胎死腹中，失去了用武之地。昨晚她设想过白媚今天可能会有的各种反应，可唯独没料到会是这样的风平浪静。

白媚所表现出来的“大度”，让朵朵愤恨的同时也隐隐觉得自己似乎做了件极不光彩的事，以至于她都不好意思当着白媚的面将订单传真到工厂。一直磨到白媚出去，她才赶紧掏出订单。

将订单传真到工厂后，朵朵翻出记事本看了看今天的行程安排，整理好办公桌就离开了公司。

朵朵乘车到了今天上午的目标所在地“阳光别墅”，成功骗过保安混进了小区，瞅着没人，她就迅速将名片和宣传册鬼鬼祟祟地塞进业主信箱。转到 D 栋楼下，朵朵见一清洁工在整理装修垃圾，楼道里隐隐传出电钻的轰鸣声。

她进了电梯，寻声找到 G 座 1207 室，见两个装修工正在用水泥修平地面。朵朵笑了笑，上前礼貌地问道：“不好意思，打扰一下，请问谁是这儿的负责人?”

第十四章　何为品牌？

“呵呵，哪家公司的销售员对自己的产品都是信心满满的。
至于品牌，
你说你是品牌，
他说他是品牌，
就连装修游击队也说自己是品牌。
其实只要把活做得漂亮点，
加上收费合理，注重信誉，
生意就会像滚雪球一样，越滚越大，
在业主心目中自然就形成了品牌。”

“你有什么事?”一装修工直起身子问道。

“您好，我是早禾门窗的，想请问一下，这家业主的室内隔断及门窗是否包给了你们装修公司?”

“这个我不太清楚，好像是包给我们公司了，具体你要去问我们公司徐工才知道。”装修工说罢不再理会朵朵，弯下腰继续他的工作。

“呃，能不能麻烦您告诉我怎样联系到徐工啊?”

朵朵出了电梯，按装修工给的号码拨通了徐工手机：“徐工您好，我是早禾门窗的销售员林朵朵。”

“哦，早禾?”徐工一听早禾就接过话道，“你们的价位太高，质量其实也就那样，我们有自己长期合作的门窗公司。”

朵朵一听心就凉了，垂死挣扎地寒暄几句后却敏感地捕捉到徐工没有挂机的意思，她试探性地问道：“您看什么时候有时间，方便见面详谈一下吗?”

半小时后朵朵和徐工在一家茶餐厅见了面。一落座，徐工就微笑道：“不知你们公司门窗的价位现在可有下调?”

“早禾这块牌子可不是吹出来的，我们有强大的质量保障作为后盾。”朵朵笑了笑，很自然地岔开了话题，并不直接正面给出回答。因为她发觉在俩人还没谈热的时候就说价格很容易将谈话陷入僵局，也很难再铺开后面的话题。在这上面她狠吃过几回亏，好几次业主问起价格她马上回答后，人家连说话的机会都不再给她就直接起身走掉了。

徐工端起茶杯轻轻吹了吹，慢悠悠地道：“质量过得去的不光你们一家，深圳还有好几家品牌并不比你们差，只是名气相对较小了点而已。”

“就目前深圳门窗行业这一块来说，早禾是当之无愧地排在第一位！这可是响当当的品牌，我对自己公司的产品相当有信心，并且诚心希望能和贵公司长期合作。”

“呵呵，哪家公司的销售员对自己的产品都是信心满满。你们早禾的产品我又不是不知道，可就是价位太高。至于品牌，你说你是品牌，他说他也是品牌，就连装修游击队也说自己是品牌。其实只要把活做得漂亮点，加上收费合理，又有点信誉，生意就像滚雪球一样，越滚越大，在业主心目中自然就形成了品牌。”

“可那毕竟还是缺少保障。他们打一枪换一个地方，有些短时间内不会出现的质量问题过后发现时，你上哪去找他们说理呢？说起装修，还是得你们这样的正规大公司才行。

“买衣服鞋袜，不好扔了也就亏几个钱耗不了多少精力。但装修和购买建材则不同，省小钱很可能会造成将来的劳民伤财，重新装修多费事呀！就说隔断门吧，用了几个月后发现推拉起来困难，你找人家来调试，本来就卖得便宜，人家乐意上门来调试吗？

“实在推不动了，你换门倒是可以，可墙面贴好了瓷片换上去的门能美观吗？那些缝隙怎么修复呢？所以，宁可多花钱也得买叫得响的品牌图个保障。我们公司给出的承诺可是白纸黑字写在纸上，五年保修，终身免费维护。”

“东西谁都想要好的，可钱谁也不愿多出，更何况早禾的产品也就只是一般。”徐工品了口茶，眯着眼道：“现在钱不好挣啊！尤其装修这块，大大小小的装修公司不计其数，这还不包括那些装修游击队。各行各业的竞争都相当激烈。要想挣钱，这脑子一定得活，不能光只看到眼前利益。”

朵朵觉得他的话里透着玄机，当下也不接话，捧起茶杯在心里默默寻思着，这徐工若对我们公司产品没有兴趣，应该不会出来和自己见面的。而且他口口声声贬低早禾产品，俗话说，嫌货的才是买货人。他到……

“林小姐做销售多久了？”徐工两眼盯着朵朵，打断了她的思绪。

“这个……不瞒您说，我入行较晚，才刚起步呢。”朵朵想了想照实回答。

“哈哈！”徐工伸手将耷拉下来的一撮头发顺到他那秃顶上，笑道：“没关系，销售里的学问虽然大，可我看林小姐是个聪明人，一定能有所作为的。”

“能不能有所作为，得看徐工给不给我机会呀。”

“任何事情都是相互的，你给了别人机会，人家才能给你机会嘛。”

他这话到底什么意思呢？朵朵在心里反复琢磨，公司产品的定价都是规定死的，昨天那单，她善做主张私自把SI滑轮的钱减了一半，被上头批一顿是迟早的事。今天她总不能再胆大包天的又把价格往下降吧。

“女孩子跑销售不容易啊，不过报酬还是可观的。你们公司销售员的提成相对别的公司来说肯定高出不少吧？哈哈。”

朵朵特爱听人将她说成女孩子而不是女人。听了徐工的话，她心头先是一喜，及至徐工问到提成，她才恍然大悟，原来这秃子是在拐着弯讨要回扣。黑，实在黑！价格上不能松动就打提成的主意，亏他想得出。

“你们早禾的销售员我也接触过几个，可都死脑筋。我们公司在装修这一行里也是排得上号的，一年下来大大小小的散单和工程单也是不少的，跑销售这眼光就得放远点儿，要讲究个长来长往嘛。”徐工不慌不忙地旁敲侧击道。

说得好像有几分道理。朵朵默想着他的话，从提成里拿点回扣出来对自己而言只是少赚了点钱，并未赔钱。况且对她这样的新职员来说，如何能每月接到单，在公司先站稳脚跟才是关键。

她笑笑，看看徐工道：“不知阳光别墅的门窗需求量有多大面积?”朵朵心想若面积少犯不着再和他浪费时间。

“呵呵，这个嘛……我们在假日海滩高级别墅区新接了个大的工程项目，马上就要开工了，而且房产商和阳光别墅这个业主一样，都指定要你们早禾的产品。现在阳光别墅这个只是散单，面积虽然不大，但只要咱们这次合作愉快，接下来就什么都好商量嘛。林小姐放心，我徐某人做事向来不会亏待他人。”

原来阳光别墅这个业主指定了要早禾的产品，很多业主因为不懂建材或工作繁忙，就把购买建材的事一并包给了装修公司。而各大装修公司为抢生意互相拆台爆光，在业主面前揭露一些装修中能坑钱的陷阱，提醒业主小心别上当受骗，以此赚取业主的信任，从而达到自己顺利接下单的目的。

久而久之，业主一个个都变得贼精，并且一传十、十传百，大家慢慢都知晓了装修中能捞到钱的地方。再加上这些装修公司因恶性竞争低价抢夺生意，渐渐将装修款搞成了透明化，如此一来，装修公司的油水大大减小，但他们有的是办法，关上一道生财之门，他们就会另外打开一扇取财之窗。

这些装修商开始把手伸向各类建材行业的销售员，更有甚者，利用业主的信任大肆骗取业主钱财。一些业主喜欢自己选购建材，因为不懂，怕花了钱买不到好货上当受骗，他们就会找自家装修商出谋划策，然后约定时间或利用双休日一同前往某建材超市。而这些装修商往往就会提前先跑到建材超市和营业员谈妥最低价，他们许诺给营业员的条件无非就是下次有生意都往你这儿带，以此达成协议。例如，他们和营业员说好800元/平米成交的建材，等业主来后就将成交价咬到1000元/平米，多出来的钱自然就落入装修商的口袋。

朵朵和徐工签订好合同看看时间尚早，她在一家自助餐厅吃了中午饭，又在附近一排服装专卖店逛了逛。因周围人声嘈杂，她怕错过瞿经理的电话，不时拿出手机看看是否有未接来电。

结果到了下午三点多瞿经理电话还没来，朵朵决定不再傻等，亲自杀上门去。

“请问瞿经理在吗?”商业城的五楼办公室门大开着，朵朵笑盈盈地站在门口，轻轻敲了几下门问道。

“你找我有什么事?”一个较为富态的中年女人摘掉眼镜抬头看着她。

第十五章　上当受骗

朵朵将昨天的经过在大脑里仔细过滤了一遍，
不由倒抽了一口凉气，
从头到尾那人都没说过自己是瞿经理。
朵朵这会儿宁可相信骆驼被一根稻草压死了，
也不愿相信自己被人给耍了！
销售之路对她这样的新人来说，
那是“路漫漫其修远兮，须得上下而求索”。

“请问，您是……?”朵朵大脑一时处于缺氧状态。

“我就是瞿经理。”

“请问，这里有几个瞿经理啊?”

“这儿姓瞿的就我一个，瞿经理也就我一个。”中年女人疑惑地看着急步冲到自己面前的朵朵。

“可是……可是我昨天见到的瞿经理不是您，他年龄和您差不多，穿一件暗红色带竖条纹的西服……”朵朵手忙脚乱地比划着昨天那位瞿经理的外貌特征。

“我们办公室没这个人。”中年女人很肯定地摇了摇头。

“他告诉你他是瞿经理了吗? 有可能是租用下面商场的商户，每天都有商户来这儿问租金等费用。”旁边办公桌上一老者插言道。

朵朵将昨天的经过在大脑里仔细过滤了一遍，不由倒抽了一口凉气，从头到尾那人都没说过自己是瞿经理。朵朵这会儿宁可相信骆驼被一根稻草压死了，也不愿相信自己被人给耍了。

“你好像在这儿遇到了什么不愉快的事儿?”瞿经理看着朵朵，嘴角噙着一丝若有若无的笑意。

“哦……我是早禾门窗的销售员，请多关照。”朵朵掏出名片双手捧着递了过去，她不想再就上当的事纠缠，因为说了毫无益处，就当几百元的西餐喂狗了吧。她只得很阿Q的安慰自己。

“推销门窗跟我们物业扯不上任何关系呀!”瞿经理漫扫了一眼名片，和对面的老者交换了下眼神，然后莫名其妙地望着朵朵。

“你应该去找房产商或装修公司，不过我们这儿马上就要开业，哪里还需要订什么门窗啊?”那老者说罢起身拿着一大串钥匙出去了。

“可是你们办公室不需要隔断门吗?”朵朵望着瞿经理，心有不甘地问道。

“小姐，我们这是商业城，办公室就这几间，而且结构都和这间一样，你自己看看这哪需要什么隔断门啊。就是需要那也是房产商的事。你推销门窗要去住宅小区找业主或装修公司洽谈，物业是不会管这些的，小区里的物业最多也就是管管门窗颜色是否统一，不能影响到整体美观，定制门窗跟物业公司是无关的。”

“我……呃……”朵朵张口结舌说不出话来。她想瞿经理肯定是认为自己特傻，才好心好意和她解说这些。她知道去小区里推销门窗是找业主或装修公司，但她不知道商业城的该找谁，小保安说可能要找物业，她便想当然地以为归物业管。

从商城出来，朵朵无精打彩地站在楼下茫然四顾，她觉得马路边花圃里的一花一叶、一草一木似乎都在嘲笑她的无知和弱智。

手机铃声响了，朵朵从包里掏出手机，如果说冤枉花几百元请一个莫名其妙的人吃了顿西餐让她胸闷的话，那么销售经理岳明飞这个电话则让她知道了什么是雪上加霜。

挂了电话，朵朵心里七上八下的，岳明飞命令她速度赶到公司，从他那十分不耐的语气里，朵朵隐隐感到事态很严重。

不就是将SI滑轮的钱减了一半，大不了自己贴上好了，至于对她态度那么恶劣吗?

望天。

朵朵发了会儿呆，这才怀着忐忑的心情匆匆往车站赶去。一只不知名的秋虫在她脚边草地上蹦来蹦去，朵朵突生恶念，她抬脚就朝秋虫踩去，或许那小家伙感受到了来自身后杀气腾腾的脚风，几个弹跳迅速隐进草丛失去了踪影。

一只小虫居然也要给她添堵，朵朵越发胸闷。皱着眉头走了几步，她停住脚，望望远处的天桥再看看对面的车站，紧接着快速侦察了一下地形，确定没有隐蔽的“特务”后，她犹如破空的箭一般飞速射向对面。

“罚款！罚款！”

真是活见鬼！朵朵望着横在面前仿佛破土而出的老头儿和老太太，懵了！反应过来后，她恶狠狠地扫视了一下四周，根本就无藏身之处，只有一辆小车远远停在道旁。朵朵神智一时有些恍惚，如这老头儿和老太太真藏在小车后，那么远的距离跑过来自己刚才怎会没发现?

“横穿马路罚款二十。”老太太激动地挥舞着手臂，她似乎没认出朵朵来，老头儿则兴奋的从兜里翻出“红宝书”。

“您二老看错了，我一直就在这边，并未横穿马路。我老公是的哥，他刚才在马路对面招手叫我，隔得远，我听不清他说什么，所以就下了人行道往马路中间走了几步。这不，我刚回转身就看见你们了。我可是良好市民，怎么会横穿马路呢？再说我还年轻，我可不敢拿自己生命开玩笑，这马路上车来车往多危险呀！"

"是不是啊？"朵朵说起谎来有板有眼，不由人不信，老太太上下打量着她，眼里突然闪过一丝疑云。

"是的，是的。"朵朵怕她认出自己，赶紧又道："我是 305 公交车上的售票员，今天轮休，我天天在道上跑，我比交警都还清楚交通规则，怎么可能会横穿马路呢？"

"哦，那就算了。"见她说得淡定自如，老头儿和老太太用眼神交流了一下，然后冲她挥挥手再转过身嘀嘀咕咕地往远处停放的小车走去……

"哎！等等。"朵朵回到公司所在的写字楼里，刚进电梯，在门即将关闭时白媚气喘吁吁地挤了进来，看见朵朵便笑道："哟，朵朵，今天收获如何？"

"我能有什么大的收获，销售之路对我这样的新人来说，那是路漫漫其修远兮、吾将上下而求索。"

"看来是接了个小单，不错不错，总好过无功而返。每天能有个小单接就很不错了。"

那你以后就专接小单好了！朵朵笑了笑，在心里暗暗腹诽着。

出了电梯俩人一前一后往岳明飞办公室走去……

"咦，难道你也是接到岳头电话赶回来的？"白媚站住脚，诧异地看着朵朵。

"这么说你也是？"

"是啊，不知什么事？他只让我立即回公司。"

好家伙！难怪岳明飞在电话里语气不善，原来你还有这一手！居然告自己"黑状"？还在这装大尾巴狼。

朵朵勾勾唇角，好吧，未知的要远比已知的可怕，来得晚不如来得早，就知道你不会善罢甘休。

第十六章　重开订单

岳明飞气得在办公室来回暴走，
指着朵朵厉声道：
“你不光下调了滑轮钱，
钢化玻璃和管道处理及异形窗这些你一样都没加收钱，
你是不是不打算在这儿干了？”

“白媚你到底是怎么带的人？居然给我捅出这么大的娄子。”俩人一跨进经理办公室，岳明飞就怒火万丈地冲白媚开了炮。

白媚和朵朵不约而同地对视了一眼。

“林朵朵，是谁给了你权力？居然敢私自把 SI 滑轮的钱下调一半！你这么做请示过谁？”岳明飞一张脸像浸泡在了冰水里。

朵朵对此事早做好了挨 K 的准备，她暗暗咬着牙，努力将面部表情调整到自然状态。

“这事主要责任在我，都怪我没向林朵朵特意强调过此事。”白媚不知道朵朵下调了滑轮钱。她不动声色地在心里笑了笑，随即开口将责任揽在了自己身上。

你倒会在领导面前卖乖。朵朵不悦地暗哼一声。

“还需要特意强调吗？”岳明飞拿起一蓝皮文件夹重重摔在桌上，低吼道，“我就没见过这么胆大妄为的销售员。仅仅是滑轮的钱还好说，可你看看她签的这叫什么单？”岳明飞打开文件夹，抽出一份资料甩给白媚，“你自己看看，这是工厂发来的传真。”

白媚捧着传真，目光定格在封阳台固定窗的价格上，她在“兴园”小区接了不下十个单，那儿的阳台都带点弧形，朵朵抢走的这个客户就是“兴园”小区的业主。而弧形的阳台必须做成异形窗，在每个转角处都需加一根 90 度直角的料，光是这根料一米就得加收 500 元。

岳明飞气得在办公室来回急走几步，尔后用手指着朵朵厉声道：“你不光下调了滑轮钱，钢化玻璃和管道处理及异形窗这些你一样都没加收钱，你是不是不打算在这儿干了？”

朵朵听了一头黑线，一个斗大的“钱”字重叠着白媚嘲讽的笑脸在她脑子里不停地跳跃拉伸。作为一个漂亮女人，朵朵从未被男性这样张牙舞爪地狠批过，尽管这人是她的上司。朵朵拼命咬着牙，不让涌上眼眶的泪水掉下来，因为泪水如果不慎掉落在地摔得珠玉四溅，她怕自己的忍耐会被惊醒。

“或者我和朵朵一起去找客户沟通一下?”白媚看看岳明飞，然后转头对朵朵说，“我和你一起去找客户谈谈，看能否将损失减到最小。放心，这单还算你的。”

“不必，我会自己想办法解决。”朵朵不冷不热地顶了回去。昨天急于抢白媚的单，加之又是第一张非人情单，整个谈单过程中她的大脑和心情一直处于极度亢奋和忐忑中，以致忘了在单据的备注栏里注明所有这些应该加收的钱。

“哼，白纸黑字写好的价格，怎么让客户加钱? 换了你是客户你会加吗?”岳明飞气得脸都绿了，好在工厂接到朵朵这张订单的下单员是他女朋友，并在第一时间告知了他；否则这事要让上头知晓，他能否顺利升职将变成大问号。

因朵朵是他手下职员，工作上出了纰漏，上面只会找到他头上，而且“早禾”的门窗价格除了重大节日或公司周年庆典会有折扣外，别的时间一律无价可讲。朵朵签的这单价格若由客户嘴里传了出去，知道的是销售员粗心大意，不知道的还以为“早禾”价格有了调整。这样不仅会给别的销售员工作上带来不必要的麻烦，风声还会迅速传到上头。

“工厂今天已经派师傅上门量尺了吗? 那边怎么解决?”白媚担心这事已经扩散，她可不想岳明飞升不了职。

“工厂那边我会处理。”岳明飞坐回大班椅上盯着朵朵道，“你马上和客户联系，重开订单，该加收的钱一分也不能少，没有本事说服客户就由你个人掏钱补上。”

从经理室出来，朵朵立即联系了客户，可任她说破天，人家的坐姿就如青松一样挺拔，丝毫不为所动，从头到尾就甩给她一句话：改单可以，加钱没门。

朵朵最终只得无可奈何地自己掏钱补上。要不然她还能怎么办? 难道要辞职另谋高就吗? 先不说一个奔三的女人工作有如何难找，就是好找，朵朵也不愿再去重新适应新的企业文化，更不愿再次面对试用期的压力。

深秋的风吹得林荫道旁的棕树叶哗哗响，夜色像落在宣纸上的墨滴，渐渐洇开，远远近近递次而开的霓虹灯点亮不了朵朵黯淡的双眸，她的心仿佛被千斤重的巨石压住了，每跳一下都那么吃力。一个不到二十万的单，销售员的提成才2个点，这张单朵朵得到的提成还不够她倒赔的钱。

这叫什么事！她这销售员做得可真绝，不是白花冤枉钱就是倒赔钱，10个点提成的大单对她来说似乎变成了遥不可及的梦想。

朵朵微眯双眼凝视着前方，颈上丝巾在晚风中轻舞飞扬，不时翻卷起来拍打着她的脸颊。

路边一家宾馆前的假山中喷泉盛开如伞，初上的华灯照着水色五彩琉璃，也将朵朵的影子拉得很长很长……

她一时不知该何去何从，站在街头，心中一片茫然……

Blue Note 酒吧里人头攒动，朵朵婚前时常呼朋唤友在这儿挥洒青春，不过半年没来，再次置身于这样的氛围中竟让她有种恍如隔世的感觉。

吧台内的调酒师在昏暗的灯光下，伴着音乐宛如要魔术般将调酒器舞得滴水不漏。

捧着红酒端坐在高脚凳上，过去那些无忧的岁月如黑白胶片一样在杯中清晰浮现，熟悉的音乐和熟悉的嘈杂声充斥着酒吧的各个角落，可朵朵却突然感到了孤单，一种来自心灵深处的孤单……

“嗳哟!”

怒。

朵朵愤而转眸，一边斜视着撞了自己的冒失鬼，一边慌忙取纸巾擦拭着泼洒在衣服上的红酒。那家伙惹了祸却浑然不觉，还在那儿摇头摆尾地陶醉。朵朵不假思索地提拳往他背上落下。

第十七章　惊现大鱼

朵朵在如愿以偿拿到 Kevin 的名片后，
暗自为自己这最后的举动喝了声彩，
这家伙居然是迅达房地产公司的副总。

"Good evening! What can I do for you?"（晚上好！我能为你做什么？）那家伙笑容可掬地转过身，朵朵发现对方居然是个三十出头的洋鬼子，两只眼珠就像蓝色多瑙河一样深邃。

"请用我听得懂的语言。"朵朵将杯中红酒一饮而尽。

"OK，我叫Kevin（凯文），很高兴认识你。"Kevin的中文说得不算蹩脚，但听起来还是有几分怪腔怪调。

"Kevin。"

朵朵还不及开口就听身后传来熟悉的声音，回眸一看，白媚笑盈盈地立在身后。一件鹅黄色的高领针织衣衬得她皮肤亮色不少，看去竟有着说不出的俏丽。

白媚猛然见到朵朵，眼里飘过一丝不易察觉的惊愕，随即便不露痕迹地笑了笑，对Kevin说："咱们过去那边找个位置坐吧！"说话间已抬脚往左边去了。

Kevin翻了翻眼，摊开两手冲朵朵耸了耸肩。白媚这样无视她，连个招呼都不打，朵朵心头不由窜起怒火。下午她误以为是白媚在岳明飞面前告了自己黑状，后来发现并非如此，她还暗暗鄙视过自己的小人之心！

白媚和这老外是什么关系？朵朵又要了杯红酒，她轻轻晃动高脚杯，似乎想从泛着微波的酒中找出答案。

是男朋友还是客户？若是客户……那一定是个大客户。想到这儿，朵朵不觉转眸在熙熙攘攘的人群搜寻着他俩的身影。就着昏暗的灯光，朵朵看见白媚和那老外在舞池里扭得火树银花，笑得一脸的春光灿烂。

Kevin无意中一甩头，与朵朵投过来的目光碰了个正着，他友善地冲朵朵眨了眨眼，朵朵斜眸回了一笑。她知道自己那一笑，多多少少是有些妩媚的，且是有意为之。

机会不是从天上掉下来的，也绝不是别人能给的，而是要靠自己去努力争取的。不管这洋鬼子是不是客户，朵朵在回过头的这一刻已做好了决定。

“嗨，阿媚，这么巧。”待白媚和 Kevin 下了舞池，朵朵袅袅娜娜地走过去在他们身边坐下。

“是啊，真巧。怎么你有一个人泡吧的习惯吗?”朵朵去早禾应聘时个人简历上填的未婚，故白媚不知她是有夫之妇。

“原来你们认识?”Kevin 做了个夸张的表情。

“Forget to introduce，this is my friend Duoduo Lin，this is Kevin。”(忘了介绍，这是我朋友林朵朵，这是凯文。)白媚说得一口流利的英语。

“晚上是朋友，白天是同事。”朵朵英文虽然很水，但连蒙带猜也能听懂个大概，因此笑眯眯地补充道。

白媚用粤语对朵朵说：“用英文啦，Kevin 嘅中文好差嘎（Kevin 的中文好差的)。”Kevin 听不懂粤语，白媚是个语言天才，不仅英语口语好，还会国内很多种地区的方言。

“我习惯在自己国家的土地上说母语。再说我觉得 Kevin 的中文很棒，没有你说的那么烂。”最后这句话一出口，朵朵便立即用充满歉意的目光看向白媚，似乎很是为自己一不留神说漏嘴而愧疚。

白媚表神亦变得讪讪的，脸颊迅速泛起一圈红晕。

“噢！白，你认为我的中文很烂吗?”Kevin 歪歪头，翻了翻他那双漂亮的蓝眼睛。然后摇头晃脑地对朵朵说：“我祖母是中国人，我有中国血统，我的半个母语应该说得不错的。”

“半个母语?”这话把朵朵逗乐了。白媚转眸瞟了她一眼，对朵朵死皮赖脸挤在这儿极为恼火。

仨人有一搭没一搭地聊了会儿，白媚见朵朵丝毫没有离去之意，脸上的笑容便有些挂不住了，几分不耐之色渐渐在眉梢处显山显水。

“朵朵，怎么你一个人来泡吧? 为什么不约朋友一起呢?”

“相约不如偶遇。”朵朵笑得没心没肺，她知道白媚这话是在变相地赶自己走，她一直企图在言谈举止中找出白媚和 Kevin 的关系，可却始终如雾里看花一般。

既然看不出他俩是啥关系久坐也无益，反而徒增白媚反感。大家毕竟是同事，她不想和白媚闹得太僵，因此又聊了会儿她就起身礼貌地告辞了。

朵朵取回自己寄存的包后，皱眉想了会儿，然后穿过人群又来到他俩面前。

朵朵从包里掏出名片递给 Kevin 道："这是我的名片，认识你很高兴。"

白媚显然没料到她这一招，嘴上不好说什么，心里却极为不悦。

在职场中，工于心计又表现出来的人固然使旁人觉得不爽，但自己在心里算计、不形于色、又不刻意去害人，其实倒没什么不妥。纯粹地玩心计能成功的机会并不大，可一个人若在能力的基础上再加点脑力，则会锦上添花，更上一层楼。

朵朵在如愿以偿拿到 Kevin 的名片后，暗自为自己这最后的举动喝了声彩，这家伙居然是迅达房地产公司的副总。

大鱼啊大鱼。

从 Blue Note 酒吧出来，朵朵心情似拨开云雾见了朝霞，血液里还沸腾起一股跃跃欲试的浪潮。

下午被经理 K 后她就打电话告知了妹儿和高老太，晚上可能会晚些时间回家，让他们不用等她回家再开饭。在朵朵和客户商谈改单时明妍回到了家，一进门高老太瞥了她一眼问道："今天是姓郑还是姓送啊?"

"话多，你管我姓什么?"明妍换着鞋子一脸不高兴。

"哼，我才不爱管你。"高老太坐在沙发上给嘟嘟织着毛线衣，织了两针到底没忍住，瞄瞄明妍又唠叨道："休息不说在家歇着，非要跑出去摸摸牌，二百五，拿钱送给别人去花。看你这脸色就知道今天输得不少吧?"

"哎呀，你别烦，一天到晚就话多。谁说我输了。"明妍走进高老太房间见嘟嘟半跪在椅子上，手里握着支铅笔在一本杂志上乱涂乱画。她一看是朵朵订阅的"读者"杂志，一把就夺下嘟嘟手里的笔，嘟嘟正画在兴头上哪里肯干，当即便扯开嗓子大哭，明妍提起她就往屁股上扇。

"你个砍刀的，输了钱拿小孩儿发什么火。"高老太闻声急跑进来，从明妍手里抢过嘟嘟劈头就骂。

"谁发输火，你少在这里瞎说。你看看她拿什么在画? 这还是一本新杂志，朵朵看见肯定会不高兴。"

"这是我给她的，一本书画画有什么关系? 用橡皮擦擦掉就是了，这也值得你来打孩子啊?"

"难道家里连纸也没有啊? 你干吗非得拿书去给她画?"

"我当时在摘菜，顺手拿给她的，不就是一本书吗? 外甥女拿舅妈的书画画又有什么大不了的，这也要不高兴? 那我看她也是太容易生气了，我还生气呢，结婚大半年一点动静都没有，不会下蛋的母鸡。"

"你又在这里乱说话，他们才结婚多久，人家结婚几年才生的一大把。"

“人家多大她多大啊？眼看就三十了，以为还小吧。”

“我懒得跟你说。幸好你不是我婆婆，否则每天会有吵不完的架。”

“你以为老子喜欢跟你说呀？你们俩都不是好东西，一路货色，都是好吃懒做的家伙。未必我这婆婆还差了呀？哼，不是我自夸，像我这样的婆婆打着灯笼也难找到几个。”

高老太说着骂骂咧咧地去厨房帮女婿打下手去了……

第十八章　祸从口出

高老太闷在房里不再出来，
她没想到嘟嘟会将她随口说的话抖出来，
一面在心里暗暗咒骂自己在小孩子跟前口无遮拦，
一面又安慰自己没什么大不了的。
人家的媳妇结婚半年孩子都生下来了，
自己媳妇一点动静都没有，
不是不会下蛋的母鸡是什么？

吃过晚饭在客厅坐了会儿，嘟嘟爸咽下嘴里的哈密瓜，一边用纸币擦着手一边问明妍，“走吧?”

“我看完这电视，你自己先回家。”明妍说完悄悄瞄了瞄郑老爷子。

“不知道回去看啊!”高老太瞪了她一眼。

“嘟嘟，要不要跟爸爸一块回家?”

“不要，我要跟妈妈一起回家。”嘟嘟坐在沙发上堆着积木，头也不回地答道。

“爸，妈，那我就先回家了。”

“路上开车当心点。”高老太每晚都要这样嘱咐女婿。

吃完水果，郑老爷子和高老太准备出去散步时，明妍偷偷给高老太使了个眼色，可高老太却装做没看见。走到大门口换鞋时，她突然拍拍脑门道：“差点忘了，我答应晚上教周大妈编毛线衣的花样，你自己去散步吧，我今天不去了。”

老爷子回头瞥了眼明妍，一声不吭地走了。

“妈，喝茶。”老爷子一走，明妍赶紧沏了杯茶给高老太。

“你给我死开些，我一分钱也没有。”

“别这样小气啦，发了薪水就还你。”明妍用手在高老太肩膀上轻轻推了推。

“哼，你打的借条都还有十几张在我手里，哪次还了? 借你那是肉包子打狗，有去无回。”

“这次保证还! 来啦，别小气，人家都等着我呢。”

“你死了这条心，我是不会再借钱给你去打牌。一个女人不学好，成天就知道赌博，辛苦工作赚俩钱全送给别人去花，二百五。”

“哎呀，你别这么多废话，到底借不借?”

“嫌我废话多你就走远些，别往我跟前凑。”高老太像尊菩萨似的坐在沙发上织着毛衣，任明妍说得口舌生花都不再搭理她。

“好，我知道了，马上来。”明妍手机响了，挂断电话后她继续磨着高老太。

“你不打牌会死啊?”高老太被她烦不过，气得一声大吼。

“妈，我保证下不为例。”

“我真要被你活活气死！有俩钱不是买高级衣服就是买包包，你不知道拿衣服和包去赌啊!”

“妈——”

最终高老太还是经不住她的软磨硬泡，起身去柜子里取了一千元给她。嘴里兀自骂道：“总有一天你会死在赌桌上。你爸爸要知道我拿钱给你去打牌，不吵翻天才怪。”

明妍得了钱喜笑颜开，也不计较高老太的毒话了。她让嘟嘟去高老太房里藏好，说躲猫猫玩。待她悄悄溜走后嘟嘟才发觉上了当，往地上一滚就大哭大闹，气得高老太一阵怒骂。

“嘟嘟来，舅舅带你去超市买好吃的。”妹儿闻声从房里出来，抱起嘟嘟放在自己脖子上，小家伙才止住了哭声。

朵朵到家后见妹儿抱着嘟嘟坐在电脑前看《加菲猫》，桌上摆了一大包零食。她摸摸嘟嘟的小脑袋笑道：“怎么你又没回家啊!”

“你在外面吃过饭没?没吃我就去给你把饭菜热一热。”高老太跟进来问道。

“我自己来吧。”

“不用你去，你一去厨房就搞得乱七八糟的。”

朵朵换好衣服出来吃饭，嘟嘟突然跑来把小鼻子贴在她身上嗅了嗅说：“没有鸡的味道。”

“舅妈又不是鸡哪来鸡的味道?”妹儿走来呵呵笑道。

“那外婆怎么说舅妈是不会下蛋的母鸡呢?”嘟嘟抬头瞅着妹儿，小脸上写着疑惑不解。

“你个小砍刀的乱说什么?还不给我去睡觉。”高老太闻言脸红了红，气急败坏地抓过嘟嘟就往自己房里拎。

郑老爷子瞪了高老太一眼，随即关了电视跟着回了房。

“下午和客户谈得怎么样?顺利吗?”妹儿神情颇有几分尴尬。

朵朵容色平和地吃着饭没理他。

“妈年纪大了，有时说话不太着边，你别往心里去。”妹儿见她风平浪静暗叫不妙，因为根据经验又将是场持久战，不把嘴皮说破就别想哄得她开心。

高老太闷在房里不再出来，她没想到嘟嘟会将她随口说的话抖出来，一边在心里暗暗咒骂自己在小孩子面前口无遮拦，一边又安慰自己没什么大不了的。人家的媳妇结婚半年孩子都生下来了，自己媳妇一点动静都没有，不是不会下蛋的母鸡是什么?

客厅里朵朵吃完饭妹儿欲抢着去刷碗筷，朵朵默默扒开了他的手，自己收拾好碗筷去了厨房。

“我给你说个笑话。”妹儿赶紧跟去厨房，“我一个同事回家晚了，他老婆愤愤不平地说：‘我们结婚才一个星期，你就回来这么晚。’你猜我同事怎么回答他老婆的?”

朵朵慢条斯理地戴着手套，面无表情，连眼睫毛都没抖一下。

“呵呵。”妹儿陪笑接着道：“我同事对他老婆说：‘请原谅，亲爱的，我没能早回来是因为在酒吧里朋友总是缠着我，让我讲述我同你在一起是多么幸福。’”

“老婆。”妹儿揽着朵朵的腰在她耳畔轻声道：“娶到你我觉得特别幸福。”

朵朵不动声色地关了水，放好碗筷自顾回了房。

“老婆，我再给你说一个笑话，保证你听了后会哈哈大笑。”

妹儿接连说了好几个笑话，可朵朵始终没点反应，既不笑也不言语，躺在床上拿本杂志也不知她到底有没有看进去。妹儿坐在床右边她身子就往左侧，妹儿坐在左边她就往右侧。妹儿心里突然就来了气，至于么，不就是老妈说错一句话吗?

他觉得朵朵未免太过矫情。

高老太曾对他说过的话在他心里响起：“老婆不能这样惯着，你一惯，她就成天跟你闹小脾气，最后受累的还是你自己。”妹儿以前觉得老妈说的话不在理，老婆娶来可不是疼的么?可这会儿他却觉得这话耐人寻味。

自打恋爱以来哪回不是自己百般迁就，就没见她低过一回头，越哄越来劲。妹儿决定不再多费唇舌，坐回电脑前打他的游戏去了。

朵朵有一死党叫徐洁，俩人大学毕业后一同来闯深圳，谁知徐洁来深圳半年不到就闪电般嫁给了一小老板，婚后每年一孕，生了三朵金花，老四做B超还是一女孩就活生生打掉了，当初花朵一样的徐洁现在憔悴得不行，故朵朵对生孩子怀有一种恐惧和排斥感。

在妹儿保证婚后绝不逼着她生孩子后，她才“破釜沉舟”般把自己给嫁掉。这会儿见妹儿撂下自己自顾玩着游戏，不觉恶向胆边生，想也不想便将手里的杂志往妹儿头上准确无误地砸了过去。

第十九章　实地考查

下午朵朵特意跑去假日海滩高级别墅区看了看，
二期土建已经完工，
一期那一大片的豪宅看得朵朵欲喷鼻血，
这单接下来得有多少提成啊？

“你这只禽兽，猪狗不如。”手起书落，朵朵怒视着妹儿。

“呵呵，佩服，连量词都用得这么有才。”妹儿突遭袭击，内心有几分不悦，面上却仍陪着笑。

“去死!”朵朵抓过枕头，手一扬就对着他飞了过去。

婚前哪回使性子妹儿不是千般万般地讨好哄她开心，今天受了婆婆天大的委屈，这家伙居然敢抛下自己去玩游戏，怎不叫她怒火万丈。朵朵气极，抓过身边所有能利用的武器没头没脑地往妹儿身上一通乱砸!

“你是不是疯了?无理取闹!”妹儿一边招架一边沉下了脸。

“是，我是疯了，我早就疯了，不疯我怎会嫁给你这面团一样的窝囊废?一个只会打电游的窝囊废。”朵朵大声咆哮着，泪水在眼眶不住打旋，妹儿从未这样大声喝斥过她，一时只觉悲从中来，嘴里一连串地高声咒骂着……

“不可理喻!”妹儿气得转身拉开房门，惹不起还躲不起么?

却不想高老太躲在门外，门开后，朵朵飞来的暗器无巧不巧地砸在了高老太额头上。

“妈——你没事吧?”妹儿慌忙扶住高老太。

“我没事，没事，你们好好的在闹什么呀?搞得个惊天动地的!也不怕邻居听了笑话?”

妹儿见高老太没事，回头瞪了瞪瞠目结舌的朵朵，一言不发就欲摔门而去。

“你给我站住!”郑老爷子如尊铁塔般挺立在妹儿身后。

“舅舅。”嘟嘟怀里抱着玩具狗，穿着一双粉红色的卡通小拖鞋站在高老太房门口，怯生生地望着妹儿。

妹儿回头见老爷子铁青着脸，盯着自己一言不发，心下便有几分不自在，打小他和明妍就畏惧严厉的老爸。想了想，他转身去了阳台。望着窗外色彩斑斓、不停闪烁变幻的霓虹，皱紧了眉头，他从未见过朵朵做歇斯底里状，不就老妈随口说了一句不中听的话么？又不是真的不能生，至于闹成这样么？

朵朵一句“窝囊废”让妹儿觉得很受伤。他一动不动地站在窗边，眺望着物欲横流、繁华喧闹的都市夜景，晚风不时掀起窗帘轻轻拍打着他……

“朵儿呀，都怪我这老太婆嘴巴不好，喜欢乱说话。”高老太揉揉额头走进来，眼里饱含着焦虑道：“你就别往心上去，这过日子一家人哪能不磕磕碰碰的呢？”

朵朵见婆婆没事心下稍安，先前砸中高老太她一时有些惊惶失措，脸色刷白。

“浩子要敢欺侮你，看我和他爸爸饶不饶得了他！如果……”高老太在批评妹儿一大通后开始教育起朵朵：“这人活在世上不容易啊，夫妻得互相体谅着过日子才能白头到老。吵架时再生气也不能说伤对方心的话。”

其实朵朵在知道婆婆背后骂她是不会下蛋的母鸡时心里只是觉得委屈，并没生多大的气。她之所以跟妹儿较劲，不过是想看看婚后的妹儿对自己使小性子还会不会有从前的耐性。妹儿只要比婚前表现得更好，这事也就雨过天晴了。可偏偏妹儿却在革命即将胜利的时刻放弃了攻城掠地，这下朵朵就觉得嫁给他上当受骗了。

看着两眼泪汪汪的朵朵，高老太叹口气道：“你们现在的年轻人都是身在福中不知福啊！你比起我做媳妇的时候要幸福多了。我那时也是和婆婆一起住，你爸爸在外当兵，我怀着妍儿想吃鸡蛋，家里养着几只老母鸡，可我婆婆不给我吃。乡里老太婆蠢得死，怕我偷吃，她居然把一袋鸡蛋偷偷埋在地里，结果后来取出来一看全黑掉了。”

高老太微眯着眼，似乎在回忆年轻时的岁月……过了片刻，她才收回思绪，扫视了一下凌乱的屋子开始动手收拾，一边拾起散落在地的杂志和枕头一边对朵朵说：“我那时就发誓，以后我有了媳妇绝不那样对她，我一定把媳妇当成自己的亲生女儿来疼，我绝不让我的媳妇受我受过的气。”

控诉起自己婆婆，高老太就像有一本说不完的血泪史。妹儿奶奶至今仍然健在，和妹儿的叔叔婶婶住在乡下老家，也不知这对婆媳从前有着怎样的深仇大恨，每年春节高老太都要找尽各种不去乡下的理由。

数落完自己婆婆，高老太又唠叨起妹儿和明妍小时候的一些事，或许朵朵因为失手砸到了婆婆心怀歉意，所以一直安静地洗耳恭听着。

这一夜，妹儿在客厅坐到很晚才回房，夫妻俩自婚后以来头一次背对背而眠，婚姻生活首次亮起了红灯。

高老太到底嘴碎，第二天就将事情的前因后果绘声绘色地学给了明妍听。明妍知道后不乐意了，把人家老妈砸到了还了得。当下就阴了脸说："我看我们一家人对她太好了，好得她不知道自己姓什么了！"

高老太一看女儿这表情暗道坏事了，心里一个劲儿地责怪自己多嘴，慌忙警告明妍道："她是砸浩子，又不是成心来砸我，你少多事。这里都还没太平，你又来兴风做浪，小心你爸冒火。"

嘟嘟爸也悄悄对明妍说："你别犯傻去趟浑水，这婆媳关系谁说得清啊？她们今天吵明天好，等你去和她闹翻了，她们又早好上了，到时你里外不是人，别说我没提醒你。只要不是太出格的事，你做姑子的还是少插手为妙。"

"都打到我妈头上了还不出格呀？家里有老人，几时轮到她来大吼大叫？她眼里到底有没有老人啊？"

"反正我是好心提醒你，听不听在你。妈自己都说了朵朵是砸浩子，又不是故意的。这关系撕破脸容易，再想回到从前一样好可就难了，你自己掂量着看吧。"

朵朵下班回家看到明妍的第一眼就感觉到了敌意，一句打招呼的话硬生生用舌尖顶了回去。以往这俩人每晚见了面都会聊个不停，这会儿却谁也不搭理谁。

朵朵猫在自己房里一直到高老太叫她吃饭才出来。若搁在往日倒也没什么，可今个儿明妍却觉着自己这弟媳架子也未免太大了，吃个饭还要请，心里不悦脸上便表露无遗，又不好发作，只得拿着嘟嘟来指桑骂槐。

朵朵又岂是"善类"？她绝非忍气吞声之人，当下绷紧一张俏脸将碗筷扒拉得叮当响，以此发泄着自己的不满。妹儿抬眼看了看她，想说什么却又咽了回去。

高老太则不时拿眼暗示明妍，心里咬牙切齿地咒骂着。她一辈子信奉家和万事兴！以前在乡下没出来时忍婆婆，来深圳后忍丈夫，老了又忍儿女，图的就是一个家和。她常说家里战争不断，家庭成员就会接连走霉运。

一餐饭吃得郁闷不已，饭后朵朵回到房里一头倒在床上，这几天不知倒了什么大霉，先是接连亏损钱财，接的尽是些狗血单。早上在公司还被白媚将了一军，差点下不来台。

一想到早上朵朵就来气，白媚居然微笑着让她去茶水房倒杯咖啡来，本来倒咖啡并没什么，可白媚当时的眼神却透着居高临下的命令，让她很不爽。一时接她手中的杯子也不是，不接也不是，幸得王雪雁这小丫头机灵，瞅着不对马上将白媚手中的杯子接了过去。

朵朵知道白媚是为昨晚的事对自己不满，想给自己一个下马威。可她天生服软不服硬，白媚越这样反而越激起了她的斗志。朵朵在网上搜索了有关迅达房地产的大量资料，查到这家房产公司目前正在开发假日海滩高级别墅区的二期工程，并拐弯抹角从同事口中探听到白媚当初就是接下了一期这张肥单才顺利荣登主管之位的。

下午朵朵特意去实地看了看，二期土建已经完工，一期那一大片的豪宅看得朵朵欲喷鼻血，这单接下来得有多少提成呀?

晚上在回家的路上，朵朵突然想起徐工曾以假日海滩别墅区为诱饵向自己索要回扣一事，不觉大呼上当。若迅达将铝合金门窗一并包给了他们装修公司，昨晚和白媚在一起的就不会是 Kevin 了。

白白奉送 1 个点的提成给狡猾的装修商做了回扣，朵朵暗自懊恼不已。业主指定要早禾门窗，自己只要沉住气，最多请他吃餐饭应该就能搞定的事。朵朵倒不是完全心疼 1 个点的提成，而是通过此事让她觉得自己离合格的销售员还差得很远。

一路上她就为此事胸闷不已，回家又遭到明妍的含沙射影。这会儿妹儿一家人围坐在客厅看电视、聊天，她独自躺在床上生闷气，说笑声飘进房里她只觉十分刺耳。

朵朵突地从床上坐起圆睁双目，捏紧双拳瞪着房门，她此时心里有种强烈的冲动，想要打开房门大吼大叫一通。

第二十章　不忙装忙

朵朵很怀疑同事们是不是都真的忙得脚不沾地，
装忙的不可能只她一个吧？
说实话，只要一想到大伙儿的确都是很忙碌，
她心里就会泛酸水。
因为忙象征着成功！
象征着有前途！
你越忙得日理万机越像成功人士！

妹儿推门进来看见朵朵这模样不由愣了愣，朵朵瞥他一眼又倒在了床上。

“还在生气呢?”妹儿走过来用胳膊肘儿轻轻碰碰她，“别气了，昨天都是我不好，我道歉！刚刚翻杂志看到一篇短文，你也看看，看了或许你就消气了。”

什么短文看了就会消气？难道是灵丹妙药？朵朵半信半疑地转过头瞄了瞄短文标题——

生活原本没有痛苦

法国纪录片《微观世界》中有这样一个场景：

一只屎壳郎，推着一个粪球，在并不平坦的山路上奔走着，路上有许许多多的沙砾和土块，然而它推的速度并不慢。

在路正前方的不远处，一根植物的刺，尖尖的，斜长在路面上，根部粗大，顶端尖锐，格外显眼。也许是冥冥之中的安排，屎壳郎偏偏奔这个方向来了，它推的那个粪球，一下子扎在了这根“巨刺”上。

然而，屎壳郎似乎并没有发现自己已陷入了困境。它正着推了一会儿，不见动静。它又倒着往前顶，还是不见效。它还推走了周边的土块，试图从侧面使劲……该想的办法它都想到了，但粪球依旧深深地扎在那根刺上，没有任何出来的迹象。

我不禁为它的锲而不舍好笑，因为对于这样一只卑小而智力低微的动物来说，实在是不能解决好这么大的一个“难题”的。就在我暗自嘲笑它，并等着看它失败之后如何沮丧离去时，它突然绕到了粪球的另一面，只轻轻一顶，咕噜——顽固的粪球便从那根刺里“脱身”出来。

它赢了。

没有胜利之后的欢呼，也没有冲出困境后的长吁短叹。赢了之后的屎壳郎，就像刚才什么也没有发生过一样，它几乎没有做任何停留，就推着粪球急匆匆地向前去了，只留下我这样的观众，在这个场景面前痴痴发呆。

也许在生活的道路上，它已经习惯了这样的场景；也许它活着，根本不需要像人一样，需要许许多多的“智慧”；也许在它的生命概念中，根本就不懂得赢输。推得过去，是生活；推不过去，也是一样的生活。

由此想来，也许生活原本就没有痛苦。人比动物多的，只是计较得失的智慧，以及感受痛苦的智慧。

“切，谁说生活没有痛苦？人生就是由酸甜苦辣构成的。”朵朵翻了翻白眼，“没有经历过痛苦的人生就不完整。”

“呵呵，既然这么说，你就应该学会以乐观积极的心态去享受痛苦。”妹儿亲昵地用额头顶了顶她。

“我呸！”朵朵就像屎壳郎推粪球一样地将他脑袋一把推开，“人活在世上痛苦是不能避免的，但是谁让我痛苦了，我就要让他加倍痛苦。”

“哟嗬，现代版的慈禧来了？慈禧的经典名言：谁让她一时不痛快，她就让别人一世不好过。老婆，你说咱学谁不好，干吗非得学慈禧那祸国殃民的妖人啊？”

“我倒想学她，可也得要我具备人家那祸国殃民的绝代芳华和心机呀。”

“那你就祸害我吧！”妹儿说着伸手去呵她痒痒。

“才不！”朵朵“咯咯”笑着，一边躲避一边道：“我要祸害你全家，一个也不放过。”

俗话说：“夫妻床头打架床尾和。”这俩人先前下班回到家，看彼此都跟看“阶级敌人”似的，这会儿却又春意盎然地滚到一堆儿去了。

日子在不经意中悄悄流逝，转眼就到了年末最后一个月。年底双薪犹如强心剂一般，极大激发着每个都市小白领的工作热情。写字楼里的男男女女仿佛一夜间全变成了芭蕾舞演员，打你身边过时那股凛烈的风能带动你的丝巾或领带。

朵朵看去也很忙，但她并不是真忙，因为同事们都在忙，如果她没在忙，一来别人会认为她没能力，二来领导见了也会认为她在渎职。所以即使不忙，她也要努力让自己显得很忙，而且忙得趾高气扬，忙得理直气壮。她时不时就去复印机那里走走，尽管并不需要复印任何文件。就连去趟洗手间她都步履匆匆，装出为公事争分夺秒的样子。

朵朵很怀疑同事们是不是都真的忙得脚不沾地，装忙的不可能只自己一个吧？说实话，只要一想到大伙儿的确都很忙碌，朵朵心里就会泛酸水。

因为忙象征着成功，象征着有前途。你越忙得日理万机越像成功人士。

许多人说，只有处在试用期的人工作热情才高涨，这话并不绝对，至少对朵朵就不是，她是那种随身边环境走的人。她现在每天脑子里想的都是如何让自己真正忙碌起来，如何从白媚手中抢下假日海滩二期工程这张肥单。

“师姐，上月的业绩排行榜出来了，阿媚落在了第二。”王雪雁在 QQ 上给朵朵发来了信息。

朵朵勾唇笑了笑，回了一个难过的表情，她从不在 QQ 或 MSN 上留下任何是非类的把柄。

王雪雁这丫头看似像个可爱的“小迷糊”，实则是扮猪吃老虎，鬼精鬼精着呢。进早禾没多久就与各部门混得门门通，且其在八卦上功力之深厚、信息来源之广泛、调查研究之深入，足以让任何资深员工为之汗颜。

她来的第二天就看出，要想从白媚嘴里捞出什么比登天还难。所以，她及时调整方案，把目标锁定了朵朵。

王雪雁很好奇朵朵是怎样攻下白媚的。而朵朵一来感于她在那次咖啡事件中替自己解了围，二来也经不住她的甜言蜜语，再设身处地想想自己当初不得其门而入的苦恼，心一软，就将所掌握的铝合金各项知识都教给了她。当然，保留了她自己从实践中总结出来的一些销售技巧。

朵朵握着鼠标，两眼盯着电脑桌面暗自寻思，白媚这次与季冠军失之交臂心里会有着怎样的落差感？或许和明妍打牌时的那种心理差不多吧？朵朵想起明妍曾对她说过，有时打牌一开始赢了千儿八百，可最后倒输几十会气得火冒三丈；可如果反过来，先输了个千儿八百，最后经过半小时力挽狂澜成功翻盘，只输个几十元都跟中了六合彩似的兴奋不已。

就好比她自己，如能挤进业绩排行榜前十名，梦里恐怕都会笑醒。可对于本年度连续拿下两个季冠军，已习惯站在高处往下看风景的白媚来说，第二名绝对是个耻辱。

而白媚在得知自己上月业绩排在第二后，对朵朵大为光火，因为导致她退居第二的罪魁祸首就是朵朵。白媚与排在首位的男职员业绩只相差六万元，如果不是朵朵抢去了“兴园”那张单，这次的季冠军就非她莫属了。

白媚心里将朵朵恨得牙痒痒，可外表看来却有泰山崩于前而面不改色的沉静，只是在眉梢处渐渐拢聚起了一股杀气！

她用眼角余光瞥了一眼朵朵，心下暗道，看怎么慢慢玩死你。

第二十一章　经理发飚

岳明飞大怒："你做事到底过不过脑的？业主那儿的楼道有多宽？
二米七的门能不能上去？
这些业主想不到的问题，
作为销售员的你统统都应该替他们想到，
你到底是怎么做事的？"

朵朵成了白媚眼中的一根刺，那是左看左不顺眼，右看右不顺眼，白媚总想揪到她痛脚狠批一顿。而朵朵成天想的却是如何接近Kevin，并取得他的信任把海滩高级别墅区的二期这张大单收入囊中。

直接打电话约他？不妥，朵朵觉得这是下下策，太没技术含量。因为人家和白媚有过一期工程的合作，要想让他舍弃白媚改和自己签订合同，难度系数实在太大。

可是……

如果不想方设法拿下这张肥单，朵朵一定不会原谅自己。

不知道有这个单摆在眼前也就算了，可明明知道却无法伸手，无法抓住，怎一个愁字了得。

她隔三差五就会跑到假日海滩别墅区，远远望着那些在工地上忙得热火朝天的建筑工人们默默出神。他们手中的一砖一瓦，在她眼里全部幻化成了漫天飞舞的钞票。

地面上每垒起一块砖，她的心就紧一下。朵朵非常生自己的气，气自己为什么不是冰雪聪明之人，脑子里像塞满了破棉絮，一点好办法也想不出。她认为要想打败白媚争取到这张单，必须得剑走偏锋，想个什么奇招异数才行。

在朵朵大量脑细胞被折磨至死却仍一筹莫展之际，白媚却无意中抓到了惩治她的一个机会。

这天上午在设计部，绘图员小孙正欲将一份图纸打印出来时，突地好像想起了什么，她拿过工厂发来的传真和电脑里的图纸核对了一下，尔后转脸问一旁的白媚："这门高度做二米七，也不做个摇头，怎么进电梯呀？"

"谁的单？"白媚看着自己手里的一叠图纸不经意地问了声。白媚是个做事极其认真的人，凡是她接的单，工厂师傅到业主家量过尺寸报给设计部后，等图纸出来她都会过来仔细核对一番。

“林朵朵，她会不会一时大意没考虑到这问题?”小孙说着翻出公司内线电话单，低头查看着朵朵的办公号码。

“哦。”白媚眼珠转了转道，“应该是业主自己要求这么做的，电梯进不了可以走楼梯。”

“楼梯上得去吗?”

“呵呵，朵朵是一个细心的人。你能想到的，做为销售员她哪能想不到，肯定上得去的。”

“也是，我可真是瞎操心。”小孙笑了笑，放下电话单，移动鼠标单击了打印。

图纸打印出来，白媚瞄了瞄，见是“荔香园”小区的单，脸上露出了一丝不易察觉地微笑。

半月后——

安装部的职员去业主家安装时才发现“荔香园”小区的楼道很窄，高二米七、宽一米二的门扇根本无法通过楼道拐角。门上不去，业主不但拒付余款还将电话直接打到销售经理岳明飞办公室，要求退回先前所交付的订金。

又是这个林朵朵！岳明飞气得想骂娘，他升职之风吹了大半年而草却迟迟未见动，正值敏感焦燥之际朵朵又撞上了他的枪口。岳明飞拨通了朵朵电话咬牙切齿地道：“林朵朵，我看你应该早点找个人嫁了回家生孩子去!”

接到岳明飞电话时，朵朵正在外面跑单，乍听岳明飞的话她还以为自己隐婚被公司知晓了，嗫嚅几句正欲分辨时又听他吼道：“你做事到底过不过脑的? 业主那儿的楼道有多宽? 二米七的门能不能上去? 这些业主想不到的问题，作为销售员你统统都应该替他们想到，你到底是怎么做事的?”

呀，不会又要赔钱吧?

朵朵头一下子就大了，这事远比隐婚来得严重。

该死的！挂断电话朵朵火速赶往“荔香园”，岳明飞说她解决不好此事，领了本月薪水年后就不必再来公司报到，找人嫁掉安心待在家里得了。

下了公车，朵朵急匆匆地往小区赶去。深圳冬天冷的时候不多，但这几天受台风影响气温较低。朵朵内穿浅蓝色紧身上衣，外面裹了一件黑色风衣，先前在外跑单时她还觉着有些寒意，可这会儿因为着急，鼻尖上却泌出了一层细细密密的汗珠。

一路上她把自己骂了千遍万遍，怎么神经这么大条，居然没想到二米七的门要如何弄上楼去。在骂自己的同时她也没放过业主，把他也捎带着骂了千遍万遍。

“哎呀，林小姐，你看这事怎么搞啊?”朵朵刚到小区门口业主就迎了上来，“这门弄不上去我是要退钱的啦!”

“我们公司的人呢?”

“在我家楼下待着呢。”

俩人边说边往业主家的那栋楼走去。安装部的两个职员蹲在楼道里吸着烟，边框打了纸包装的玻璃门在他们身后靠墙放着。见朵朵进来，一职员踩灭烟头道：“这楼道太窄，门根本无法上去，就是上得去我们人手也不够，十一楼，这么大的门最少要四五人才抬得上去。”

“人都不是问题，我上去叫几个装修工下来帮把手就是。”业主摊开两手道，“现在问题是根本上不了。”

朵朵打开电梯看了看，对业主说：“当初我一再建议你做四扇推拉，下面做两米二，上面做个五十公分的摇头，那样做完全可以走电梯上去。”

“不不不，我不喜欢做摇头，难看死了。我也不喜欢做四扇推拉，就喜欢这样两扇的。”业主指着墙边的门道：“你看，这多好看，又大气又美观。说实话，你们做的这产品我是相当满意，可你得把它装到我家去才行啊!”

“可当初是你自己非要这么做的，现在上不去我有什么办法?”朵朵急了。

“那是你的事，我不管，反正你们把门抬到我家安装好了我就付钱，你不可能把门丢在楼下就要我付钱吧?”

“你怎么可以这样说话呢? 现在门是按你自己意愿做的，刚才你也说了相当满意不是?”

“是啊，我是满意，我没说不满意啊? 但你得把门给我弄上去才行呀!”

“这设计部的人也真是捣蛋!”安装部一职员见朵朵急得脸都红了，不觉插言道，“看着尺寸偏大也不说提个醒。”

说者无心，听者有意。朵朵听后一想对呀，自己毕竟是新手，难免考虑不周全，设计部的人怎么不跟自己提个醒呢? 不同部门又没有利益冲突，真是过份。

另一职员道：“设计部和工厂上门来量尺的师傅，他们就是想到了这个问题，转念一想也会认为他们能想到的，人家销售部的人不可能想不到，就是我们开始看到这门时也认为肯定能走楼梯上去。”

“就是，这问题你做销售的应该替我们业主想到嘛，我们业主哪里知道这些呢?”业主在一旁听到赶紧接过话。

操！朵朵忍不住在心里爆了有史以来最粗的一句粗口。因为眼看可以拿到双薪开开心心过春节了，却偏又生出这么狗血的事来让她头疼。

第二十二章　工作失误

门上不去，
业主口口声声追讨订金，
朵朵无奈地望着靠在墙边的两扇庞然大物，
一想到这钱要她掏，
喉咙里就好似有成千上万只蚂蚁在爬一般，
痒得她一阵干咳。

门上不去，业主口口声声追讨订金，朵朵无奈地望着靠在墙边的两扇庞然大物，一想到这钱要她掏，喉咙里就好似有成千上万只蚂蚁在爬一般，痒得她一阵干咳。

岳明飞此时打来电话，朵朵颤颤惊惊地按下接听键，岳明飞在电话里问："你到了荔香园没?"

"呃……到了。"

"业主现在还在吗?"

"在，我正在和他谈呢。"

"没什么可谈的。"业主一听大嚷道，"你别耽搁我时间了，要么退钱，要么重做，我让师傅砌点墙面下来，把门高度降低点。至于这门你们拉回去，我……"

他一开口，朵朵就捂住了手机，她不想让岳明飞听到后火气飚升，又不敢捂太久，盯着叽叽歪歪的业主，朵朵恨不能用目光将他射成仙人球，好让他闭嘴。

"林朵朵，你到底有没有在听我说话?"发觉自己好像是一个人在说单口相声，岳明飞不由低吼道。

"在，我一直在听着呢。"吼死啊，朵朵心里极不爽，暗自腹诽，可嘴上却不得不恭敬地应着。

"你去物业问问，看他们那儿有没有装修游击队。如果有，就去找他们，看能不能用绳子把门吊上去。"

"噢，好的，我马上去问。"

真是船到桥头自然直，朵朵将岳明飞的话转述给业主，他一拍脑门道："哎呀，我怎么就没想到啊? 有，有的，我经常看见他们在小区转。他们可能给物业交了钱的，平时除了装修，这儿一些重的体力活都是包给他们做，他们肯定有办法。”

还不用走去问，业主直接拨通了物业电话，一问果然有，报了几栋几号没多久就来了一高一矮两个民工模样的人。

这俩人先看看门又走出来抬头望了望业主家，然后一个劲地摇头道：“这不好吊，开玩笑，这么大的门要吊上十一楼？啧啧！”

“帮帮忙啦，师傅，想想办法行吗?”好不容易看到一线希望，朵朵一听他们说不行急得欲哭无泪。

“这太难了，哪来那么长的绳子?”

“就是有绳子也没办法往上吊，那么大的两扇门，没有十几个好劳力根本无法弄上去。”

这俩人嘴里一个劲儿地说不行，朵朵在绝望之际脑子突地闪过一道灵光。

如果不行，他们还跟这儿费什么话?

“师傅，行不行你们给句痛快话，不行我找别人来想办法。”朵朵有些怀疑他们是故意夸大事情难度想抬高价钱。

“你去找别人吧，我们估计做不了。”高个子抖着身子，两手放在裤兜里缩着脖子做欲走姿势。

难道用绳子吊真的行不通吗?

一阵冷风吹过，朵朵也不觉缩了缩脖子，心底升起一股寒意。

矮个子道：“这么高的楼层你叫谁来也没用，再说很多人都回家过年去了，你能不能叫到人都很难说。如果这事放在昨天可能还行，今天我们这儿回去了十几个人，要是人手够也许还能想想办法。”

他这番话让朵朵心思又活了，业主此时在旁也听出了点门道，赶紧对他说：“我上面有几个装修师傅，可以让他们搭把手。”

“也不光是人手的问题，这……”他欲说还休，想了想和高个子走进楼道，俩人伸手掂了掂门的重量，脸上均露出为难的样子。

业主走到朵朵身边轻声道：“我看他们肯定有办法，主要……”他悄悄做了个数钞票的动作。

朵朵不动声色地瞟了眼业主，她此时也完全看出这俩人是在故意抬价了，迷子玩得可真深。先做死的渲染难度，让你心灰意冷，然后察言观色，看你对解决此事的急迫程度达到了几颗星，最后再下刀子！

得，咱也算学了一招！

朵朵嘴角勾出一丝苦笑，生活中真是处处皆学问啊！

“要不你去和他们说说价吧！”朵朵压低声音对业主说。

“我不去，这是你的事。”业主头摇得像货郎鼓，他怕他去问了，这钱就归他出。

“怎么是我的事呢？当初我一再建议你做摇头，你非得要这么做。如果我没给过你建议责任就在我。”

“我找你是订购门窗，我只认门窗钱，别的我一概不管。”

他俩在一边开始小声争论该由谁来出这笔钱，那俩游击队则在装模做样地探讨这门能吊上去的可行性有多大。安装部的两名职员事不关己高高挂起，他俩倚在电梯前悠闲地吸着烟，聊着他们感兴趣的话题。

朵朵和业主争论一阵，最后达成协议，一人出一半钱。谈定后她过去对那俩人说：“到底能不能吊上去？不行就算了。”

“我们刚商量了一下，这个不好弄啊！”矮个子摇了摇头，答案仍是模棱两可。

“那算了，我明天再想办法！”朵朵转头问业主，“把门放在这里行吗？我明天下午叫工厂里的师傅过来，我们自己用绳子吊上去。”

“这个要技术呢，不是谁都会吊的，开玩笑，你以为那么简单啊！”矮子个说。

“那你们到底行不行吗？不行我就打电话叫装修师傅下来帮忙把门抬到物业办公室先放一晚。”业主掏出电话假意问朵朵，“那你明天什么时间带工厂的人过来？”

“说实话到底行不行我们俩心里也没个底，要不我叫工头过来看看？”矮个子说着从裤兜里掏出手机，朵朵和业主偷偷相视一笑。业主悄悄对朵朵说：“你们这些做生意的都是精怪，专门坑我们这些老实人的钱。”

“我们公司可是明码标价。”

“所以我才选择你们公司产品嘛。我这人是最不会讨价还价的，就是那被人卖了还替人数钱的主儿。”

朵朵笑了笑，心里却猛翻白眼，这业主精得要死，鬼才信他的话。

他俩说话间又来了三个游击队，其中一穿黑夹克长得膀大腰圆约摸四十出头的家伙估计是队长。他看了看门又打量朵朵和业主一眼道：“就这两扇门是吧？”

“是，要吊上十一楼，我看很悬。”朵朵和业主还不及出声，矮子个子就拉着队长出来指着十一楼的阳台说：“你看，这么高。”

“爽快点，行，你们就说个实数，不行咱也不跟这儿白耗着浪费彼此时间。”矮子矮，一肚子拐。朵朵见那矮子老在那儿绕弯子有些不耐烦了。

“这不是钱的问题，你放心，能赚的，我一分也不会多要。赚不了的，你就是出得再高我也没本事拿。”

真是可恶！朵朵冷眼瞥了瞥队长，她觉得这些游击队真是坏透了。

第二十三章　总结经验

失败固然能让人总结出经验教训，
可如果经验要不断地从失败中积累，
朵朵觉得很不合算。
就好比做一道数学难题，
有老师从旁指点绝对要比你自己埋头苦算来得事半功倍。

游击队队长颇有几分领头羊的风范，他察看了一下地形，告诉朵朵要将又重又大的门吊上去不是没有可能，但在操作过程中如出现任何意外，例如玻璃破损或出现裂缝概不负责，而且朵朵这边还必须出两个人帮把手。

最后双方在八百元的劳务费上倒没费多大唇舌，因为先前他们将此事说得比登天还难，所以在心理上自然而然就给朵朵和业主打上了要价不菲的标签。

谈妥后游击队队长大手一挥，手下队员从电梯对面的楼道口下到地下车库，不多时就拿了四捆麻绳和一个不锈钢物架及几张硬纸壳上来。他们在队长的指挥下先将一扇门抬出来横放在地上，然后那一高一矮两游击队员一人提了一捆绳子跟着业主上去了。

他俩在业主家阳台上把绳子慢慢放下来，下面的人用绳子将门扇和不锈钢物架牢牢绑定，凡绳索与玻璃接触的地方都垫了硬纸壳，最后将另外两捆麻绳在物架左右打好了结，队长命剩下的两人上去业主家，安装部的两职员也随即一同上去了。

上面六人三个一组分左右排好，左边矮个子领头，右边高个子领头，后面各站立两人，如同拔河一般每人手里紧握着绳子蓄势待发。

“操他妈，这到底行不行啊？搞得还挺刺激！”安装部一职员笑嘻嘻地对同事说。他俩一边一个被安排在最后，是相对较省力的位置。

“放心吧，没有金刚钻就不敢揽这瓷器活。”矮个子这下口出狂言了。

队长在下面一只手握着一根麻绳抬头冲上面吼道：“准备好了没有？”

“准备就绪，只等令下。”矮个子从高空砸下一句。

“好，伙计们，给我用力拉起来！”

“嘿呦嘿呦……”队长一声令下，上面的人就热火朝天地喊着号子开始往上拽绳子。

朵朵最初不明白这队长在下面拉着两捆麻绳起个什么作用。随着门扇被缓缓吊起，队长慢慢往后退，手里的麻绳一点点放出去她才醒悟，原来他拉着绑在物架上的绳索是避免门撞上外墙。

二楼、三楼、四楼、五楼……

看着门晃晃悠悠地徐徐上升，朵朵的心也随之揪到了半空中，她生怕出现什么意外。偏偏今天风大，好几次门都险些撞上外墙，她差点惊叫出声。这一个门扇可就是好几千块。每次出现险情都被队长及时化解，他看似只轻轻往外一拉，门就离开墙壁好几尺了。

“嘿嘿，不用担心，我绝不会让它碰上墙壁的。”队长瞟了眼一脸紧张的朵朵笑道。

见他神态自若，朵朵心下稍安。她一会儿抬头望望上面的人，一会儿转脸看看队长，只盼快些把门平安吊上去才好把心放在肚子里。

门越升越高，队长先还不时和朵朵说说俏皮话，后来便全神贯注盯着门扇不再言语。上面站在右边牛高马大的高个子脸涨得黑红黑红的，额头开始冒出汗粒，牙咬得紧紧的，手上动作也逐渐慢了下来，看上去异常吃力。而左边身子骨看似单薄的矮个子手脚却非常利索，他歪着嘴角瞟眼高个儿用力大喊一声：“雄起!”他身后另两个队员也跟着一起大喊：“雄起！雄起!”

朵朵在下面看得惊心动魄，门微微下滑一点，她的心就跟着往下一沉。最后当两个门扇终于都毫发无损地吊上去，她才长吁一口大气。

队长扔掉绳子等着手下队员来收拾，他从衣兜里掏出一张名片呵呵笑着递给朵朵道：“这是我的名片，虽然我们现在还不是正规军，但我迟早会带着他们转正，以后有什么业务还请多关照。说不定等我们成了气候也能给你介绍业务，哈哈。”

朵朵微笑着接过名片，看了看，发现他们除了装修还兼职搬家、清洁一类的工作。虽说先前这些农民工为了多要些劳务费绕了很多弯子让她巨不爽，但刚才她从这些游走挣扎在城市底层的劳动者身上，看到了一种乐观、积极向上的拼搏精神。这种精神让她心下有几分感动。

不论是平凡还是伟大的人，只要能用智慧或体力创造财富都是值得尊敬的。

回公司的路上朵朵一直在心里琢磨着业主后来告诉她的话，业主说他在楼上问过那些游击队员，八百元劳务费他们一人只分得五十元，余下的都是队长的，可能还要孝敬物业一点。因为他们和物业有合作关系，物业只允许他们进小区接活干，而杜绝别的组织混入。

为什么同样是人，同样付出劳动，队员付出的还多些，可得到的报酬却要低于队长呢?

朵朵想了一会儿得出了结论，因为队长比他们有智慧、有经验，他是靠脑力赚钱，他能带领他们找到活干，所以没有智慧和经验的人只能任人剥削。由此可见，在职场中智慧和经验多么重要，为什么自己总是接二连三赔钱，不正是由于缺乏经验吗?

她总结了一下自己做销售以来接手的各宗案例，发觉缺乏经验和谈单技巧是她目前存在的最大问题。

怎样才能让经验丰富起来呢? 朵朵开始认真思考这个问题。

失败固然能让人总结出经验教训，可如果经验要不断地从失败中吸取，朵朵觉得很不合算。就好比做一道数学难题，有老师从旁指点绝对要比你自己埋头苦算来得事半功倍。

所以与其自己去瞎撞慢慢摸索，不如找个名师取取经。

可找谁呢?

白媚显然不行，想都不用想。

望着车窗外掠过的高楼大厦，朵朵轻轻眨了眨卷翘的秀睫，迷茫的双眸就像冬天蓄满水的黑色湖泊，湖边弥漫着一圈浅浅阴郁。

第二十四章　猫虎理论

岳明飞缓缓道：

“动物界的竞争和人类的竞争是很相似的。

在营销过程中，

分散力量分兵作战是许多企业采取的营销措施，

但是一旦竞争对手采取各个击破的办法，

企业是很难挡得住的。

如果集合营销力量形成团队作战，

那么企业将是一只人见人畏的老虎，

而不是一群猫。”

“知道我心里在想什么吗?”岳明飞身子往后一仰，十指相扣靠在大班椅上，冷冷逼视着朵朵。

“这个女人是不是疯了。”迎着他冰冷如斯的目光，朵朵镇定自若地答道。刚才在路上她突然想起岳明飞，在公司谁能比他的销售经验更为丰富呢?而且教会自己对他没有任何利益冲突，虽说每次工作上出了差错他都会暴跳如雷地狠狠训斥她一通，但往往这样的人性格也较直爽，只要诚心请教还是有一线希望的。而像白媚那样善于隐藏喜怒哀乐的人则很难敲开其心扉，所以她冒冒失失地一头撞进了岳明飞办公室。

“看来还不是很严重。”岳明飞看看她，心里实在有些费解，还真有自动往枪口上撞的笨女人。接二连三在工作上出错就够让他恼火的了，可眼下这女人却不知死活地跑来大气凛然地要求自己为她传经授道，他还是头一次碰见这么胆大的下属。

当朵朵闯进他办公室要求他传授销售经验时，他第一反应是以为自己听错了，紧接着便难以置信。这会儿见朵朵一副气定神闲的样子不禁又生出一丝好奇，不由问道:“你凭什么认为我会教你?你还嫌自己闯的祸不够多，怕吸引不了我的眼球吗?”

朵朵搬过一把椅子坐下，隔着大班桌盯着岳明飞不慌不忙地道:“说实话，我什么也不凭。我只是做好了被拒绝和挨顿训的准备，所以即使失败，我也不会失望。”

“做好了被拒绝和挨训的准备?哼哼……”岳明飞鼻子发出几声轻嗤。看看朵朵，他坐直身子用手指夹着一支圆珠笔慢慢把玩了会儿，然后挑着双眉道:“人之所以失望通常都是过高估计了自己，你对自己有个什么样的评估呢?”

“我知道我有很多不足，做事冲动、马虎、沉不住气。”

“这些恰恰就是身为销售人员的大忌。你认为自己能成为优秀的销售人员吗?”岳明飞嘴角勾出一抹嘲讽的笑意。

“我曾在‘读者’上看过一则短文，标题是‘最出色的地方’。”

二战时有一个流亡海外的女孩子，因为能讲一口流利的英语和法语而被英国特工组织看中，加入了英国的特工。她其实并不适合特工工作，性情急躁，所有的同事都不看好她，认为她做间谍无疑是为敌国送上一座秘密的宝藏。

果然，几乎所有的训练过程都对她没有用处。组织上让她拿一份敌国驻军图送给地下交通员。她到了接头地点后，怎么也想不起接头暗号，情急之下，索性把地图展开，对着来来往往的人群进行试探："你对这张地图感兴趣吗?"幸运的是，她很快遇上了两位地下交通员，他们扮做精神病人迅速地掩盖了这个可怕而致命的错误。

不仅如此，她认为越是繁华的地段越是安全，于是自作主张把秘密电台搬到了巴黎的闹市区，可她不知道，盖世太保的总部就在离她一街之远的地方。终于在一天夜里，盖世太保们把这个胆大妄为正在发报的间谍逮捕了。

英国特工都后悔不已，如果这个天真的姑娘在盖世太保的刑具下毫无保留地说出一切，那么对在法国的特工组织将是一个重创。出乎意料，盖世太保们用尽了种种残酷的刑罚，都无法撬开她的嘴。

她的名字叫努尔，曾是一位印度王族的娇贵女儿。二战结束后，英国政府追授她乔治勋章和帝国勋章。这样一个不称职的间谍获得英国政府的最高奖赏，官方的解释是：对敌国而言，梦寐以求的是间谍的背叛，这等于无形的巨大宝藏。但这个很笨的女孩儿，至今都没有吐露一个字。一个人需要技巧和智慧，但最不能缺少的是原则和信念。这就是一个间谍最本位、最出色的地方，所以我们从没怀疑她是一位优秀的间谍。

"你想用这篇短文来说明什么?"听完朵朵说的有关这则间谍的短文，岳明飞眼里闪着捉摸不定的光。

"我想说的是，一个不适合做间谍的笨女孩都能成为优秀的间谍，那么这世上根本就没有什么是做不到的事，只有不愿去做的事。或许我没有努尔那样的勇气，能不畏严刑拷打；我也没她那么坚强的信念，更没什么雄心壮志想要做一个精明能干的女强人；我只是想得到你的指点，提高自己的销售经验和业绩，好让自己活得精致一点，能做一个优雅的职场女人。仅此而已。"

"看来我得重新审视你。"岳明飞脸上浮现出淡淡的笑容。

"这么说我这次行动成功了?"

"诚如你对自己的评价，你有很多不足，而这些不足恰恰是扼杀你成为优秀销售人员的最大杀手。但你和努尔有一个共同点，就是同样的胆大妄为，敢做一些别人不敢做也不敢想的事。我们也可以把这理解为独到的眼光，拥有独到的眼光是一个优秀的销售人员所必须具备的利器。你让我想起一则寓言故事，我给你说说，看你是否能从中得到营销启示。”

鸡的论文：关于翅膀的功能

话说鸡从小读书，但在鸡的课本里，翅膀的功能只是帮助自己飞上草垛、墙头。一日，一只小鸡游玩，看见大雁，非常惊奇：它们与我们长得没有什么不同啊，为什么能飞得那么高呢？于是，它请教大雁。大雁告诉它，关键在于观念的转变，不想飞的人即使长了翅膀也是白搭。

小鸡于是下定决心练飞，小鸡开始节制食量，减轻体重，练习飞翔。结果，群鸡效仿，终于被领头的公鸡知道了，它将小鸡赶出门外。而小鸡也终于克服万难变成了大雁。

一日，小鸡飞过原来的鸡舍，看见那里贴了一大溜论文，比如“我不赞成小鸡练飞翔”、“论飞翔的危害”、“论翅膀的保暖功能”等，上面还有鸡科学家的联合签名。更为可悲的是，新生一代的小鸡已被剪去翅膀关在鸡笼里，只知道吃糠下蛋了。

朵朵听完凝神想了想说：“这个寓言故事是不是说，观念是制约许多销售人员成为优秀销售人员的关键？许多销售人员有了新思想的时候，往往会被众多貌似科学的权威扼杀在摇篮中。打破旧思想，提倡创新，是提升销售业绩的重要前提。”

“不错，有潜力。”岳明飞满意地笑了笑。

得到上司肯定，朵朵不由扬扬娇俏的下巴，眸中隐隐透出一丝掩不住的得瑟。

“我再说一个考考你。”岳明飞不动声色地瞟了她一眼。

狮子、熊和狐狸

饥饿的狮子和熊同时抓到一只小羊羔。他们谁都想得到这只羊羔，于是就凶狠地打了起来。经过一场苦斗，双方都受了重伤，有气无力地躺在地上。狐狸早已躲在远处坐山观虎斗，一见他们两败俱伤，都直挺挺地躺在地上，便跑过去，把躺在他们之间的羊羔抢了去，美滋滋地啃了起来。

伤势严重的狮子和熊眼睁睁地看着狐狸抢走了羊羔，却毫无办法。他们唉声叹气地说：“我们真不应该呀！我俩斗得你死我活，让狐狸得到了好处。”

狮子说：“早知这样还不如一人一半呢。”

朵朵听完心里暗暗得意，这个较先前那个简单明了多了，她信心十足地说：“这个故事的营销启示是说：现代的市场竞争激烈，对于每一家企业来说，每获得一点市场份额都需要与竞争对手进行激烈的争夺。但是，市场同样会有其他的竞争对手时时窥视着，所以一定程度上的战略联盟是保持市场份额的有效办法。”

朵朵认为自己分析得头头是道，满以为能得到岳明飞的再次肯定，可岳明飞只意味深长地看了看她并不言语，弄得她一头雾水，不知自己哪里说错话了。

岳明飞沉默了片刻道：“还有一个故事。”

猫虎理论

大山很美，山里来了一只狼。狼饿了，找食吃，见到一群猫。

这么多猫，把狼吓了一跳。可狼实在太饿了，就壮着胆子向一只猫下了手，结果把猫吃了。猫虽然挣扎，但没有用，其他猫也没有给予帮助。狼很得意，于是每天吃一只猫，把这一群猫都给吃完了。

狼吃完猫，又四处觅食，走了很远。正当饿极了的时侯，又看到一只大猫。这下狼高兴了，心想，虽然这次只有一只，可看起来大，可以吃饱。狼冲上去就咬，结果这只猫不但力气大，也凶猛，反过来把狼打倒在地，吃掉了。

狼至死也不明白，原来这只貌似猫的东西不是猫而是老虎。大猫非猫，一只大老虎的力量大过一群猫。

岳明飞说完脸色凝重地又接着道：“动物界的竞争和人类的竞争是很相似的。在营销过程中，分散力量分兵作战是许多企业采取的营销措施，但是一旦竞争对手采取各个击破的办法，企业是很难挡得住的。如果集合营销力量形成团队作战，那么企业将是一只人见人畏的老虎，而不是一群猫。”

朵朵这时听出了他的弦外音，心下有几分忐忑，自己不去请教白媚和别的同事，明摆着落了个不团结同事的罪名。她想为自己审辩，但想想当着上司的面背后说同事很小人且不明智，因此便咬唇不语。心下暗道：这和上司打交道可真是个技术活儿，稍不留神上司脸上便会雨雪交加。

见她垂头不语，岳明飞勾唇道：“在深圳做门窗的企业大大小小有数百家，我是从底层做销售爬上来的，深知销售人员互相防范戒备的心理。所以我只想提醒你注意，当有外敌入侵时，一定要记得团队作战，个人利益必须服从公司利益。坚决杜绝出现宁可肥水落入他人田也不给自己人的做法。”

“我会记住的。”朵朵点头答道。

“好了，今天时间也不早了，改天我挑个时间再和你详细说说销售中应该注意的事项和技巧。我今天才发现你其实是一个聪明人，所以我有理由相信，如果你能破蛹成蝶，克服不足，那么你一定能成为一个优秀的销售人员。”

第二十五章　销售技巧

谈判中不要做无谓的让步，
让步的节奏也不宜太快，
做出让步时必须获得对方的某项承诺。
例如，在一次工程单的交易中，
咱们在价格上做出了让步，
那么就得要求对方缩短结账期限。

朵朵在岳明飞办公室待了 N 久，也不知白媚是怎样巧妙地放出风声。不出几天，销售部的人便都知道她工作屡次出错，这次又因疏忽被头头狠 K 了一顿，甚至还有传言她被严正警告如再出错就卷铺盖回家的说法。

在职场中，你能力高出别人一大截，大家只会羡慕你；高出一点，大家就会嫉妒你；但如果你能力低下，大家则会对你嗤之以鼻，连个同情的眼神都不会愿意施舍给你。

一时间大伙看朵朵都戴起了有色眼镜，无形中她就被打上了能力低的标签。

这天上午朵朵到了公司后，打开电脑挂上 MSN 没多久就收到王雪雁发来的信息："师姐，想知道荔香园的单是谁在背后捅了你一刀么?"

朵朵愣了愣，漫不经心地瞥了眼坐在她斜右方的王雪雁那娇小的背影，略想了想，便在 MSN 上打上一句话："我去洗手间，你去吗?"

两人一前一后走出了销售部。

"师姐，我帮你打听过了，设计部的孙燕亲口告诉我，荔香园的那张单是她绘的图，当时她还想着要给你打电话来着，正巧白媚在那儿阻止了她。"王雪雁眉飞色舞地向朵朵描述着那天的情形，说得活灵活现，就跟她在现场亲眼看到了似的。

"呵，失败乃成功他妈！我自己欠缺经验怪不得别人，咱们以后都多多努力吧！"朵朵笑着在王雪雁肩上拍了拍。

切！王雪雁瞟着朵朵背影翻了翻白眼。

朵朵反应这么淡，让她异常失望。在白媚那儿碰了几回软钉子后，王雪雁对白媚早已好感全无，因此积极向朵朵靠拢。费了老大的劲儿打探来消息，原以为朵朵会和她同仇敌忾，背地里将白媚狠狠 YY 一番，没想到白费了力气。

甩甩手，王雪雁从兜里掏出纸巾没好气地揩了揩，揩完团了团，用力扔进洗手池门后的垃圾桶里，气鼓鼓地昂头走了。

她哪里知道朵朵乍听到是白媚暗地里摆了自己一道后，表面容色平和，心里的火气却在蹭蹭蹭往上冒。

朵朵回到销售部，见白媚正用脖子架着电话在和客户说话，两手不停地在一堆文件里翻找着，看去就像无比的忙。路过她身边时朵朵不自觉地用目光“秒杀”了她一下。

有仇不报不是朵朵的性格。她认为打击报复白媚最好最直接最有效的办法就是抢下假日海滩这张肥单。可要怎样去抢，朵朵是一点头绪也没有，从她进公司到现在接的最大一张单的金额也没过三十万。

如何驾驭大单？如何和大客户周旋？

朵朵对此知之甚少，她觉得当务之急就是紧急充电。她不由又想到岳明飞，这几天她一直在等岳明飞的消息，可领导“日理万机”，看来早把许诺过她的事忘到了九霄云外。

不行，得主动出击。脸皮偶尔厚点没关系，遭到冷眼也无所谓，学到本领才是真功夫。

第二天下午朵朵将一盒上好的铁观音藏在外套里，敲开岳明飞办公室的门，笑盈盈地道：“经理，这是朋友送我的一盒铁观音，我不好喝茶，还是借花献佛吧。”

“嘿嘿，你这是明目张胆的贿赂啊！”

“哪里，搁我那儿纯属浪费。”

“对了，年底事多，上次答应你的事儿却一直没挤出时间。正好这会儿暂时空闲，你来得还真巧啊！”岳明飞指了指椅子，示意她搬过来坐下。

以往岳明飞一直认为作为销售人员，朵朵唯一的亮点就是脸蛋漂亮，且拥有一具散发成熟女性魅力的好身材。可自从早几天和朵朵交谈过一次，他开始转变了看法，他觉得经过打磨，朵朵成为一个优秀销售人员的潜质还是相当大的。

“从哪说起呢？”岳明飞笑了笑道，“要不你提问，我来答。把你在销售中存在的困惑和难题说说看？”

“很多客户跟我抱怨公司价格没有松动的余地，每次面对这个问题都让我头疼。”朵朵皱了皱眉头，老实不客气地开始了提问。

“呵呵，砍价是买家的本能，即使是可以接受的价格，他们也会表示不满，还会要求你让步，哪怕是1%的折让，这已养成一种习惯。很多销售员都会存在这样的困惑，例如：有一准备下订单的客户，基本上什么条件都谈好了，只差一个价格没谈妥，客户口口声声说太贵，就等你主动让价。其实，让价是有很大空间的，让多少呢？太多了，让人觉得你根本就是暴利；太少了，可能一下子掉了单。好在咱们公司已打响了品牌，并拥有一定的消费群体。所以，答应和你洽谈的客户实际上都是能承受咱们价格的，抱怨只是他们的一个借口，他们的目的是想得到别的优惠和让步。你上回那个客户要求你下调SI滑轮价格就是明显的例子。”

“哦。”朵朵有听君一席话，胜读十年书的感觉。她想了想又问道：“面对大的工程单应该掌握哪些技巧呢？”

“工程单？”岳明飞捏捏下巴笑了，“你还是先把精力放在散单上，工程单对你来说还为时过早。”

“可是……”朵朵犹豫了会儿道，“我现在接触到一个大的工程单，只是不知从何下手，也不知怎样去和客户周旋。”

“哦！”岳明飞愣了愣，心下暗自寻思，怎么朵朵进了公司大半年对工作上一些流程的了解还如此苍白？看来白媚防人心理太过，而朵朵的人际关系也存在问题。他抬眼看了看朵朵，不动声色地笑道：“说说是怎样的一个工程单？”

“这……我能不能暂时保密啊？”

“你有保持沉默的权利。但我要告诉你，在深圳这块土地上凡是大点的工程单没有我不知道的，而工程单是由我指定销售人员去洽谈。就是你们接触到的工程单也要先上报到我这儿，最后再由我指派合适人选前去拿下这单子。”

“啊？”朵朵心下一惊，还有这道道？

看着她脸上毫不掩饰的惊讶表情，岳明飞勾唇暗笑，他发觉朵朵有些意思，不由轻咳一声道：“不过我可以先和你说说关于如何谈工程单的技巧。在销售中，技巧是死的，人是活的。销售，尤其是大宗交易，形势错综复杂，竞争对手也多。在深圳做门窗这块儿，除了我们公司还有好几家企业实力也相当强，它们不仅拥有本土公司的人脉优势，还兼有跨国公司的技术优势，非常难以对付。但我们的优势也很明显，就是系统的整合优势。但要想在狼烟滚滚中拿下单子，销售人员自身还必须具备敏锐的洞察力，要学会根据实际情况调整营销策略。我根据自己多年的销售心得，提供几点销售谈判技巧供你参考。

1. 让步技巧

大的工程单，可以由销售人员提出申请，由公司另行给出价格。谈工程单时，让步既需要把握时机又需要掌握一些基本的技巧，一个小小的让步会牵涉整个战略布局，草率让步和固守不让都不可取。

谈判中不要做无谓的让步，让步的节奏也不宜太快，做出让步时必须获得对方的某项承诺。例如：在一次工程单的交易中，咱们在价格上做出了让步，那么就得要求对方缩短结账期限，或者在让步的条款前加上“如果”二字，假如对方不能向咱们提供有价值的回报，那么咱们的让步也不能成立。

还要切记，不可因为买主要求你给出最后的实价，你就一下子让到谈判底线。那样客户心里会想，是不是还没有到你们的价格底线啊。

2. 虚设上级领导

当买主面带微笑对你说：‘我猜你就是有权最终决定这个价格的人，对吗?’没有经验的销售员会为此扬扬得意。其实，把自己当做决策者的销售人员等于把自己置于不利地位。因为客户在给你戴高帽子的同时会趁机要求你满足他们提出的价格。所以，销售人员此时应说：‘对不起，这个价格我做不了主，得请示一下上级领导。’聪明的谈判者不让步又给自己留余地，将苛刻的要求推给虚设领导以获取回旋余地。”

岳明飞说话的语速不急不缓。在乍闻工程单要由他指派人员去洽谈后，朵朵先是有几分沮丧，因为她还远没有具备谈工程单的资格。可岳明飞既然肯耐心教她，无论如何都得先把握眼前这机会。因此，朵朵一边听一边用笔在本子上用心记着。在讲解的过程中，岳明飞或许忆起了从前奋斗在销售一线上那些叱咤风云的岁月，话匣子一经打开便滔滔不绝。

他告诉朵朵，在谈判中还要学会察言观色，包括对方的身体语言、手势、表情、眼神、说话的口吻等。这些方面可以传递很多信息，通过你的分析采取不同的应对方法，既要懂得制造气氛、引导话题，又要懂得适时停止并另外找时间和地点进行再次沟通，以退为进。

俩人一个说一个记，时间一分一秒悄然流逝，一直到岳明飞办公室电话响起，俩人才惊觉时间已过去了好几个钟头。

接完电话岳明飞笑道：“总之，任何时候买方在谈判中要求你做出让步时，你也应主动提出相应的要求。如果买方知道他们每次提出要求，你都要求相应的回报，就能防止他们没完没了地提更多要求。谈判的目的是要达成双赢方案，步步为营是一种重要方法，因为它能达到两个目的：一是能给买方一点甜头，二来你能以此使买方赞同早些时候不赞同的事。赢得终局圆满的另一招是最后时刻做出一点小让步。强力销售谈判高手深知，让对方乐于接受交易的最好办法是在最后时刻做出小小的让步。”

“今天我学到了很多，原来销售竟有着这么大的学问在里面。说实话，现在想想我以前接过的单都有些后怕，在对销售一知半解的情况下都不知自己是怎么接下来的。”朵朵合上本子俏皮地笑了笑。

“呵呵，一宗大单，不光是公司内部的同事会垂涎三尺，还有外头一大群狼在虎视眈眈呢。如果以后指派给你的大单搞不定，自觉力不从心时一定要往上申报请求增援，联合同事并肩做战才能抵御外敌。还是上回那句话，个人利益服从公司利益!”

“知道。”谢过岳明飞出来，朵朵瞥见销售部里几个女同事在交头接耳，看到她出来便立即散开。朵朵猜想她们肯定又是在议论自己为什么在经理办公室待了这么久。

无所谓，她扬扬细眉，只要把业绩提上去了就没人敢小瞧自己。

第二十六章　贪小便宜

高老太不屑地翻了翻眼道：
“我懒得理你们，
我没你们那么高的觉悟，
我只知道这一家大大小小都要吃饭，
你们这都是站着说话不腰疼，
吃饱了撑的。”

岳明飞这阵子心情原本有些郁闷，在公司摸爬滚打好几年爬上销售经理之位后他异常满足。最初并没有百尺竿头更进一步的野心，可自从数月前公司在北京筹建分公司并传出他会荣登总经理之位后，他就开始骚动不安了。

先不说总经理的薪金和职位高出现在多少，单凭日后每周五不必再受余旺财的摧残就够令人欢欣鼓舞了。而且调去北京天高皇帝远，在那边他就是说一不二的老大。偏偏这股升职风吹了大半年最近却突然风平浪静下来，弄得他心绪不宁。

和朵朵侃侃而谈一番让他忆起了过去那些酸甜苦辣的日子，再想想如今这位置来之不易，心理又有了几分平衡，多日来积压在胸中的郁闷或多或少地也就消散了一些。

因深圳百分之八十以上都是外来人口，这几天又正是返乡高潮期，所以这天上午朵朵一家除了郑老爷子还没休息外，余者都围坐在餐厅一张方桌前做着包饺子的准备工作。

高老太用筷子搅拌了下馅子喜滋滋地道："今天超市猪肉打特价，一人限量最多购一斤，我看着这肉好，买了又重新排队，一共排了三次队，那卖肉的愣是没发现，哈哈。"

明妍听了笑着对大家说："哎呀，你们看看，老妈占了点便宜就哈哈笑，皱纹都笑开花了。"

妹儿接过话道："嘿嘿，难怪老外在他们国家的公共厕所里要用中文写上'用后请自觉冲水'，这就是咱中国人的素质啊！你不自觉买那么多，都不为别人考虑一下，让别人买什么去啊？要深刻反省一下你的思想品德问题。"

高老太理直气壮地昂头道："我管得别人啊，我只管得我这一家就行了，这年头我管别人死活，哪个来管我死活呀？"

“话不能这么说。”朵朵这会儿发扬起夫唱妇随的精神，“先不说管不管得了别人，咱最起码都得先从自身做起，只有人人都做到自觉，咱们国民的整体素质才能提高，才不会被洋鬼子小看。”

高老太不屑地翻了翻眼道：“我懒得理你们，我没你们那么高的觉悟，我只知道这一家大大小小都要吃饭，你们这都是站着说话不腰疼，吃饱了撑的。”她用筷子沾了点水将饺子皮边沿浸湿，右手麻溜地捏了捏，一个饺子就包好了。

嘟嘟在几间房里跑来跑去，玩着妹儿给她买的遥控小汽车，玩腻了，车一丢就挤到桌前，趁人不备就伸手在包好的饺子上东捏一下西按一下。

“哎呀，发财发财！给你一张饺子皮自己一边捏着玩去，别在这儿捣蛋。”明妍像打发叫化子一般赏给她一张饺子皮，把嘟嘟打发到沙发上一边玩去了。

妹儿和嘟嘟爸开始聊起 NBA，谈论起各自喜欢的篮球明星；朵朵和明妍则聊起了她们感兴趣的服装及八卦类话题。上次为朵朵拿书误砸到高老太俩人生了点小意见，相互几天不说话，可没过多久又和好如初。这会俩人叽叽喳喳说得兴高采烈的，嘟嘟在沙发上一边捏着饺子皮一边唱着儿歌。

看着这一团祥和的气氛，高老太脸上浮现出浓浓的笑意，扬眉道：“咱们家虽说不是大富大贵的有钱人家，可看你们夫妻和和睦睦在一起，一家子和和气气我也就心满意足了。隔壁周大妈家可就惨了，媳妇跑了大半年，早几天回来就吵着把婚给离了。大家都开开心心准备过年，她连楼都不敢下，生怕别人戳她脊梁骨，背后笑话她。”

“这有什么好怕的？这年头离婚的多了去了。”朵朵眼皮一抬，恍惚看见明妍脸色似乎有些不对，她以为是自己眼花或错觉，当下也没往心里去。

“离婚有什么好？现在的年轻人把结婚都当儿戏，早知要离，当初结什么鬼婚呢？在我们那年代离婚就是丑事，一家子都跟着在人前抬不起头。”高老太脖子一扬，嗓门不觉就提高了几个分贝。

“当初被男人的花言巧语蒙蔽了呗，觉醒过来还不兴人家离呀？”朵朵说完笑盈盈地斜睨着妹儿。

“呵呵，新年快到了，咱不谈论这些晦气的话，聊点开心的事哈。”嘟嘟爸见高老太沉了脸赶紧打着圆场，他在这家里就跟个灭火器似的。

高老太还欲说时被明妍不耐地喝住了：“就你废话多，年头到年尾废话攒起来几间屋都盛不下。”

“好啊，你们一天到晚就嫌我话多，没有我这老太婆整天忙里忙外地侍候你们，我看你们去哪儿快活！”高老太摇头晃脑的模样把朵朵和妹儿还有嘟嘟爸都给逗乐了。

包好饺子高老太扭头看了看墙上的挂钟，吩咐明妍道：“给你爸打个电话催催他，早上就嘱咐他中午早点回来，吃了还要送你们去机场呢，都嫌我话多，我这么嘱咐着到点他都还不回来，这个鬼老头。”

“你不说地球也不会停止转动，他不回来难道我们就去不了机场啊？有本事你当面骂他鬼老头。”明妍语气透着几分不耐。

“等他回来你看我说不说他，你以为我真怕他呀？”高老太接过女婿递过来的托盘往里数着饺子道。

“切，老头吼一声，你站在那儿脚就会发抖。”明妍说着起身到厨房洗手去了。

“没关系，爸要是赶不回来，我们自己搭辆的士赶去机场是一样的。”嘟嘟爸笑道。

“那你说得好，自己家有出租还把钱送给别的司机，你口气蛮大啦，你一月挣几个钱哟。”高老太不满地瞥了女婿一眼。

“呵呵，是我说错了。”嘟嘟爸点了点头，脸上堆满了笑意。

“这家谁都有说错话的时候，除了咱妈不会，对吧！”朵朵笑嘻嘻地拍着马屁。

“那当然。”高老太毫不谦逊地应道，端着托盘，扭着肥胖的“千斤”之躯去了她的工作岗位，嘟嘟爸随后也跟了过去，朵朵和妹儿留下打扫阵地。

一家人吃完饺子，朵朵洗好碗，望着餐桌上剩的一盘水饺不知如何处理，是放进冰箱还是就放在桌上呢？想了想，她转身去了高老太房间。

“哎呀，懒得带，你买这些东西做什么，直接给钱还好些。”明妍在高老太房里望着一大堆礼盒皱了皱眉。

“你小声点儿，这是我悄悄买来的，别让朵儿听见。”高老太瞪着眼道，“你懂什么，给钱邻居谁看得到，提点礼物人家看着热闹，亲家面上也有光彩。你等会儿就说是你自己买的放在我这儿，免得朵儿多心，说给你婆婆买礼物不给她父母买。”

“妈，剩下的饺子要不要……”朵朵推门而入正好听到高老太最后这几句话。

第二十七章　新年将至

“大吉大利！
马上就大年三十了，
别开口闭口就是命呀命的！
再说了，
你怎么不拿自己命保证，
要拿我儿的命来保证呢？”
“因为我把他的命看得比我自己的命重要一万倍！”

三人面面相觑，朵朵闷声道："没吃完的饺子要不要放进冰箱?"

"嗯……搁在桌上，等我来弄，我等下用油煎一下给嘟嘟带在飞机上吃。"高老太讪讪地道。

"你少烦人，又不是什么好东西还带在飞机上吃，不要，不要。"明妍一口回绝了。

朵朵憋着气回到自己房里，见妹儿又沉浸在网游里，一股邪火就窜了上来。她不由分说一把关掉了电脑，倒在床上拿枕头蒙着脸做驼鸟状。

"怎么个情况?好好的就风云突变了?"妹儿诧异地扭头望着她。

见朵朵不吭声，妹儿上前拍了拍她肩膀笑道："谁惹你了，说来听听，我帮你分析分析看谁对谁错。"

"一边待着去，别烦我。"

"呵呵，明天就大年三十了，咱开开心心地迎新年，不闹小脾气行不?"

"偏不，就闹，闹它个鸡犬不宁才好。"朵朵翻身坐起，抓着枕头没头没脑就往妹儿身上一通乱砸。

"妈，那我们走了，祝你们新年快乐!"朵朵砸了一阵放下武器，正欲向妹儿控诉高老太的恶行时，听见嘟嘟爸在客厅说要走了便狠狠剜了妹儿一眼，起身拉开床头柜拿了一个红包出来。

明妍瞄了瞄她，用腿轻轻碰了碰嘟嘟，嘟嘟扬起小脸看了看她，随即对朵朵和妹儿揖了揖手，稚声稚气地道："嘟嘟提前祝舅舅、舅妈新年快乐!祝舅妈工作顺利!天天好心情!"

"哟，嘟嘟可真会说话，瞧这小嘴甜的。"朵朵笑着捏了捏她脸蛋，将红包塞进她衣兜里道："舅舅和舅妈也祝嘟嘟新年快乐!还祝嘟嘟越长越漂亮!"

“还不快谢谢舅妈。”明妍将礼品盒移到右手，腾出左手揉了揉嘟嘟小脑袋道。

“谢谢舅妈。”嘟嘟从口袋里掏出红包看了看，眨了眨眼又道：“舅妈，刚才我妈妈还在骂你，说你小气鬼，不给我压岁钱。”

“你个小……”高老太尖声叫了半句，手扬在半空紧急刹车，过年说不吉利话是会触霉头的，所以她生生把“砍刀”两字用舌尖顶回了肚里。

“你这小孩好的没学到，尽学着说鬼话了。”明妍一张脸窘得像三月里盛开的桃花。

嘟嘟爸脸上也有些挂不住，他打着哈哈岔开话题道：“浩子，我车停在下面车库里，你要不要用车？要，我就把车钥匙给你。”

妹儿还没开口高老太就挥手道：“吃了晚饭我们也要赶飞机回老家过年，就这几个小时他要车干什么？行了，你们快走吧，老头子早下去了，等久了他又会不耐烦。”

待目送明妍一家进了电梯后，朵朵一转身脸上就晴转阴，她前脚跨进自己房间，高老太后脚就跟了进来。

“朵儿，这里有五百块钱，让浩子陪你去银行转在你爸妈账上。”

“你这是干吗？不要。”

“拿着拿着，你别生气，给明妍公婆买东西时我本来想着要给你爸妈也买的，只是你爸妈不比明妍她公婆，他们那乡下地方有钱也买不到好东西。你爸妈都是退休工人，你们那儿什么没有卖的呀？所以，我想着还是给钱好一点，他们喜欢什么就买什么，你说呢？”

高老太将钱硬塞在朵朵手里，朵朵倒有些不好意思了。她生气无非是因为高老太一碗水没端平，同样是亲家，却厚此薄彼。这会儿见高老太拿出钱来，她又觉自己为此事给婆婆脸色看有些过意不去。因此，嗫嚅道：“谁说我生气了，我才没有呢。”

“有没有生气我还不知道，脸都烂成抹布了。你敢保证你刚才没生气？嘿哟，老子今天不拿钱出来，你那脸还不知要烂成啥样？”

“告诉你没生气就是没生，拿妹儿命保证。”朵朵嘻笑道。

“大吉大利！马上就大年三十了，别开口闭口就是命呀命的！再说了，你怎么不拿自己命保证，要拿我儿的命来保证呢？”

“因为我把他的命看得比我自己重要一万倍。”

“说什么呢？我的命怎么了？”妹儿从洗手间回来，推开房门问道。

“妈说你命好，不知前世积了什么德，娶了我这样的好老婆。”

“嘿哟，不知羞。”高老太摇头笑着出去了。

“看，这是什么？妈刚才给的。”朵朵冲妹儿扬扬手里的五张大钞笑道。

“妈给你钱干吗?”

“给我爸妈的。”

“哦，过年咱们不能去陪二老，我还想着跟你说要给他们寄点钱去呢！咱自己再添五百，给爸妈寄一千整的吧?”

“我妈早说了不用我们给钱，她说我们不倒敲诈她就阿弥陀佛了。”

“呵呵，那可不行。我怕明年去的时候丈母娘会拿大扫帚将我扫出来。”

“那你就等着被扫地出门好了。”

“你手机响了。”妹儿拿起桌上手机看了看递给朵朵说，“你爸妈打的。”

“喂，妈，什么事啊?”朵朵边说边走到床边，搂过床上公仔斜偎在床上。

妹儿见她和父母说话时尽显小女儿之态，紫色高领毛线衣衬得她肤色越发白皙。妹儿心里一动，上前将她搂在怀里，用额头轻轻抵着她秀发，静静听着她和岳父岳母说话。

朵朵父母住在湖南一个民风纯朴、四面青山环绕的孝坪小镇上。老俩口退了休闲着没事干，时常约着一帮同样退休在家的邻居上山捡茶籽和柴火。茶籽晒干了用来打油，柴火则用于熏烤腊肉，既锻炼了身体又得了实惠，可谓一举两得。

朵朵妈在电话里问：“你们回上海郊外的老家过年什么时候回来啊？回来了打个电话，我给你公公婆婆寄一些腊肉和剁椒去。”

“我和妹儿初八就要上班，大概初三初四就回来了。”

“那我让你爸初六寄。”

“让我和妈说几句。”妹儿从朵朵手里拿过手机道：“妈，上次我听朵朵说你们在山上捡茶籽，当地农民没意见吗?”

“他们捡过头遍我们才去捡的，剩下那些没捡干净的他们也不要了。家里年轻人都进城打工了，人手不够忙不过来，捡剩的茶籽留在山上还不是浪费了，所以不会有意见的。”

“你和爸去打打太极拳，扭扭秧歌多好啊？干吗跑去山上弄得一身脏兮兮的，回家还得冲凉换洗衣物多费事呀?”

“没关系，在山上钻一下午，回家洗洗澡、说说话就睡了，这样时间过得快，生活也充实。我们过得很好，你们不必替我们操心。”

“对了，我妈刚拿了五百块钱让我们给您和爸转过去，等会儿我和朵朵就去银行。”

“哎呀，不用，不用，替我谢谢你爸妈。我们不用你们寄钱，只要你们过得好就行，我和朵朵爸就她一个女儿，又没有别的负担，退休金足够我们花的。”

“呵呵，那你们多保重！明年春节我和朵朵一定回去陪您二老过年。”

“好好好，你让朵朵再接下电话。”

朵朵妈在电话里嘱咐她到了乡下老家要勤快一点，不要落了口舌给婆家人去说。唠叨了一大通，说得朵朵龇牙咧嘴直做鬼脸。她嘴里哼哼叽叽应付着老妈，心里想着她妈妈说的要给婆婆寄腊肉和剁椒的事，脑中闪过高老太给明妍婆婆准备的那些礼品，看来这当妈的心都是一样的，都是为了给自己女儿在婆家长长脸。

母女俩在电话里又聊了一阵，不知朵朵妈说了什么话，朵朵听得咯咯笑。挂断电话后妹儿问她笑什么，朵朵说：“我妈说我家楼下的杜叔叔有一回特地跑去街上，花一块钱在手机里下载了‘茶山情歌’，在山上砍柴火捡茶籽时一直就放着这歌。那些农民听到后笑他们，说都老头儿老太太了还听什么小阿哥小阿妹的。”

“嘿，还挺应景的哈。”

朵朵斜睨着他笑道：“你知道他们上山穿成啥样吗？一个个都翻出家里一些过时的旧衣物，戴上帽子，手里拄着一根木棍，活像一群逃荒的难民。”

“呵呵，如今农民一个个进城打工，工人退休或下岗了反而跑去山上当农民。”

朵朵一想到她爸妈那帮老头儿老太太在山上一边劳动一边听“茶山情歌”就笑得乐不可支。妹儿见她笑靥酡红，眼睛晶亮晶亮的，不觉心神一荡，大白天的他不管不顾一把就将朵朵扑倒在床上。

“呀，流氓。”朵朵翻过身抓起枕头将他脑袋用力捂住，高老太在客厅听见他俩在房里打情骂俏不由暗骂道：“一对神经病！”

郑老爷子送走明妍一家回来，吃过晚饭，大家整理好行李准备出发去机场时，朵朵电话又响了。

第二十八章　真没出息

“我说你怎么就这么点出息呀？
孩子哭了不是有他爸吗？
他爸又不是……”
望着满脸泪痕的徐洁，
朵朵硬生生将“死了没埋”这几字吞回肚里，
消化不良噎得她猛翻白眼。

“如果不是亲眼看到你这惨样，打死我也不相信世上居然还真有贺鹏这号人。他怎么可以对一个孕妇并且还是他自己的老婆下如此毒手?”望着被揍得鼻青脸肿挺着大肚子的徐洁，朵朵觉得牙缝都在滋滋往外冒着寒气。

“这已经不是第一次了，我再也不会原谅他。”徐洁坐在沙发上抽噎，哭得梨花带雨的。

“什么? 还不是第一次? 难道他经常打你?”朵朵惊得眼珠都快夺眶而出跌落在地了。

“嗯……”

“混蛋! 他还是人吗? 离婚! 这种灭绝人性的家伙还要他干什么?”

“你怎么可以这样说我老公?”徐洁止住哭声，抬头诧异地瞪了朵朵一眼，起身就欲往外走。

“哎……你要去哪?”朵朵慌忙按住她，“得，我不说你老公坏，你老公好，他是这世上独一无二的好男人，下次让他把你打死。”

“你……”徐洁张了张嘴，尔后将脸埋在沙发靠背上嚎啕大哭起来。

“我什么? 我真是败给你了。”朵朵指着她恨铁不成钢地咬牙道，“他到底哪点儿好? 他都把你打成这样了，我骂他两句你还跟我急，难道他那张脸长得像三好学生奖状不成? 让你这当年的乖乖生就这么欲罢不能地非得吊死在他这棵歪脖树上?”

“那你也不能劝我离婚呀! 离了我那几个孩子怎么办?”

“你让我说你什么好? 好歹你也是受过高等教育的人，怎么会沦落成一个生育工具呢? 这年头就是山旮旯里的女人也不会拖儿带女生它一大串啊!”

“我和老公倒无所谓，主要是他爸妈重男轻女，在他们老家，一个人如果没有儿子是会被人瞧不起的。”

“我真替你的人生感到悲哀。你几乎是一年生一个，年年都在怀孕，你这么辛苦替他生儿育女他居然还敢打你，他怎么就下得去这手?”

朵朵气得在屋内张牙舞爪地来回暴走，她实在想不明白徐洁这当年学校里出了名的乖乖女，怎么一踏入社会就跟贺鹏这小子闪恋闪婚。一年生一个就够让她瞠目结舌了，现在居然还冒出家庭暴力，而最要命的是徐洁还这么执迷不悔。

朵朵和徐洁都是外来打工妹，当年俩人一同来深圳闯，在这块土地上徐洁除了她再无亲朋好友。不是她“王婆卖瓜，自卖自夸”，朵朵觉得自己对待朋友绝对够得上江湖上说的那啥“义薄云天”来着。接到徐洁电话她当机立断就将行李塞回衣柜，她不去，高老太自然巴不得也不去，可郑老爷子不干。乡下老母亲说自己活一年是一年，今年无论如何都得全家团团圆圆、热热闹闹地过个开心年。

可好友有难不帮，朵朵做不到，相持不下时，高老太说夫妻都是床头打架床尾和，说不定明天就好了。她让朵朵先留下陪陪徐洁，明天再赶去上海乡下那边过年也不迟。

徐洁之前在电话里哭哭啼啼也不说啥事，朵朵跑去接她时发现她居然顶着一只大熊猫眼。如果不是徐洁亲口说是贺鹏打的，朵朵压根儿想不到贺鹏居然是这号人，骂他灭绝人性还是轻的。当年徐洁带贺鹏回湖北家中见父母时，她老爸就说贺鹏虽八面玲珑能说会道，可眼神却透着股子凶气，遂坚决不同意这门婚事。可徐洁最后却不惜和父母断绝关系义无反顾地嫁给了贺鹏。

朵朵瞅了瞅一脸憔悴的徐洁，在心底叹了口气。被打成这样居然还将贺鹏当成月亮宝石般死死抱在怀里不肯撒手，真是无可救药的傻女人。每次徐洁妈打来电话向她打听徐洁的近况，一听到徐洁又怀了一个做B超还是女孩时就哭得稀里哗啦的。

想到这儿朵朵就觉胸口发闷。劝她离吧?可几个孩子还真是个恼火的大问题;不离?只要一想到贺鹏居然对大肚子的徐洁痛下毒手，朵朵就不寒而栗。

晚上十点多徐洁电话响了，朵朵一个箭步冲上前夺过她的手机厉声道:“不许接!这次如果你轻易原谅了他，那么往后你有的是挨打的日子。”

“可是……”徐洁望着她欲言又止。

“可是什么?明天我就陪你去租间屋子先住下，好好冷他几天，然后再吓唬他说要坚决离婚，这次不狠狠治治他，以后你的苦日子就没个头了。”

“其实……其实他对我挺好的，只是有时脾气上来了就控制不住自己。”徐洁眸中泛起一层水雾，期期艾艾地道。

“谁没个脾气呀?兔子急了还知道咬人呢!他有脾气?那上街找一黑社会单挑

发泄去呀，打自个儿老婆算什么本事？我呸！”

俩人说话这会儿工夫手机一直响个不停，朵朵欲关机，徐洁奋力来抢，因见她大着肚子朵朵怕有个闪失，只得瞪着眼将手机还给她。徐洁哭着说：“我家老三在这边呢，她一到天黑就会哭着要妈妈。”

“我说你怎么就这么点出息呀？孩子哭了不是有他爸吗？他爸又不是……”望着满脸泪痕的徐洁，朵朵硬生生将“死了没埋”这几字吞回肚里，消化不良噎得她猛翻白眼。

“我不会回去了，你听好，离婚，我要跟你离婚。”徐洁看了看朵朵，按下接听键咬着下唇中气不足地道。

朵朵刚向她投去赞赏的目光没多久，不知贺鹏说了些什么，她就握着手机默默流泪不语了……朵朵不时在旁边打着手势叫她态度强硬点，最后听到徐洁小声说：“嗯，那你就明天再来接我吧。”

“你到底有没有脑子呀？你居然就这样原谅了他？”朵朵气得肠子都快要断了。

“他向我保证以后再也不会动手了。”徐洁微微红了脸。

“好吧，随你，我以后再也懒得管你的破事。”朵朵恶狠狠地道。

第二天一大早贺鹏就开着他那辆小面的来了，朵朵劈头盖脸就将他臭骂了一通，贺鹏嘻皮笑脸地赔着礼，一个劲儿地认错并诚挚无比地对朵朵说：“今后如果我再碰徐洁一根指头，我就把自己两只手都剁了。”

贺鹏这小子个儿虽不高，人却长得有几分帅气，一张嘴能将母猪说上树。在得知朵朵为了徐洁没能和家人一道去上海过年时，贺鹏死说活说非邀请朵朵上他家去吃年夜饭不可。朵朵本不想去，她打算送走他俩后收拾一下赶紧去机场，无奈却被他夫妻俩生拉硬拽地塞进了面包车里。

车子向龙华驶去，一路上贺鹏妙语连珠，逗得徐洁哈哈大笑，就连朵朵有时也忍不住抿唇偷乐。徐洁一扫昨晚要死不断气地样子，不时眉目传情娇嗔地瞟着贺鹏，俩人一副郎情妾意的恩爱相。朵朵白了他俩一眼道：“真是搞不懂你们，一会儿像阶级敌人，一会儿又变成了亲密爱人。”

“你是不知道昨晚我为什么打她？”贺鹏扭头看了看朵朵笑道，“你问她自己我对她怎么样？天天待在家里玩，我还花钱请个保姆侍候她，前天保姆回家过年了，三个孩子生下来都丢在老家我父母带着，从来就都不用她操心。早几天她非要将老三从家里接来，接来又不肯带，我昨天在外谈生意跑了一天，回到家饭等着我做，一大堆脏衣服等着我洗……”

贺鹏话没说完朵朵就打断了他：“做这点事也要表功么？老婆娶回家难道是给你当保姆使唤的？”

“哎，不是，你听我说。我并没有为这事怪她，我回到家二话不说立即做饭，我先给老三做了点面条，让她喂给老三吃，可她倒好，坐在那儿看韩剧一动不动。我忙得要死，做了饭还要洗衣服，你总要帮着做一点点事吧？我喊了几道她才拿起碗给老三喂，还一脸不耐烦，把老三打得鬼哭狼嚎，我说她几句她就大发雷霆。”

“那你也不能动手打人呀！”朵朵话是说给贺鹏听，眼却瞟向徐洁，这女人昨晚没对她说实话。徐洁红了脸，不好意思地将头扭向窗外。

“哎，她也是傻，明知道我脾气上来了还要跟我顶嘴，非得对着干。”

“什么叫顶嘴？”朵朵和徐洁异口同声道。朵朵剜了徐洁一眼对贺鹏说：“夫妻是平等的，凭什么你脾气上来了她就得忍着？”

“对不起，是我错了，是我错了。”贺鹏赶紧赔笑道歉。

在徐洁家吃过午饭，给她家老三封了一个红包朵朵就起身告辞，她打算去宝安机场订张机票赶去上海。贺鹏提出开车送送她，朵朵极力谢绝了。坐公车到了宝安，下车时朵朵掏出手机欲告诉妹儿自己今天就会赶过去，一只脚刚跨下车门还没落稳地，手机就被等在站台边上的飞车党抢了去。

“啊——有人抢劫！”

朵朵尖声大叫，吓得魂飞魄散，她所有的客户电话号码都储存在手机里，来不及多想，她拔脚便追……

第二十九章　撞上总裁

朵朵曾幻想过几百几千种和 Kevin 偶遇的场景，

这张肥单对她的诱惑实在太大，

可唯独没想到会这样“华丽丽”地撞上？

只要能拿下 Kevin，

成功和他交上朋友，

那么……

坐在摩托车后座的劫匪右手扬着朵朵的手机，扭头冲她高声喊道："大姐，新年快乐！谢谢赞助喽——"

朵朵呕得几欲吐血，因为那家伙说完居然将她的手机贴在唇上抛下一个得意的飞吻。更令她为之气结的是周遭行人的冷漠，他们或看热闹、或幸灾乐祸、或面无表情地目不斜视，没一人伸出援手擒拿劫匪。

奋力追赶一阵，无奈两只脚和两个轮子怎么也不具备 PK 性，她只得消极地停止追捕，恼火万丈地目送着渐行渐远的摩托车风驰电掣般地向前驶去。

突然——

前面路旁一骑脚踏车的男子将车笼头一拐，挡住了劫匪去路。朵朵鼻子一酸，感激得差点热泪盈眶，迅速向前奔去。

尖锐的刹车声响起。

"滚开——滚开——"

"他妈的，老子警告你少管闲事，否则撞死你。"

半路杀出个程咬金，气得俩劫匪张牙舞爪地冲那见义勇为的男子声嘶力竭地怒吼着。尽管他俩看去似穷凶极恶，可眸中那抹色厉内荏之色已将他们内心的惊慌暴露无遗。

那男子并不答话，将脚踏车一扔，上前一把揪住后座上那小子，从他手中劈手夺下了朵朵的手机，方冷哼道："滚。"

或许是因为此人的正义惊醒了路上行人的冷漠，又或许是因为有了第一个站出来的人，才让别的人有了勇气，此时周围有几个行人陆续围上来，七嘴八舌指责着劫匪。

事实上这些穷疯了的飞车党并不是什么亡命之徒，做坏事时心里多多少少是有着几分怯懦和忐忑的，他们表面的嚣张都是建立在行人“事不关已，高高挂起”的基础上的。只要有几人站出来拔刀相助，他们就会像丧家之犬一般夹着尾巴狼狈而逃了。

“咦，怎么是你?”

朵朵跑上前，一边弯腰大口喘着气一边抬头斜睨着 Kevin，大脑有几秒处于真空状态。她迅速瞥了眼抱头鼠窜的俩劫匪，心里居然对他们升起一股感激之情。因为，若不是刚才的“劫机”事件，她和 Kevin 就错身而过了。

“嗨，林朵朵。”Kevin 冲她热情爽朗地咧嘴一笑。

“……怎么……怎么你们公司春节不放假吗?”朵朵突然想到自己现在的样子肯定特狼狈。她担心给 Kevin 留下一个不好的印象，说话不免就有些结巴。

“放了，但我喜欢中国，我要留在这里过春节。”

“哦……这样啊!”

“原来是熟人。”几个围观者笑了笑，散了。

“你是深圳本土人吗?”Kevin 将手机递给她，扶起脚踏车问道。

“不是。”

“那你为什么不回家过春节?”

“呃……”朵朵顿了顿道，“今年不回去，我想在深圳过一个春节。”

“是和朋友一起吗?”

“不是，朋友们都回家了。”

“呵呵，那咱俩一起过如何?”Kevin 眼里盛满了笑意。

“行。”朵朵本想答应得矜持含蓄一点，可转念想到，老外们在人情世故上一般都是喜欢直来直去的，所以便爽快地应承了下来。

“Good，上车，咱们先去前面超市采购今晚的过年物资。”Kevin 脖子一歪，愉快地拍了拍脚踏车后座。

这世界的变化之快就是让人脑袋缺氧，在绝大数人还做着拥有小车梦时，另一小撮人有钱人在节假日已抛弃小车改而青睐脚踏车，即免了开车等红灯的苦恼又锻炼了身体。

人比人真是气死人!

坐在 Kevin 的脚踏车上朵朵暗自欷歔不已。妹儿早就嚷嚷着想买一辆小车，还说买了车后要载着她风风光光地开回她老家，在人前给岳父岳母长长脸。可朵朵却一直没松口，因为买了车，他俩的账户上就亮了红灯。朵朵并非高老太那样精打细算会过日子的人，但是那种买了大件后账户上必须还要有剩余活钱的人，否则她睡觉都会不踏实。

“幸福的花儿心中开放，爱情的歌儿随风飘荡……我们的生活充满了阳光……”

Kevin 悠闲地踩着脚踏车，怡然自得地吹起了口哨。他上身套了一件深蓝色的宽松针织衫，冬日的暖阳慵懒地洒落在他微卷的黑发和肩背上。

“你怎么会这么老的歌呀?”朵朵很奇怪他一个洋鬼子居然知道这首老歌。

“嗯哼！我记得告诉过你我祖母是中国人。她除了爱唱歌还非常喜好诗词歌赋，我这都是从她那儿学来的。”

“这么说你也喜欢诗词歌赋?”

“噢，非常喜欢。尤其是辛弃疾和纳兰的诗词，还有京剧。”

朵朵听了心里暗喜，看来俩人有共同语言，便于沟通交流。虽说她于诗词方面算不上什么资深人士，但对付这个半洋鬼子应该绰绰有余了。只是她并不太喜欢辛弃疾的诗词，因为他的诗词字里行间大多弥漫着忧国忧民的味道，读了让人觉得心里沉甸甸的，就像挂上了一把锁，她比较偏爱婉约派的诗词。

自从在 Blue Note 酒吧见到 Kevin 和白媚，知道 Kevin 是迅达房地产公司的副总后，朵朵便一直在为如何接近他而纠结。因为白媚已经在和他接洽了，并且有过一期工程的合作，若她再跑去横插一杠子，这样的窝里斗，她担心会让 Kevin 看了笑话，弄不好还会因此对她的人品大打折扣。

不讨好又得不偿失的事朵朵再也不想干了。她觉得最好的办法就是像书里或电视中经常看到的那样，男女主角来个偶遇，然后自然而然认识，由朋友开始，再慢慢转入到正题上。

朵朵曾幻想过几百几千种和 Kevin 偶遇的场景，这张肥单对她的诱惑实在太大，可唯独没想到会这样“华丽丽”地撞上。

只要能拿下 Kevin，成功和他交上朋友，再由他向公司指定二期工程单非她林朵朵去洽谈不可，那么……

朵朵微微眯起眼，几张合同纸在她脑子里摇摇摆摆地扭来扭去，欢快地蹦腾跳跃着……

第三十章　我的理想

我的理想是做一坨鸡屎，
一坨又大又臭的鸡屎。
我要臭死数学老师，
这个学期我每次考试都不及格，
其实我能及格的，
但是他不让我抄。

每年不知有多少人怀揣着梦想前赴后继地涌进深圳，虽说年前有大批返乡者，可超市里仍人满为患，哪儿都是购物者。咱中国人口还真是众多，在年三十这天各个收银台前都还排着长龙。

朵朵和 Kevin 看去兴致都很高，俩人一边逛一边谈笑风生，不多时购物车里大包小包就塞了一大堆。朵朵突然微皱眉头闭了嘴，她暗想 Kevin 买这么多东西，莫非是想要她替他做一顿丰盛的年夜饭?

糟糕！若是下个面条或弄个蛋炒饭她还能对付，整一桌饭菜她哭也哭不出来。

事实证明她的担心纯属多余，因为一到 Kevin 家，他袖子一捋，奔进厨房剖鱼剁鸡就忙活开了。

“怎么你还会做中国菜?”朵朵问道。

“嗯哼!”Kevin 掀掀双眉道，“我祖母从前曾是资本家的小姐，自从去了德国就开始钻研厨艺，因为她怀念中国菜，慢慢无师自通，我这都是跟她学的。”

“看来你受她的影响很深?”

“是的。我从小在她身边长大。我在少年时代就读完了中国的四大名著，还都是线装的竖行繁体字呢。”

“你还能看懂繁体字? 可你的中文说得并不好。”

“噢，说得不好不代表我不懂，不是吗?”Kevin 冲她眨了眨蓝眼睛，做了一个特滑稽的面部表情道，“读小学时，历史老师说中国所谓的四大名著之一的《西游记》，不过就是一个和尚带了一个人、一只猴子和一头猪走了很远的路去取一本经书，据说沿途还打死了七只蜘蛛。他说得轻描淡写，可你知道我们班那些姑娘和小伙当时的反应吗?”

“什么反应?”

“惊叹！大家都说中国人真是了不起，居然在三千多年前就开始养宠物猪了。弄得老师一脸尴尬。”

“谁让他诋毁中国的文化瑰宝。”

“嘿嘿，文化和音乐不分国界，四大名著也是世界文学宝库中的瑰宝。”

俩人海阔天空，从现代聊到古代，东方聊到西方，厨房聊到餐桌。望着满满一桌菜，Kevin 搓搓手摇头晃脑地道：“其实，偶尔做做饭是种享受，可以缓解紧张疲劳的心情。”

鬼才喜欢做饭。

朵朵转身去厨房拿碗，龇牙咧嘴地悄悄做了个鬼脸。

“喝红酒怎么样?”Kevin 打开酒柜问朵朵。

“行。”

Kevin 口口声声说喜欢中国，可他租住的公寓却布置得相当西化，客厅左侧摆放了一个大大的吧台，后面立着红木做的酒柜，里面放着各式洋酒。他拿出一瓶红酒，顺手又按下了吧台下的音响，屋里即刻飘起了轻缓的音乐。

中午以前，朵朵做梦也没想到会吃上 Kevin 亲手做的 2008 年最后一顿晚餐，看来牛年大吉呀！

“知道这道菜叫什么名吗?”朵朵笑盈盈地指着一盘卤猪舌和卤猪耳问 Kevin。

“不知道，不就是一盘猪头肉吗? 反正都是猪脑袋上的。”

“错，这不叫猪头肉，叫悄悄话。”

“悄悄话? 哈哈。”Kevin 用一把精致的汤匙点着黑木耳炒菠菜问朵朵，“那你知道这道菜名叫什么吗?”

“嗯……”朵朵想了想摇摇头。

“波黑战争。”Kevin 得意地大笑。

咱中国人习惯在饭桌上天南地北地大说特说，可朵朵知道老外不能理解咱的餐饮文化，所以拿起筷子后她就不再说话。

果然 Kevin 也不再言语，他极其认真地品尝着自己做的美味佳肴，似乎对他自己的厨艺相当满意，吃得眉飞色舞的，不时端起高脚杯冲朵朵点点头。席间俩人只偶尔轻声交谈几句，每次还都是 Kevin 先开口，一餐饭吃下来，气氛不仅未见冷场还很融洽。

吃完俩人一起收拾厨房，朵朵心情有些小亢奋。她打算过几天再约 Kevin 出来喝咖啡，理由顺理成章嘛，就说为了答谢他的这顿年夜饭。

收拾好厨房她欲告辞时，Kevin 极力邀请她留下一同观看春晚。有理由拒绝财神么? 当然没有，何况俩人一直谈得都很投机。

看了会儿春晚，俩人都觉得没啥看点，Kevin 说："不如咱们来下几盘棋？"朵朵原以为他说的不是围棋就是象棋，可没想到他居然拿来一盘跳子棋，把她当场雷得里焦外嫩。

要说围棋和象棋她都不堪一击，但跳子棋么？哼哼……朵朵暗笑，当年在大学宿舍里她可是"跳神"。因为她惯于浑水摸鱼，胡跳乱跳是她的拿手好戏，有时跳得性起还把别人的子往回跳，她的常胜将军就是这样来的。

可和 Kevin 下棋她不打算这么干，从小事看人品，她可不想被行事古板认真的德国鬼子揪住小辨子给她上纲上线。再说她认为跳子棋特小儿科，闭着眼也能赢。

第一局输了，她想可能是自己太过轻敌所致；第二局又败了，她才开始着急；第三局她全神贯注，步步为营，唯恐给 Kevin 搭了桥。朵朵低头凝神盯着棋盘，长长的眼睫不时轻扇两下。

Kevin 抬头不经意地扫了她一眼后，原本已垂下的眼睑却又快速打开，在她脸上悄悄流连了一会儿。他那双漂亮的蓝眼睛慢慢起了变化，一些异样的色彩在他眼眶四周渐渐聚集，他开始有些心神不宁。

他的情绪很快就被朵朵感知到了，俩人之间突然就有了一个共通的磁场，彼此在这一刻似乎可以清晰地感应到双方的心理活动，暧昧在空气中深深浅浅地弥漫开来，将俩人紧紧包裹住。

理智告诉朵朵快点离去，熟男熟女共处一室很危险，可心里却又有着几分不舍。她惊讶地发现自己居然很贪恋并且很享受和 Kevin 之间这种暧昧的气氛，莫非自己骨子里一直渴望新鲜刺激的事么？

若是他接下来要和自己 XXOO 怎么办？

哎呀，自己都在想些什么呢？脑子里怎么尽是些不纯洁的想法？人家一个外企副总什么样的小姑娘找不到？或许他根本没那意思，瞎想啥呢？

朵朵暗暗鄙视了自己一下，赶跑脑子里的胡思乱想，她没话找话地道："如果今天没遇上我，你预备一个人过除夕夜吗？"

"嗯哼，是的。我本来就是去超市购物，没想到遇上你，今晚我很愉快！谢谢！"

"你很喜欢下跳子棋吗？"继续没话找话。

"是的，我喜欢这些漂亮的玻璃珠。有时拿着一粒珠子可以看很长时间。"

"一粒珠子看很长时间？……难道透过玻璃珠你还能看出人生不成？"

俩人就人生展开话题，气氛渐渐又活跃起来。东拉西扯一阵，不知怎么就聊到了童年趣事上，Kevin 让朵朵说说她小时候发生过的一些比较好玩的事。朵朵笑道："我的童年既不是金色也不是灰色，平平淡淡没什么可说的。不过前段时间我在网上看到过一则笑话，说给你听听。"

一想到自己要说的那个笑话朵朵就不觉抿嘴偷乐。

我的理想（作者：某四年级小学生，男，父母在菜市场贩鸡）

我的理想是做一坨鸡屎，一坨又大又臭的鸡屎。

我首先要去臭死我的同学×××，因为他欠了我的五毛钱一直不还，上课还拿我的本子乱画。

我还要臭死我的班主任，她每次找我谈话都是收钱，收这么多的钱，我要臭死她。

我还要臭死数学老师，这个学期我每次考试都不及格，其实我能及格的，但是他不让我抄。

我还要臭死校长，为什么星期一的升旗仪式他可以在台上讲话，我们要在下面淋雨。

最后我要臭死自己，我臭死这么多人，警察一定拉我去坐牢，我不要坐牢，我把自己也臭死。

"哈哈哈……"

这小孩儿实在太逗了，Kevin 爆发一阵大笑，朵朵也笑得眉眼弯弯，灯光映衬下，她此刻看去有着说不出的妩媚。

Kevin 深深地看了她一眼道："知道为什么说杨贵妃有羞花之貌吗?"

"不知道。"朵朵红了脸，不敢看他的眼睛，略垂了头，心里闪过一丝慌乱，却又夹带着丝丝甜蜜。

"杨贵妃是酒鬼，花见了都把脑袋低下了。贵妃心想：我比花漂亮。花儿在想：这醉鬼又来了，快把头低下，免得又吐我们一身!"

这虽是个笑话，可朵朵一点也笑不出，她脸越发红了，她想起头一次在酒吧见到 Kevin，自己就是在那喝闷酒。

"我觉得用羞花来形容东方女人一点也不为过。"

Kevin 说着起身关了电视，打开音响尔后深情款款地对她说："美丽的小姐，我能请你共舞一曲吗?"

他的声音似乎透着股魔力，朵朵身不由己地就将右手搭在了他的手心上……

第三十一章　情不自禁

为什么他能让她心似小鹿跳个不停?
是因他本身有着说不出的魅力?
还是因为他头顶笼罩着工程单的光环呢?
这问题一路纠结着她……

请你再为我点上一盏烛光
因为我早已迷失了方向
我掩饰不住的慌张
在迫不急待地张望
生怕这一路是好梦一场
而你是一张无边无际的网
轻易就把我困在网中央……

朵朵觉得自己仿似醉了，身体轻盈得像片飘落的花瓣，每一脚踩下去都轻飘飘的。她想逃，大脑发出了危险的信号，可人却绵软无力，眼前的怀抱好温暖，她想闭上眼将脸轻轻贴在上面，什么都不去想，不去理会……

音乐停了又响起，俩人的身体渐渐越靠越近……

当 Kevin 轻柔地吻上她的额头、鬓发和脸颊时，她只觉一股炽热的男子气息萦绕在鼻端，将她深深包围。

轻轻“嘤咛”一声，她就像条无尾蛇一般软在了他的怀里，心跳在一刻响如战鼓。

宽大豪华的双人床上，两具熟透的身体缠绵缱绻地交织在一起。激情的旋涡掀起滔天巨浪，理智被卷入海底，朵朵脑中只剩下白茫茫一片海水。

时针悄悄指向 00：00 点，Kevin 的手机响了。

“Happy new year!”

他的中国朋友第一时间送上了新春祝福!

欲望的潮水瞬间退去，朵朵惊愕地环顾四周，竟不知自己与 Kevin 是何时从客厅到了卧室？她冲进浴室，盯着镜中那个头发凌乱、衣衫不整、两腮酡红的自己羞愧不已！

靠在浴室门上，朵朵咬着下唇，胸脯急促起伏着。心里暗自庆幸好在木尚未成舟；否则还有何面目去和Kevin谈单，那不成交易了吗？

呀，他会不会认为自己是个轻浮的女人？

这么一想，朵朵懊恼得恨不能找条缝钻进去……

“林，你在里面做什么呢？”Kevin轻轻敲着浴室门。

“噢……就好！”

半晌朵朵才打开门，Kevin不明白，为什么接个电话的工夫就风云突变。朵朵前后判若两人，她执意告辞，并且拒绝他开车送她回家。甚至在他替她拦下一部的士还未来得及抽出钱包时，朵朵就吩咐司机开车而去。

闭目靠在车上，朵朵将和Kevin在一起的这段时间细细过滤了一遍。为什么Kevin能让她晕眩？让她心跳加速？她不由又回想起和妹儿在一起的情景，从相恋到结婚，从初吻到XXOO，妹儿带给她的感觉始终平淡如水。

如果Kevin是火，妹儿就是水。而她是需要火还是需要水呢？

朵朵缓缓睁开眼，揉了揉太阳穴，凭心而论，妹儿是个好老公，他不赌博、不抽烟、也不酗酒，只是爱沉溺于网络游戏，还有些懒，和自己一样不擅长家务。

但妹儿对她几乎是千依百顺，朵朵觉得自己很有几分对不住妹儿。她暗自发誓，今天这样的事以后绝不允许再次发生。她甩了甩头，似乎想将Kevin从她脑海里赶走，可不一会儿她又眯眼回味起他的一言一行。

为什么他能让自己心似小鹿跳个不停呢？是因他本身有着说不出的魅力，还是因为他头顶笼罩着工程单的光环呢？

这问题一路纠结着她……

咦，家里怎会亮着灯？朵朵走进小区，抬头望着自家窗口纳闷不已。难道早上和徐洁夫妻出门时忘了关么？

她刚把钥匙插进防盗门的锁孔里房门就开了，妹儿一脸焦急地问道：“你去哪了？发生了什么事？中午手机刚接通就突然断了，然后一直处于关机状态，急得我马上乘机赶了回来。”

望着仿佛从天而降的妹儿，朵朵愣愣地说不出话来。

“你怎么了？究竟发生了什么事？”

“哦……没什么，我只是突然见你回来有些意外。”朵朵接过妹儿递来的拖鞋道，“中午我下车时手机被飞车党抢了。嗯……亏得有几个热心人拦下了摩托车，只是手机摔坏了。”

“难怪一直关机，可你怎么现在才回来啊？”

"去修手机时碰上一个同事，去她家了。"

朵朵脸上一热，急忙躲进洗手间。她从包里掏出手机，先前从 Kevin 手里接过手机她一直没顾上察看，也不知该死的劫匪是否将手机卡给扔了。

还好，还好，原来只是关了机。

朵朵刚开机 Kevin 的短信就蹦了出来："林，你已平安到家了吗？打你电话关机，看到短信后给我个回复，我要知道你已平安到了家！Happy new year！"

"你饿了吗？要不我给你下点饺子？"妹儿在门外问道。

"嗯……不用。"朵朵慌忙关了机，两手捂住发烫的脸，心里有些忐忑不安。

"浩子，朵儿回来了没有？"高老太又打来电话，加上这个，今晚她已打了十六个。

"回来了。"

"那就好，你也不说打个电话告诉我们一下，免得我和你爸爸担心。你这孩子真不懂事。睡前要检查一下房门、燃化气灶、还有别的房间灯都关了没有？"

高老太在电话里絮叨了半天，妹儿笑道："放心，除了你的嘴还没关上，别的都关上了。"

"行，我不说了，明天记得和朵儿赶过来给你奶奶拜年。"

"好，我们赶明天的航班过来。"

因为心里有愧，所以这一晚朵朵对妹儿极尽温存之能事，她的软语娇羞让妹儿"性"趣盎然。婚后朵朵不愿很快要孩子，每次 XXOO 时就强制妹儿穿上"雨衣"。有几次妹儿提出让她服用避孕药，可朵朵听人说那玩意儿吃了脸上会长斑，于是拒绝服用。

妹儿见她今晚柔情似水，大异于往常，还道是小别胜新婚的缘故，因此便趁热打铁的在她耳边低语道："新年头一晚让它俩也实质性的亲密接触一回行不？"

"讨厌！"朵朵娇嗔地白他一眼。

"谢谢表扬！"

"拜托！我哪有表扬你？"

"怎么没有？"妹儿嬉皮笑脸地调侃道，"你刚不是在夸我讨人喜爱，百看不厌吗？"

"去你的……唔……"

"的"字还只吐出一半就被妹儿堵在了嘴里，妹儿软磨硬泡一再要求"淋雨"。他说自己枪法不会那么准，不可能一次就中标。这若搁在以往，朵朵无论如何也不会冒这个险，对她来说生孩子是件遥远的事，至少三年内她不会考虑此事。

虽说今天与 Kevin 没有迈出最后一步，可她心里总觉愧对妹儿，因此最后便默许了妹儿的要求。

一想到 Kevin 她就热血沸腾，情不自禁地就紧紧搂住了妹儿……

第三十二章　年后裁员

一想到有可能会被裁掉，
朵朵就觉得工作了大半年的环境突然变得异常亲切起来，
一桌一椅都分外让人留恋。
她用眼神轻轻抚摸着电脑，
暗暗祈祷自己能够逃脱被裁员的命运。

第二天在机场，妹儿去排队领取登机号时，朵朵想了想，还是掏出手机给Kevin发去了新年祝福。让她没想到的是Kevin居然立即将电话拨了过来。

“嗨，今天是大年初一，预备怎么过呢？要不我来接你，咱们去欢乐谷如何？”Kevin并不提昨晚朵朵为何没回复他短信之事。昨天朵朵突然坚决要走，他后来想了想，认为这可能是东方女人比较含蓄的缘故。

“哦，不好意思，我在机场，马上就要登机了，祝你新年愉快！”

“怎么又想着回家过节了？”

“临时决定的。”

“噢，那祝你一路顺风！”

“谢谢！再见！”

挂了电话朵朵朝妹儿望了一眼，心莫名地“砰砰”乱跳，仿似做了什么亏心事一般。

在深圳，她和妹儿都只穿了件外套，下飞机前俩人才将手里的羽绒衣裹上。刚将头探出机舱，一股凛烈的寒风就扑面而来，朵朵不由得连打了几个喷嚏，妹儿见状赶紧掀起大衣将她严严实实包在怀里。

从机场出来又乘了将近三小时大巴才到目地的，朵朵还是头一次到妹儿老家。妹儿奶奶已驼成了一个大虾米，脑袋都快勾到膝盖了，虽八旬高龄，可眼不花耳不聋，身子骨还很硬朗。妹儿婶婶说她一餐能吃一海碗面条，把朵朵着实吓了一跳。

老人家见到朵朵很是欢喜，拉着她的手一个劲儿地夸她长得有福气，笑得满脸皱纹都乐开了。

高老太瞥了瞥婆婆，翻着白眼说：“你莫老拉着她说个没完，坐了几小时车肯定累了，让她先吃点东西再去休息会儿。”

“我和我孙媳妇说下话碍你啥事了？要你来多嘴？”老太太不乐意了。

“哎呀，你说你说，让你说个饱。”高老太心下暗骂老太太越老脾气越臭。

“朵儿好像比结婚那会儿瘦些了，是工作太累了不？”妹儿婶婶来深圳参加过他们的婚礼，见朵朵婆婆和老太太话不投机便赶紧岔开话题。

接下来几天把朵朵头都弄大了，她真不明白妹儿老家为什么有这么多拐弯抹角的亲戚。一会儿让她管这个叫婶婶，一会儿又让她管那个叫伯伯，还有什么姨姥姥的一大堆，弄得她晕头转向，在这儿过春节那叫一个累啊！

返回深圳的当天，一进屋洗漱过后，她就倒在床上昏天黑地睡起了大觉，梦里都是乱糟糟一大家子人。

休完年假，又该投入到紧张忙碌的工作中了。

能睡到太阳晒屁股自然醒的人实在是太幸福了。

早上朵朵揉了揉惺松的睡眼，心不甘情不愿地爬出被窝。她和妹儿同时伸了个大大的懒腰，手碰在一起，俩人不约而同扭头看着对方哈哈大笑。

“瞧你这蓬头垢面的丑样儿？”妹儿揉着她睡得乱糟糟的长发呵呵笑道。

“滚，你以为你现在的样子很好看吗？哈利油（湖南方言，指傻里傻气的意思)。”朵朵含笑剜他一眼，顺便伸脚在被窝里踹了他一下。

“嘿嘿，我是哈利油，那你就是哈利油的死蠢堂客（湖南方言指“笨老婆”的意思)，以后我就叫你死蠢堂客。”

“行，好歹也是一复姓。”朵朵没心没肺地应承下来。

“什么？”妹儿瞪大眼哭笑不得地看着她，随后拿起枕头就往她头顶罩下。

俩人在床上嘻嘻哈哈打闹，高老太听见了没好气地敲着房门道：“你俩只管癫，等会儿搞不赢手脚迟到了老子就喜欢。”

他俩挤眉弄眼互做了下鬼脸，这才溜下床匆匆跑去洗脸漱口……

新年后头一天上班，余旺财就召开了全体职员大会，这次会上他一改以往恶习，简短的开场白后，他宣布因为金融危机公司将裁员，下面立即一片骚动。

白媚有意无意地瞟了眼朵朵，她眸中透出的那抹同情之色让朵朵看了恨得牙痒痒。同时，又有几分心惊肉跳。

这次全体职员会议是朵朵进入早禾以来最为简短的一次。

散会后，岳明飞随即又召开了销售部职员会议，他在会上就公司产品目前在市场上与竞争对手各自所占的份额详细分析了一番；然后又谈了谈市场规模及发展趋势；最后他让大家三天后上交一份2009年的营销计划书。

资深员工或像白媚这样的精英人士自不必担心会被裁掉，散会后一个个若无其事地翻出电话簿，纷纷给自己的新老客户打去电话道着新春祝福。舒展的眉头毫不掩饰地炫耀着他们内心的得意。而资历尚浅或平时业绩平平的人，都低眉顺眼地窝在属于自己的那方隔断间里闷声不响。

朵朵冷眼瞥了瞥白媚，见她摆出一副职场成功女性的姿态坐在转椅上悠哉游哉地打着电话，心下既厌恶又有几分羡慕。

唉，她当然是稳坐钓鱼台，而自己呢？早上起床时她还想着要是每天能睡到自然醒，生活该有多滋润！这下好了，如果没了工作看你睡去？

一想到有可能会被裁掉，朵朵就觉得工作了大半年的环境突然变得异常亲切起来，一桌一椅都分外让人留恋。她用眼神轻轻抚摸着电脑，暗暗祈祷自己能够逃脱被裁员的命运。

下午早禾又召开了高层会议，各部门职员纷纷猜测会议主题定是围绕裁员名单展开，一时人心惶惶，哪儿都能看见三五成群的职员扎堆在一块儿低头交耳议论不休。

朵朵心不在焉地移动鼠标翻着网页，不时瞟下四周，她突然觉得身边好像少了点什么。蹙眉想了会儿才恍然大悟，王雪雁这丫头跑哪去了？她此时才发现自昨天起就没听见这丫头叽叽喳喳的声音，往日销售部里尽是她在唱独角戏，可眼下这敏感时期她却失去了踪影，这丫头干嘛去了？

想了会儿也没想出个所以然，朵朵苦笑着摇了摇头，自己是死是活尚且不知，还有闲工夫去操心别人的事，真是吃饱了撑的。

唉，是福跑不了，是祸躲不过；天要下雨，娘要嫁人，听天由命吧！与其在这儿消极地坐以待毙，不如试着看看能否约到一两个客户出来谈谈，总好过在这儿要死不活。

朵朵关了电脑从包里翻出记事本，自从上次手机差点被抢后，她就把所有的客户联系方式都写在了记事本上。查看了会儿，她决定先给去年几个曾有意向订单，但最后又因种种原因没订成的客户打打电话碰下运气。

拿起桌上电话，朵朵瞟了瞟四周同事，皱了皱眉头，她放下电话起身拎着包出了写字楼。

朵朵在公司附近一家幽静的茶餐厅里找了个位置坐了下来，她不想在公司里给客户打电话，若是连打几通无果，她担心会被同事看了笑话。又怕到时不幸被裁掉，人家会说，裁掉前林朵朵还在装腔作势地给客户打电话呢！

她可不想成为同事们眼中的笑柄。

接连打了几个电话约客户出来喝茶都被人家婉拒了。她在订过单的客户名字前用红笔打了钩，有意向但没落单的则在名字前画了圆圈。朵朵望着剩余那些没做标记的电话号码发了会儿呆，有意向的尚且约不出来，这些没瞧出有意向落单的客户还有必要再挂去电话吗?

唉，她不由又轻轻叹了口气。死马权当活马医吧。

她挨个拨打起那些没有做标记的号码，可得到的答复大多都是没空，要不就是敷衍两句后找个借口挂断了。还有极个别根本就忘了她是谁。在朵朵提醒对方她是早禾门窗的销售员时，人家“啪哒”就直接挂了机，把她郁闷得直翻白眼，心一点点凝结成了果冻。

还有三个号码没打，有必要再继续吗? 还是算了吧，别再自讨没趣！在她欲合上记事本时转念又想到，既然已经碰得头破血流了，还在乎多流几滴血吗?

深吸一口气，调整好心态，朵朵拿起了电话……

第三十三章　贵在坚持

有些人做某件事之所以取得成功，

其实只是贵在坚持！

有时候成功离我们只有一步之遥，

可很多人往往就在黎明前黑暗的这一刻放弃了！

“方小姐，新年好!”虽说打电话时互相都看不见对方，可朵朵脸上仍挂着职业性的微笑。

“新年好！请问你是……”话筒里传出一个清脆的女声。

“我是早禾门窗的销售员林朵朵，年前我们曾见过一次面。”

“噢，林小姐啊，不好意思，我已订了另一家公司的门窗，我还有事，改天聊哈!”对方说完就挂了机。

朵朵无奈地摇了摇头，按下了第二个号码。

在被对方用同样的理由拒绝后，她搁下手机，用吸管在茶杯中轻轻搅拌着，淡淡的菊花香气迎面袭来。她身子往后靠了靠，透过雕花的木格窗望向窗外，外面正对着林荫道，阳光从叶缝间斜斜洒落，空气中就像有无数金粉在轻舞。

在这个有着温暖阳光的下午，朵朵却感到了一股入骨的寒意。

收回目光，她望着漂浮在玻璃杯口的菊花瓣似乎想起了什么。愣了会儿，她再次拿起吸管搅拌了一下，几片花瓣在水中盘旋了会儿，明明看着要沉入杯底了，却又“吱溜”一下浮了上来。

花瓣尚且不甘沉沦，何况人呢?

朵朵不觉为之一振，拿起电话拨通了最后一个号码。

世上的事有时就是这么奇怪，那些看着有希望的往往最后都成了镜中花水中月，而不看好的则会给你出其不意地惊喜，让你体验到柳暗花明和峰回路转的喜悦。

有些人做某件事之所以取得成功，其实只是贵在坚持！有时候成功离我们只有一步之遥，可很多人往往就在黎明前黑暗的这一刻放弃了!

坚持就是胜利!

最后，这个客户在接到朵朵电话后一口便答应了订单，他家主卧正对着嘈杂的大街，朵朵向他推销铝合金门窗时曾着重强调了断桥系列隔音隔热的功效，当时他觉得早禾的产品太贵，而且也没想到自己主卧临街会影响睡眠。

这个客户订的单虽不大，只有一扇平开窗和四扇的推拉门，但朵朵却欢喜异常。年后头一天上班就接到了单，或许能让她幸免被裁掉呢！

她暗暗祈祷这张单能带给她好运！

不知是命运之神听到了她的祷告还是她原本就不在裁员名单内，反正三天后公布的裁员名单里没有她的大名。不仅没有她，连王雪雁也没有，因为在公布名单的前一天，王雪雁就被调去当了小前台。

就像白媚认为工作上屡屡出错的林朵朵会被裁掉一样，她也同样认为销售业绩差的王雪雁这次不能幸免。在王雪雁被调去前台的那天，白媚对她说："王雪雁这丫头到底机灵，销售不行可人际关系却处得不错。"说完还扔给她一个意味深长的笑！

裁员名单公布后，白媚在第一时间向朵朵伸出了手："朵朵，祝贺你！"她内心所有的想法都隐在了灿烂的笑脸下。

"谢谢，同样也祝贺你！"朵朵似笑非笑地回了句。

"我有什么好祝贺的?"白媚斜睨了她一眼，然后亲昵地拍拍她肩膀，眉梢、眼角都透着一股居高临下的得意。

朵朵暗暗冷笑，在心里咬牙切齿道："总有一天要将白媚脸上的假笑击得七零八落。"

在这次的裁员风暴中，她虽然成了漏网之鱼，但并未松口气，反而有了一种紧迫感。想想自己眼看就要奔三的人了，事业上不仅毫无建树，反而还要为能否保住工作而忧心。反观白媚，面对金融风暴，一言一行、举手投足，无不透着优雅和自信。

为什么白媚可以拿话激她？可以用怜悯的眼神看她?

因为白媚工作能力强、业绩好，所以要想在白媚面前抬起头，要想让她不敢小瞧自己，就必须在业绩上赶超她！

一想到业绩，Kevin 的身影就在她脑海中浮现，自那天在机场俩人通过话后就再没联系。朵朵准备给他挂个电话，可拿出手机又犹豫起来，年三十晚上那暧昧的一幕像黑白胶片一样在眼前回放，耳根不觉有些发烫。想了想，她决定再等几天，看 Kevin 是否会主动联系自己。

情人节这天下午，朵朵和一个客户谈完单从上岛咖啡屋出来，无意中一转眸，竟瞥见 Kevin 和白媚坐在靠窗的一张台子上，俩人兴致勃勃地不知在谈论什么。

她心里瞬间涌起一股怪怪的感觉……

晚上吃过饭，碗一摞，妹儿就一头扎在网游世界里。这若搁在平日倒也罢了，可今天朵朵心里不爽，一股无名火“蹭蹭”往外冒，她二话不说上前就拔掉了电源开关。

妹儿抬头看着她，好脾气地笑道：“林朵朵，我可提醒你啊，你现在越来越像妖怪了，知道妖怪跟妖精的区别吗?”

“不知道!”碍着公婆和明妍一家都在客厅，她压低嗓门怒吼道。

“呵呵，那我可得给你扫下盲。妖精和妖怪，区别就在于一个是精明，一个是古怪。别小看这一个字的差别，决定了男人是否幸福，女人是否快乐。老公发贴，老婆如果跟在后面灌水、捧场，那是妖精；老公发贴，老婆另起一贴骂男人是天下乌鸦一般黑的，那是妖怪。老公玩游戏，老婆穿件显示出自己身材的性感衣服陪在他身边，那是妖精；老公玩游戏，老婆摔了一个杯子然后冲过来把插头拔掉的，那是妖怪。”

“你倒真提醒了我，看来我得再摔一个杯子才行。”朵朵没好气地瞪了他一眼道，“瞧你那没出息的样儿。”

“呵呵，看来我今儿不跟你透个口风还不行，真以为我成天是在玩呢?”

“难道是在赚钱养家?”

“答对了，我知道你不喜欢一大家子人挤在一块儿过。这不，我一直在研究设计一款游戏，如果成功我就发了，到时我给你买套大房子。”妹儿不无得意地笑了笑，边说边打开了电源开关。

朵朵冲他翻了翻白眼，倒在床上，望着天花板不再搭理他。对妹儿她根本不抱任何希望，像这样脾气好得能拧出水来的家伙若能赚到大钱，她宁可相信一头大象被一只蚂蚁踩死。

客厅里隐隐传来高老太婆叽叽呱呱的声音，似是在唠叨明妍。朵朵皱了皱眉头，她实在不喜欢和公婆住在一块儿，当初怎么就嫁给妹儿了呢?

她不由瞟向妹儿，以前她一直认为一个男人如能让女人心跳，让女人每时每秒都想着他才是爱，可妹儿从未带给她这种感觉。之所以答应他的求婚，一来是因为身边没有合适的人选出现；二来是因为年龄大了，她老妈常为此事念叨不休。而最后让她下定决心嫁的原因则是源于感动。

有一次朵朵回老家，返回深圳那天并没通知妹儿，凌晨三点多在火车上手机突然响了一下就挂断了，她看看号码居然是妹儿打来的。不觉大为诧异，平时睡觉前她都是关了机的，所以也不知回家这段日子妹儿是否每天凌晨都拨打过她的电话。当时她本想回拨过去问他有什么事，可想想又做罢了。

让她大跌眼镜的是，一走出车站就看见了妹儿，他两眼红红的，显然是没睡好。

“没想到你今天真回来了?”妹儿看见她兴奋不已。

“你怎么知道我坐这趟火车? 我妈告诉你的?”

“不是，我在家睡觉突然醒了，醒来就想你，我无意中拨了一下你的电话居然通了，我知道你有睡前关机的习惯，所以我在想你是不是回深圳了? 这么一想，我就再也睡不着，我打开电脑查了所有怀化开往深圳的车次。”妹儿望着她嘻嘻笑道。

当一个人凌晨孤伶伶地跨出异乡车站时，却发现有人立在寒风中守候自己，心一下就变得柔软起来，被人深切想念着让她在刹那感动不已。当时她就在心里想，去他的心跳，去他的死去活来，或许生活中原本就没有那些惊心动魄的爱情，所谓轰轰烈烈的爱，不过是小说家们吃饱饭撑着没事干杜撰出来骗小姑娘的。

答应嫁给妹儿时她就说了不和公婆一块儿住，妹儿头点得如小鸡啄米般，好不容易守得云开雾明，欢喜都来不及，哪还有不答应的道理? 可高老太不乐意了，她一辈子的生活重心就系在老伴和儿女身上，让他俩搬出去另住，这么大的一套房子晚上就剩俩老家伙岂不冷清?

高老太死活不同意给他俩买房子，妹儿自己那点儿薪水在追求朵朵的几年里花得一个子儿也不剩，好说歹说，使了浑身解数才哄得朵朵进门。他当时拍着胸脯保证，最多住个一两年就买房搬出去另过。

朵朵嫁进郑家不久就知道了，高老太是绝不会掏钱买房让他们搬出去的，指望妹儿赚钱，更是想都别想。还得靠自己才是真理!

可钱从何来呢?

假日海滩别墅区这张单又浮上她的脑海，朵朵眼前闪过下午 Kevin 和白媚在一起的镜头。

不行，不能坐以待毙，若是让白媚再拿下二期的工程单，往后还不知要受她多少冷嘲热讽呢?

是该出手的时候了。

第三十四章 金融危机

Kevin 笑道："金融危机下买 100 元一条领带的人少了，
但买 1 万元一条领带的人不会少。
尽管金融危机影响到我们房地产业，
但有'危'就有'机'，
目前深圳市场深度回调的空间已经不大，
房价继续大幅下降和成交量大幅下挫的局面不大可能出现，
深圳房地产市场将面临良好的发展机遇。"

顺江饭店，一直是名流出入的殿堂，大堂地面铺着乳白色的意大利大理石，顶上吊灯缀满了令人眼花缭乱的水晶玻璃，流光溢彩中，闪烁着高档与时尚。

Kevin 和白媚此刻正在这间饭店共进晚餐，雪白的桌布上摆放着一盘过桥鸡汤多宝鱼、一个煲仔翅、一碟龙圆豆腐、一盘荷叶小包鸭，两杯红酒，盛在晶莹剔透的高脚杯里，粼粼闪着绸缎般的诱人光泽。

用过餐，侍者撤下碗碟，砌上了香片。白媚轻轻品了一口香茗，尔后明眸慢转，打量了一下四周，对 Kevin 说："这次爆发的金融危机，导致关外很多中小型企业破产，年前大批人失业提前返乡，年后关内很多公司也纷纷裁员，现在各大公司职员上班时间谈论最多的话题就是裁员。可情人节这天，各大高档饭店仍然座无虚席，玫瑰花依然卖出天价。"

Kevin 笑道："金融危机下买 100 元一条领带的人少了，但买 1 万元一条领带的人不会少。尽管金融危机影响到我们房地产业，但有'危'就有'机'，目前深圳市场深度回调的空间已经不大，房价继续大幅下降和成交量大幅下挫的局面将不大可能出现，深圳房地产市场将面临良好发展机遇。由于市场紧缩后不少中小型竞争对手被洗牌离场，所以我们公司不仅不裁员，反而逆市扩张，大力储备人才。"

"哦，现在很多人都在持币观望，等待房价再往下降呢。"

"哈哈，可以预期，未来几个月，市场将仍旧处于小幅波动和调整状态，但大幅下降应该说是不可能出现的。你回头告诉你身边那些持币观望等待房价再往下降的人，过了这村可就没这个店了。"

"是吗?"白媚眼前一亮，她不动声色地在心里暗自琢磨 Kevin 的话。她是一个在事业上野心勃勃的女人，自从她的经理梦随着岳明飞升职一事泡汤后，她便一直在心里悄悄谋划着要自己创业，如果不是年前爆发了金融危机，年后她就打算单干了。

她看了看Kevin，笑吟吟地道："房价再跌的可能性不大，那么短期内回升的几率也不大吧?"

Kevin正欲回答，手机却响了，朵朵猫在洗手间给他拨来了电话。其实，她可以光明正大地当着妹儿的面拨打，作为销售员，约客户出来喝茶谈单是很正常的事，可她也说不清自己为什么要背着妹儿悄悄给Kevin打电话。

虽然她很担心白媚和Kevin已经达成了合作意向，迫切想要从白媚手中拦截下这张单，但潜意识里她又希望Kevin不要接听这个电话，她隐隐有些害怕，但害怕什么，她也说不好。

"嗨，林，春节回家过得愉快吗?"电话里传来Kevin那略带奇腔怪调的声音。

"还好，上次你帮我从飞车党手中夺下手机，我还没谢你呢，你现在有空吗?如果方便，我请你出来喝杯咖啡如何?"

"不用谢，小事一桩。"Kevin看了看白媚，笑道："不过女士约我，我向来都是有空的。你说吧，在什么地方见面? 要不我来接你? 你住哪儿?"

这个"林"是谁? 林朵朵?

白媚挑了挑眉，内心极其愤怒，这可恶的女人居然勾搭上了Kevin，看来是咬上了假日海滩这张单。她脑中闪过上次在酒吧朵朵死皮赖脸横插在她和Kevin之间久坐不走的情景，再想想朵朵抢走兴园的那张单，心里突然一动。

白媚暗思，再等一两个月房价如果不再下跌，那么观望的人担心房价会再度上升，便会陆续买房，买房的人多了，门窗需求量相应增大，这时若另起炉灶将会是创业的大好时机。

她手上有大批客户资源，但资金有限，况且独木难成林，若能拉到一个志同道合的人一起集资开办门窗公司，怎么也好过替人打工、看人脸色的日子。

林朵朵倒是一个不错的人选，看Kevin接她电话时笑眯眯的样子，就知道他对朵朵很有好感，与其让那女人跟自己为敌，抢走这单，不如说服她一起创业。

白媚之所以隔三差五约Kevin出来坐坐，无非就是想加深感情拿下二期工程单。可她并不是替自己目前就职的早禾打算，她要把这单作为自己公司开办后挖到的第一桶金。

林朵朵虽说做事马虎，不够细致，可倒也有她的过人之处，自己什么都没教给她，可她居然能在试用期就接到单。而且那女人做事有股子冲劲，在销售上大有前途。

最重要的是，白媚觉得朵朵心机并不深，绝对玩不过她，跟朵朵合作，她不必担心自己会被朵朵给灭了。虽然她和朵朵处得并不愉快，可职场与商场中没有永远的敌人，也没有永远的朋友，只有永恒的利益。

白媚相信共同的利益会让她们化敌为友的。

而朵朵这会儿正对着衣橱思考着要穿什么。她取出一套黑色丝绸的小晚礼服裙在身上比划着，绸子闪着暗暗的流光，衬得她的肌肤凝脂般白皙。

她对着镜子看了看，微微蹙了下眉，这张扬的诱惑味道也太浓了吧？领口也开得过低，朵朵将它挂回衣柜。想了想，她重新取下一件浅蓝色细麻的长裙，很良家的料子，一本正经的裁剪，却因麻料的垂坠感，将她婀娜的身形勾勒得越发凹凸有致。

坐在梳妆台前，她开始精心细致地化妆。妹儿从电脑上移开目光，漫不经心地瞟了她一眼道："这么隆重的又是选衣服又是化妆，你打算去哪？去见谁啊？"

朵朵心猛地跳了几下，耳根微微有些发热，因为她这么精心打扮了去见Kevin，动机很不纯。凭着女性直觉，她能感受到Kevin对自己抱有很大好感，而她想利用这点好感，进一步把他迷得七荤八素，从而达到自己的目的。

为怕妹儿疑心，她掩饰性地拿起梳子刷着乌黑柔顺的卷发，头也不回地故意说道："去约会，去见一个既多金又极有魅力的帅哥。"说完她脑中闪过Kevin那双漂亮迷人的蓝眼睛。

"你这么说我倒放心了！又多金又有魅力的帅哥哪会那么不开眼，看上一个已婚妇女？"

"郑明浩——"朵朵回头佯怒瞪了他一眼。

"呵呵，要不要我开老爷子的车送你去？"见朵朵怒了，妹儿赶紧赔上笑脸。

"不必，我自己打车去。"

朵朵和Kevin约好在初次见面的酒吧碰面。到了那，她从出租车上下来，看见Kevin站在门前等她。见朵朵来了，他迎上来笑道："今天是情人节，里面人爆满，我们换个地方如何？"

"没问题。"朵朵立在晚风中，笑靥如花绽放。

Kevin打量她一会儿，眼里盛满了赞许，他偏偏头道："跟我来，给你看一样东西。"他领着朵朵走到一辆黑色林肯前，打开车门，朵朵轻声低呼了一下，一大捧用淡紫色玻璃纸包扎的风信子静静躺在车上。

"喜欢吗？情人节快乐！"Kevin耸了耸肩，嘴角勾起一弯笑意。

"是送我的吗？谢谢！"妹儿这衰人，婚前有事没事常常送花给她，可婚后第一个情人节却一点表示也没有，还说买花浪费钱，不如攒下来买房比较实惠。

她看了看Kevin，他身上那些低调而奢华的顶级品牌散发出来的气息，让她有些晕炫。这样一个男人为什么送花给她？她记得风信子是代表喜悦、爱意与浓情蜜意。

坐在Kevin车上，望着窗外人来人往、车水马龙的繁华夜景，她听见心底一个声音在说："我不要做繁华的过客。"

第三十五章　言归正传

“继续往下说。”
Kevin 沉静地看着她。
“假日海滩二期工程这张单，
我希望能和你合作！
你能考虑一下吗?”
望着他的眼睛，
朵朵异常诚恳地说道。

Kevin的黑色林肯缓缓行驶在物欲横流的都市街头，车厢里飘荡着刀郎那略带沙哑的歌声：你是我的情人，像玫瑰花一样的女人，用你那火火的嘴唇，让我在午夜里无尽地消魂……

朵朵抱着那束包装精美的风信子安静地坐在副驾的位置上，双眸晶亮晶亮的。车窗外随处可见或牵手或拥抱在一起的年轻情侣，女孩们手中的玫瑰在光影斑驳的街灯映照下娇艳欲滴。

在这样一个情人节的夜晚，身边伴着一位风度翩翩的成功男士，让朵朵突然有了一种很不真实的感觉。车厢内徜徉着迷离的柔光和夜幕下穿梭涌动的时尚男女，更令她觉得仿若身在梦中一般。

她扭头望着车窗外闪烁的霓虹，脖颈弯出一个极美的弧度。Kevin转过脸看了看她，目光落在她白如凝脂般光洁的脖子上，嘴角不觉就漾出了一丝笑意。

朵朵似乎感觉到了他目光的热度，她装作欣赏马路对面的夜景，回过头，看似不经意地扫过Kevin。他的侧面线条像刀雕出来似的，轮廓更显分明，浑身上下乃至每根发丝似乎都迸射出一股夺人心魄的英气。

一个事业有成又兼英俊的男人，很容易让人在心理上产生一种被压制的感觉。朵朵望着窗外暗思，若是自己在事业上也混得风生水起，怕就不会产生这样的感觉了吧！

此刻，都市的辉煌在她眼里更加璀璨，旋转的物欲和蓬勃的生机将她心底潜在的野心一点一点唤醒……她告诉自己，既然嫁给了妹儿这样平庸的男人，那一切就得靠自己努力奋斗，不说像Kevin一样成功，至少也得做个有车有房一族，才无愧于自己这一生吧！

在街上兜兜转转大半天，Kevin终于选中一家西餐厅，侍应生将他俩引到角落靠窗的雅座，米黄色的桌布上摆着一个淡青的描金白瓷小花瓶，瓶里插着一支鲜艳的红玫瑰，花瓣上还淌着几滴水珠，看上去分外妩媚。

这儿今晚一律采用烛火，烛光映到台布上，桌子便像一方小舞台，每张桌子都在上演着不同版本的故事。

一个身着白色晚礼服的女孩在大厅中央弹奏着轻柔舒缓的钢琴曲，朵朵赞道："这儿的环境真不错。"

Kevin 微笑不语，他静静地凝视着朵朵，仿佛她是江南水乡里的一幅画。

大红蜡烛在默默燃烧，一片莹莹光亮，像曙色萌动，像蓓蕾初绽，又像墨滴在宣纸上无声晕染。

烛光下的朵朵楚楚动人，Kevin 就那样一言不发直勾勾地看着她。

朵朵被他看得面红耳赤，大感尴尬，可心底又有某种计划将要达成的喜悦。她不由暗自盘算着怎样把话题引到正点上，想了想，她问 Kevin："年后工作忙吗?"

"今晚不谈公事，只聊风花雪夜。" Kevin 那双漂亮的蓝眼睛在烛光下熠熠生辉，闪着捉狭的光。

朵朵虽不是十分传统的女性，可她显然并不适应 Kevin 这么直白的幽默，一时窘得说不出话来。

"哈哈，别介意，我只是和你开个玩笑。年后很多公司都在裁员，你工作上还顺心吗?"

朵朵有些犹豫，不知该怎么回答他? 恰好侍者此时送上了他们点的甜点和红酒。

人性都是同情弱者的，她想说不顺心，好博得他的同情换取帮助，可转念想到，外企是讲究实力的机构，若说不顺心，人家就会联想到是你工作能力低下，那样搞不好弄巧成拙，导致全盘计划还没开始便胎死腹中。

"工作上还行。"她端起酒杯笑盈盈地接上 Kevin 方才的话题。

"噢，那生活上呢?"

什么意思? 他问生活上是代表什么? 朵朵脑子急速转了转，含糊地答道："也不错。"为免他继续在这问题上刨根究底，朵朵迅速扯开话题："下午我在上岛咖啡屋看见了你和白媚，当时本想过去和你们打声招呼来着。"

"然后呢?" Kevin 翻了翻眼，摊开两手耸了耸肩。

"然后? ……然后我见你们聊得兴高采烈，怕打扰了你们，所以就走掉了。对了，你们聊什么，聊得那么开心呢?"

"我和白认识很久了，她单身，我也单身，两个单身男女在情人节这天互相安慰一下苦闷的人生，穷开心呗。”

“哈，你的中文确实学得不错，只是发音有点怪。”朵朵笑了，笑得如凌晨突然绽放的花朵一样清新。

“Thanks！”Kevin 得意地晃了晃脑袋。

“你们就没谈点别的吗？”

“噢，我和白是非常纯洁的男女关系，你别误会。”

“都发展到男女关系了，还纯洁个……”突然意识到面对的是一个自己在积极争取的大客户，朵朵一个急刹车，生生将“屁”字咽回肚里，改口道：“我的意思是说你们就没谈点什么别的吗？”

Kevin 脸上的笑容顷刻消失，他盯着朵朵默不做声，他猛然想起朵朵和白媚同为销售部职员，他很不喜欢朵朵是带有目的性地约他出来。

见他一脸严肃，眼神锐利地看着自己，朵朵心里忽悠荡了一下。她有一种直觉，觉得 Kevin 看到了她内心深处的不良动机，不由暗骂自己糊涂，一个公司的副总裁，他的智商岂容小觑？

可是这能怪她吗？谁让 Kevin 在她面前总没个正形，这该死的洋鬼子翻脸比翻书还快。

“林，你今晚约我出来想说什么？”半晌 Kevin 才开口问道。

罢了罢了，一不做二不休，干脆直说吧！

朵朵有几分恼怒地迎上他的目光道：“Kevin，其实我做销售的日子不长，但我很努力的在做，我不想被人瞧不起，我希望新年自己在工作上能有所表现。”

“继续往下说。”Kevin 沉静地看着她。

“假日海滩二期工程这张单，我希望能和你合作！你能考虑一下吗？”望着他的眼睛，朵朵坚定地说道。

Kevin 捏着下巴不语，心里暗自琢磨，面前坐着的究竟是怎样的一个女人？不可否认，他对朵朵相当有好感，他一直觉得朵朵身上具有一种东方女性的柔美，却不知她血液里还潜藏着这么蓬勃的野心。

过了会儿，他才缓缓道：“人首先是自己瞧不起自己，别人才会瞧不起你！至于合作，我们一向是与贵公司派出的代表白小姐洽淡，而且合作得很愉快！”

见他口气一下子变得很官方，朵朵不由异常沮丧。她此时方知自己在生意场上到底嫩了，过高估计了自己，情绪一下就变得很低落。可事已至此，她只得硬着头皮带着一线希望对 Kevin 说：“所以我希望你能帮我。”

她此时望向 Kevin 的目光，干净透明得仿佛不染一丝尘埃。Kevin 心里一动，可他随即想到朵朵是为了与他合作才约他出来，便觉很不爽。他沉吟了会儿，带着恶作剧似的口吻问她："你希望我怎么帮你?"

"怎么帮?"朵朵愕然瞪大眼，心里暗思 Kevin 这话是什么意思。难道他是暗示自己用身体交换？可那样做值吗？如果让他占了便宜，最后却又落个竹篮打水一场空，岂不亏死了?

她抬眸望向 Kevin，发现他看着自己就像猫在打量捉在手里的老鼠似的，不觉大为光火。她气鼓鼓地瞪着他，恼怒中又带有一丝羞怯，她这模样看在 Kevin 眼里竟有着说不出的俏皮可爱。

他不觉笑了，对朵朵说："其实能帮你的只有你自己。"

"我自己?"

"Yes。你应该向公司争取，让他们指派你来与我们公司合作。我们信赖的是你们公司的产品，而最后成交与否，则要看你们此次的报价是否合理。"

废话！朵朵没好气地在心里暗骂一声，如果公司能将这张肥单指派给她一个资历尚浅的新人，还在你这儿费什么劲。她原以为凭着 Kevin 对她的好感，再稍稍用"色相"诱惑一下他，就能轻易从白媚手中抢下单，现在她才醒悟，自己把问题想得过于简单化了。

第三十六章　另立山头

就在朵朵为如何拿下Kevin而绞尽脑汁时，
白媚已对深圳房地产业做了充分调查，
她在这一个月里四处找人咨询。
几位资深人士均说地产业在深圳已趋近饱和，
仅有的有限空间也面临诸多地产精英垂青。
僧多粥少，黄金地皮，
只会使地产商花大资本投入，
而后再以高价交易来回收利润。
所以，深圳房地产只会有上扬趋势！

“朵朵，我买多了一份早餐，你行行好，帮我消灭掉这一份吧！”

第二天朵朵一到公司，白媚就笑容可掬地将一杯香飘飘咖啡味的奶茶和两个蛋挞塞在她手上。

这是刮的什么妖风？

朵朵暗自疑惑，但本着不吃白不吃的原则，她笑眯眯地收下了。

“这样的好事怎么落不到我头上？”销售部一位男职员笑道，“我还没吃早餐呢，白媚你也不说救济救济我这挣扎在温饱线上的饥民。”

“去去，我跟朵朵啥交情？跟你又是啥交情？”白媚笑着斜睨了他一眼。

“你干嘛多买一份？”朵朵原没打算问，敌人不会突然友好，总归是有原因的，即使不问，该说时她自然会说，可蛋挞吃在嘴里，朵朵不由自主就问了出来。

“我包里没零钱，人家找不开，就只好买双份了。”

“呵呵，希望你天天拿百元大钞去买早餐。”

“行啊，你爱吃，明天早上我再给你带一份。”白媚的笑就像花瓣一样轻盈。

这家伙到底在耍什么花枪？整得自己跟她就像是亲密无间的好友似的？朵朵纳闷不已！

接下来几天白媚对朵朵好到了令人“发指”的地步，好到朵朵看见白媚冲她笑就吓得心惊胆战。虽然她表面上装得宠辱不惊，每天虚与委蛇地应付着白媚，可内心却像进入一级战备的战士一样，时刻在心里提防着，每说一句话都要在心里仔细权衡一番，工作上也越发小心翼翼，唯恐出错让白媚抓住了痛脚。

或许是因为“做贼心虚”的缘故，她想白媚可能是察觉到她在打假日海滩那张单的主意，所以才拿糖衣炮弹来轰炸她。至于白媚这么做目的何在，她就不知道了，也懒得费神去猜。

事实上，情人节那天晚上她和 Kevin 最后闹了个不欢而散，这几天他一直没联系朵朵。可朵朵有时犯起倔来，有股不达目的誓不罢休的劲头。

她又接连约了 Kevin 几次，只是闭口不再谈任何有关工作方面的事了，她不说，Kevin 也不提，见面后要么喝喝茶，要么吃吃饭。朵朵专捡 Kevin 喜好的诗词歌赋之类的话题来活跃气氛，以此挽回自己上次给 Kevin 留下的不好印象。

由于俩人在诗词方面有共同的喜好，渐渐地，Kevin 约她的次数慢慢多了起来。有一天，朵朵婉转地将话题引到合同上，Kevin 微微一笑说房屋都还没建好，门窗立项还早着呢，此事还摆不上工作议程，轻描淡写就岔开了话题。

朵朵心里恨得牙痒痒，却又无计可施。

就在她为如何拿下 Kevin 而绞尽脑汁时，白媚已对深圳房地产业做了充分调查，她在这一个月里四处找人咨询。几位资深人士均说地产业在深圳已趋近饱和，仅有的有限空间也面临诸多地产精英垂青。僧多粥少，黄金地皮，只会使地产商花大资本投入，而后再以高价交易来回收利润。所以，深圳房地产只会有上扬趋势。

白媚每晚关在家里整理自己收集来的资料，再仔细分析，最后得出结论，2009 年深圳房价在现有的基础上跌的可能性不会太大，只要不再往下跌她就放心了。因为再跌，房产商若倒闭，那么下面关联的这些建材公司也只能跟着喝西北风去了。

房价不再跌，持币观望买房的人害怕房价上涨就会抛出钞票，此时顶风创业还是有利可图的。当然，房价涨了更好，因为早禾是卖高档门窗的，白媚手里的客户资源大多都是有钱人，房价越高越能激起他们的购买欲，有钱人的优越性就是体现在普通人望尘莫及的商品上的。

就像 Kevin 说的，金融危机下购买一万元一条领带的人绝不会少一样，现在有钱人的标志，不再是看你穿什么品牌和用什么品牌，而是看你穿的用的是否是限量版。

不论什么猫猫狗狗的东西，只要打上“限量版”三个金字招牌就不愁销量。所以，房价即使涨了她也不担心没人购房，方方面面都考虑周全后，她决定破釜沉舟赌一把。

“什么？你要辞职？”朵朵望着白媚，表情就像刚吞下了一枚鸡蛋，她实在弄不懂白媚葫芦里卖的什么药。

“来，坐这，咱们边吃边谈。”白媚替她拉开椅子，按着她坐下。今天下班后她将朵朵生拉硬拽到自己家，亲自下厨做了几道精致的小菜。之所以将朵朵约来家里，是因为她觉得在家里谈更具有诚意。

来的时候朵朵就知道一定有文章，但她万万没料到白媚居然说要辞职。按理说，她和白媚一直面和心不和，白媚走了她应该开心才对。可不知为什么，她不仅不开心，还很失落。好像一下子失去了动力，她一直将白媚当做工作上的参照物，一心想要超过她。

目的还没达到，对手却要走了。是真是假？她不会是在玩自己吧？可她这么做的意义何在呢？

朵朵狐疑地盯着白媚问道："我刚才没听错吧？你好像说要辞职？"

"呵呵，下班前我就递交了辞呈，明天你就知道是不是了。"

"干得好好的，你为什么要走呢？"见她不像是说着玩，朵朵觉得自己大脑一时有些缺氧。她打量了一下白媚租的这套小房子，原以为白媚业绩那么好，住的环境一定差不了，可没想到她却租着这么一间小小的单间公寓。

"朵朵，你今年就28了吧？"白媚笑盈盈地给她倒了一杯橙汁。

"嗯？啊！是的！"朵朵没想到她突然问到自己年龄，愣了愣又道："你想说什么？"

"我打算自己创业。"

"什么？"朵朵一口橙汁差点喷在白媚脸上，梗了梗脖子。她脑中灵光一闪，望着白媚不无疑惑地问道："你今天约我来的目的……是想拉我入伙？"

"呵，果然聪明。"白媚夹了一片乌江鱼放在朵朵碗里笑道，"想不明白我为什么选择你吧？"

"那你直说，免得我猜，我也猜不出。"

"人这一生最了解谁？伴侣？亲人？朋友？我看都不是。"

"你的意思……是敌人？"

"瞧你说的啥？敌人是两个对立的阶级好不好？"白媚笑着剜她一眼，"难道你一直把我当敌人看的么？"

"难道你不是吗？"朵朵没好气地冲她翻了个巨大的白眼。

白媚一时语塞，微微有些发窘，笑了笑，方不好意思地道："呃，敌人算不上，没那么严重，只是上次你抢走兴园那单真的让我很火大。"

"一报还一报，你不是跟着摆了我一道么？若不是岳头帮我支招，找那些装修游击队把门吊了上去，我可就是偷鸡不成反蚀把米了。"

"不说这些不开心的事了。来，咱们以饮料代酒，干杯！过去的事就让它永远过去。"

放下杯子，白媚问她："怎么样，有没有兴趣和我联手创业？"

"这……这事太突然了，我一点心理准备都没有。"

“没关系，你不用马上答复我，你可以好好考虑一星期。”

“嗯……问个问题。”朵朵迟疑道，“我想知道你是什么时候有了要自己创业的想法？是一直就有还是……而且我担心现在不是创业的最佳时机。”

“那什么时候是创业的最佳时机？时机好，人人都削尖脑袋去抢钱了，还轮得到你么？Kevin说得好，有“危”就有“机”……”白媚给她详细分析了金融危机下做建材的利与弊，最后豪情万丈地道：“秦末时的陈胜尚且知道王侯将相宁有种乎，难道我们这些好歹算走科举路线出身的人还不如他么？谁还是背着钞票开着宝马来投胎的不成？都是赤条条的来，凭什么我们就要给人打一辈子工？人活一世，总得干点自己想做的事，不以成败论英雄，成也轰轰烈烈，败也败它个轰轰烈烈。”

一席话说得朵朵热血沸腾，可辞职自己投资创业对她来说不是件容易的事，想想一个月前她还提心吊胆唯恐被公司扫地出门，转眼却让她主动炒掉公司自己当老板，想想她都觉得不可思议。

说实话，朵朵曾在心里幻想过自己创业，但每个幻想里都是她朋友或明妍的影子。有时她和明妍聊天时经常会说联手开个服装店什么的，从没想过命运的巨轮有天会将她和白媚辗到一块。这事她得好好掂量掂量，临走时她对白媚说：“我会仔细考虑，一星期后给你准信。”

“行，我等你的好消息！”白媚笑着伸出手……

第三十七章　联手创业

从公司出来，
朵朵站在楼下眯眼往上眺望，
心里不觉生出一丝感慨。
她一直想要用业绩将白媚脸上虚伪的假笑砸得七零八落，
可没想到转眼她俩就成了亲密战友！
她从不信鬼神，
但她相信人和所处的环境有着某种神秘的对应关系，
命运当初安排她走进这幢写字楼的目的似乎就是为了与白媚结缘。

白媚的辞呈一星期后才批下来，她这样的销售精英公司自然是要再三挽留的，无奈落花有意、流水无情，白媚去意已决，公司最后也只得放人。

岳明飞起先怀疑是有猎头公司找了她，将她挖去到早禾的商业对头正雄公司那边。他找白媚谈了两次话，白媚告诉他自己绝不会去正雄公司，之所以辞职只是因为对目前工作厌倦了，想给自己放一个长假，然后再换一个工作环境。

白媚是岳明飞当年手把手亲自调教出来的得力干将，他比谁都不想白媚离去，因为手下有悍将，他在上头才能坐得安枕无忧。可人家决心已定，他即便想留也是枉然。

白媚的离职让销售部着实热闹了好几天，大家纷纷猜测着她辞职的真正原因，除了朵朵没一人知道她离职是为了要开创自己的事业。

而这一星期对朵朵来说比一年还要漫长，她每一分每一秒都在想着该何去何从。白媚那天说的话对她触动很大，既然没能含着金钥匙出生，就得用双手努力去打拼，谁不想过得比别人好一些呢？若安分守己打一辈子工，那种可以预见的平淡生活实在无趣，可自己做Boss，谈何容易？

此事闷得她食欲大减，每天坐在饭桌上就愁眉苦脸。高老太还以为她是挑食，嫌饭菜不可口，不觉有气，吃现成的还挑三拣四，心里不舒服，说起话来就不免含沙射影。

朵朵听她唠叨一大家子人众口难调就知是在针对自己，不由越发烦躁，这一大家子聚在一张饭桌上还不是你自找的？谁让你把女儿女婿圈在这里，你嫌众口难调，我还嫌人多添堵呢！

自己有房有车住在一边多好，想做饭就做，不想做就去外面吃，偶尔来老太太这儿走动一下，还不定有多亲热。可她和妹儿那点薪水想买房还不知得等到猴年马月。现在房价虽然跌了，可均价仍在一万元左右。若等她攒够钱，金融危机只怕也过去了，那时房价又该往上涨，攒钱的速度永远也追不上房价的飞涨。

买不了房，这一大家子挤在一起的日子何时才是个头啊？不如干吧！朵朵终于下定了决心。而促使她下这个决心的则多半来源于白媚本人，因为朵朵信赖白媚的能力。

周末下午，白媚接到她电话时正在一私人会所里喝着咖啡，她在仔细想着除了朵朵外还有没有合适人选。凭她一人之力开办公司先不说精力上能不能顾得过来，首先资金就是一个大问题。拉来朵朵，不仅解决了资金，假日海滩那张单也多了一线希望。

“你喝点什么？”朵朵来后她笑着问道。

“八娇果汁吧。”朵朵看看四周赞道，“这儿的环境真不错。”

“一个客户开的，晚上很热闹，白天比较清静。怎么样，你考虑好没？”

“具体怎么操作？你先说说看。”朵朵并不急于告诉她自己的决定。

“我早想好了，如果你有兴趣联手创业，咱们就一人出 25 万注册一家公司，再租一间写字楼作为办公地点，然后在关外租一间厂房，自己生产门窗。”

“什么？自己生产？为何不考虑先从代理做起呢？”朵朵心里一惊，她没想到白媚居然玩这么大。

“代理？”白媚瞟了她一眼道，“要做就自己做，铝合金门窗的生产流程我都一清二楚，先招两三个工人就行了，让他们既负责生产又负责安装，等生意做起来了再慢慢招人手，自己做要比代理别人的产品合算。”

“可是风险也大多了。”

“人生难得几回搏，没有风险的事谁都抢着去做了。”

“那倒也是。”朵朵点了点头，心里暗自盘算着这 25 万要去哪里弄。原本她打算着一人出个 10 万先从代理做起，没想到一下子就要拿出 25 万来。自己做比代理别人的产品合算，这个理她当然清楚，只是 25 万实在让她头疼不已。

“怎么，资金上有问题？”白媚探究地看着她。

“不瞒你说，确实有。”

“不光是你有，我也同样有呢。我也差个几万，今天来这就是打算找人开口借钱。”等了会儿，见朵朵沉吟不语，她又道：“做还是不做，你就给句痛快话。不做我就赶紧地另找他人。”

朵朵抬头看了看她，内心激烈斗争着，半晌方咬牙道：“你说得对，人生难得几回搏，干就干吧！钱的事我会想办法尽快解决。”

“行，那从现在开始咱们可就是同一条船上的人了，今后心往一处想，劲往一块使，齐心协力向‘钱’看，风风火火闯江湖。”

“现在还有江湖这一说么?”

“当然有，有人的地方就有江湖。”

“也是。”朵朵莞尔一笑道，“那咱们就好好在江湖上兴风作浪一番。”

周一她就递交了辞呈，她和白媚一前一后相继离职让岳明飞很是头疼，先是裁员，这会儿又主动走了两个，这都叫啥事呀!

从公司出来，朵朵站在楼下眯眼往上眺望，心里不觉生出一丝感慨。她一直想要用业绩将白媚脸上虚伪的假笑砸得七零八落，可没想到转眼她俩就成了亲密战友。她从不信鬼神，但她相信人和所处的环境有着某种神秘的对应关系，命运当初安排她走进这幢写字楼的目的似乎就是为了与白媚结缘。

可这份缘带给她的是吉还是凶?她无从得知，心里沉甸甸的，既澎湃着自己创业的激情与兴奋，又掺杂有前路茫茫的惶惑和忐忑。可如今箭在弦上不得不发，前方道路不管是开满鲜花还遍布荆棘，她都只能义无反顾地走下去。

收回目光，朵朵毅然转身，脖子上的纱巾在风中婉婉而动，鞋底在台阶上敲下了一串清脆的响声……

第三十八章　三大问题

妹儿道：“创业谈何容易？
首先就要面临三大问题：
一是钱，
二是人，
三是方向。”
高老太则冲朵朵嚷道：
“我看你是脑壳发热。
好好的班不上要去开什么鬼公司，
说得轻巧，你以为生意是那么好做的？
咱们家祖祖辈辈都没出过生意人。”

“什么？你把工作辞了？现在很多公司都在裁员，工作多难找呀，你怎么事先也不和我商量一下啊？”

吃过晚饭回到房里朵朵把自己辞职的事告诉了妹儿，妹儿诧异地望着她，对她这种先斩后奏的做法很不满。

朵朵心里原本还有几分歉意，可一见他摆出这副大惊小怪的样儿便不觉有气。真是个窝囊废，养不起老婆不说，老婆辞了职还甩出这副死相。丢给妹儿一个冷眼，她转身闷闷地偎在沙发里拉长了脸。

年少时的爱情似乎与金钱无关，但凡沾染了金钱就显得污浊与俗气，那时的爱看起来是那么的透明、那么的美。待踏入婚姻的殿堂后，爱情仿佛被稀释了，生活变得越来越现实，钱越来越可爱、越来越重要，人也变得越来越爱计较与俗气。生活不再是阳春白雪、花前月下的浪漫，在现实面前谁能忽视，谁又敢忽视金钱的作用呢？

妹儿的反应让朵朵觉得有些委屈，有些上当受骗的感觉。这女人没有独立的经济还真是件可怕的事，婚前说得天花乱坠都是狗屁，这衰人一听自己没了工作脸就烂得像块破抹布。

虽说她从没想过要做个幸福的米虫，靠妹儿养着自己，但需不需要他养是一回事，他能不能养又是另一回事。

见她撅着嘴满脸不高兴，妹儿只得赔笑道：“辞了就辞了吧，我只是看你一直干得挺来劲的，这猛一辞了觉得有点怪而已。我可没有别的意思，不愿上班就在家好好休息一段时间，我虽不能供给你锦衣玉食的生活，但养活你还是不成问题的。”

“切，靠你养？梦里我都不敢有这指望。”

“呵呵，还真生气了？你不指望我还指望谁呀？”妹儿上前亲昵地拍了拍她肩膀。

“滚，死一边去。”朵朵一把拍掉他的手。

“那我可真滚了？你就在这慢慢生闷气吧！不过我可提醒你，生气容易导致女人衰老。”

“滚吧，你。”朵朵抓起沙发上的抱枕扔向他。

过了会儿妹儿似乎想起了什么，他从电脑椅上转过头看了看朵朵，然后试探性地问道：“你不会是被公司裁掉了吧？”

“你才被裁掉了。”朵朵剜了他一眼，恶狠狠地道。

“那这事可透着邪门，你对这份工作的热情一直很高涨，怎么突然想起要辞了呢？”

朵朵转了转眼珠，刚只顾着生气却忘了重要事情。她和妹儿的积蓄只有区区五万元，另外二十万还得靠妹儿出面找这家里的“财政部长”高老太借呢！

“过来，坐这。”她冲妹儿招招手，绽放了一个极其妩媚的笑颜。

“嘿嘿，你快赶上川剧里的变脸王了。”

“明浩，我求你件事行么？”朵朵搂着他的脖子，像无尾熊一样贴在他身上大发娇嗔。

“你还是叫我妹儿吧，听你那么叫惯了，这乍一改口还真让人不适应。夫妻间有什么求不求的，什么事你说说看？”妹儿宠溺地揪了揪她的耳朵。

“你先答应了我再说。”

“呵呵，不管什么事我都无条件答应，说吧。”

朵朵将事情说给他听后，妹儿惊得一下子从沙发上蹦了起来。

乖乖，这一张口就是二十万？

“别忘了你可答应我的。”朵朵用充满期待的眼神望向他。

“可是……这太突然了，你得让我想想，想想……”

“妹儿——”朵朵拉长声音，语气透着点撒娇的韵味道，“我知道你有办法，你一定能说服妈的，是不是？你可是我今生最大的依靠，有了困难，我除了找你解决，不知道还有谁值得我信赖？”

妹儿是个耳根子软的家伙，三天后，在朵朵的“花言巧语”和“威逼利诱”下，他终于缴械投降。

这晚，待明妍一家回去后他俩来到客厅，高老太和郑老爷子坐在长沙发上看着电视，他俩在他们对面的一对单人沙发上坐下。老爷子瞥了他们一眼，似乎很奇怪这“两头”今天怎么突然孝心发现，跑出来乖乖地陪他们看电视了。

朵朵和妹儿坐了会儿，有一搭没一搭地和高老太闲聊着。开始时朵朵还不着急，后见妹儿迟迟没有动静，便不时拿眼去瞟他，暗示他快点进入正题。妹儿只做没看见，急得她在心内暗自咒骂不已。

她一会儿跑去喝水，一会儿跑去洗手间，借机站在老头儿老太太看不见的角度，冲妹儿龇牙咧嘴、张牙舞爪地打着手势。

一直到播完一集电视剧开始插播广告时，妹儿才轻咳几声道："妈……跟你商量个事儿。"

"什么事?"高老太打了个哈欠，漫不经心地看了看他，及至听到妹儿说朵朵已经辞了工作欲和别人合伙开公司要问她借二十万时，高老太两眼珠瞪得差点从眼眶滚落，随即尖着嗓门大叫道："老子到哪里去抢二十万给你们啊? 我又不开银行。"

郑老爷子面无表情地扫了眼朵朵，转过头一声不吭继续看他的电视。

"我看你是脑壳发热。"高老太冲朵朵嚷道，"好好的班不上要去开什么鬼公司，说得轻巧，你以为生意是那么好做的? 咱们家祖祖辈辈都没出过生意人，到了你爸这一代靠开个出租赚点小钱，还算不上什么正经的生意人。辛苦赚来几个钱都贴到你们两家的生活费上了，哪里还有什么钱啊?"

"妈——我不是头脑发热，我是经过慎重考虑的。"朵朵说着瞟了眼老头儿，他两眼虽盯着电视屏幕，但朵朵知道他在竖着耳朵听自己说话。老头儿平素不苟言笑，朵朵有几分虚他，可为了借到钱只得壮起胆子鼓动三寸不烂之舌开始拼命游说："爸，妈，我知道咱们家不是很富裕，人活一辈子谁都不容易，谁都想过得比别人好一点……"

"你说什么都没用。"高老太脖子一梗打断她道，"你就是说得天花乱坠我和你爸也拿不出钱来。二十万，好大的口气，你就是拖刀把我这老骨头剁了，我也变不出二十万来给你。"

妹儿怕高老太和朵朵因此事闹僵便插嘴道："你不借就算了，干吗说这么多废话啊?"

"我的个祖宗啊，你要我有钱借呀?"高老太腰一挺，"我没有钱你要我拿什么借?"

老爷子这时慢吞吞地发话了，他扭头看着朵朵，语气居然透着异常的和蔼："工作辞了就在家里好好休息一阵子，以后慢慢找，不着急。咱们家是不富裕，但只要我还动得，还能开动车，供你吃口饭还不是什么难事。那开公司的事你就别再去想它，公司不是说开就开，不是那么简单的。"

"就是，你爸说得在理。"高老太接过话道，"先不说有钱没钱，头一条，你根本就没有做生意的经验，而且还是跟别人合伙，你对人家了解多少？莫搞得老鼠生儿替猫攒了劲！到时鸡飞蛋打老子就喜欢。”

朵朵事前就做好了充分的思想准备，她知道让老太太一下子拿出那么多钱不把嘴皮说破基本是不可能办到的事。她把给妹儿说过的公司成立后如何运作之类的具体情况详细地给老头儿老太太又细说了一遍。

创业的三大问题：一是钱，二是人，三是方向。

如果拿不下老头儿老太太就别提施展什么宏图大业，朵朵把此事锁定为自己开创事业第一个要过的坎。

第三十九章　人生百态

“还差多少？我这有三万，
你先把账号用短信发到我手机上，
不够我和贺鹏再替你想想办法。”
“徐洁……”朵朵声音有些哽咽，
这阵子问人借钱可谓看尽了人生百态。

话说唐僧师徒历经九九八十一难才到达西天取得真经，而朵朵为了从高老太手里借到钱好话最少也说了九九八十一筐。她每天早上陪着高老太去菜市场或超市购物，殷勤地抢着将大包小包往自己手上揽，以至小区里的老头儿老太太们看到这对婆媳时总是不住口地夸道："瞧老郑家这媳妇和婆婆亲热得就像俩母女。"

高老太素来好面子，听到这话自然喜笑颜开。瞅着婆婆高兴，朵朵立即趁热打铁买了两盒"脑白金"送给她。高老太提着"脑白金"摇头叹道："我的个祖宗啊，这脑白金可贵啦！提在手里这心都沉甸甸的。"

"妈——"朵朵心里一喜，随即又泛起一股淡淡的酸涩，她知道让高老太一下拿这么多钱出来确实不容易。

望着婆婆，她眸中不觉弥漫起浅浅雾气。

"哎，你也莫高兴得太早，昨晚我和你爸爸商量过了，二十万我们确实没有，顶多只拿得出十万，剩下的你和浩子自己去想办法，我总得留个两三万以备不时之需，这十几年的老底让你一下子就掏空了，揪心啊！"

听老太太说只有十万，朵朵虽然有点失望，但也非常感激了，有十万总好过没有。可另外十万到哪去筹集呢？

朵朵想问明妍借，可高老太拿钱给她时就千叮咛万嘱咐过了，说此事万万不可让明妍知晓，所以此念头刚从脑海里冒出来就被她毙掉了。不过，说起明妍她倒想起来了，明妍最近似乎特别忙，很少在家吃饭，三天两头不见人影，也不知在穷忙活些什么。

晚上饭桌上又没见到明妍，吃过饭她和妹儿商量，看他能不能找要好的朋友借点钱，她自己也去找朋友和同学活动活动。俩人分头行事，估计勉强凑个十万问题还不是很大。

妹儿从内心里来说不愿她去创什么业，尤其是选择在金融危机的时候，可见朵朵每天夜里愁得辗转反侧，他又心疼。俩人拉下脸，奔波几天，能问的都问到了。但人以群分，他们的朋友跟他俩一样，同属打工一族，有些人正好买了房手头紧还想管他俩借呢，又哪来钱倒借给他们呢？还有些人则先是吱吱唔唔装着迷糊，紧接着又极其愤慨地发表一通仇富言论，最后用水深火热的生活堵住了他们的嘴。

几天下来两人只凑到五万多，白媚那边打来电话催问了好几次，朵朵心里火烧火燎，急得眼冒金星，看谁都成了RMB。在她苦苦思索，看还有谁那儿没有借到时徐洁打来电话，避头就骂了她一通："林朵朵，你到底怎么回事？瞧不起人是吧?"

"什么事又惹到你了？我这正烦着呢，挂了啊，过几天再给你电话。"

"你敢挂，烦死你活该！谁让你瞧不起人来着?"徐洁顿了顿又道，"我听说你到处找人借钱准备自己开公司，为什么不管我借？咱们还是不是朋友了?"

"呃……"朵朵有苦难言，她怎么会忘了徐洁这个死党呢。可徐洁育有三朵金花，即将临盆这个之前做B超还是朵金花，不是医生警告她贫血不宜再打胎，这孩子早就见了马克思。

孩子多，负担也大，何况贺鹏还只是个小老板，所以她即使想问徐洁借，也无论如何张不了那个口。

"还差多少？我这有三万，你先把账号用短信发到我手机上，不够我和贺鹏再替你想想办法。"

"徐洁……"朵朵声音有些哽咽，这阵子问人借钱可谓看尽了人生百态。

有了徐洁这三万还差两万，怎么办?

朵朵决定一不做二不休，干脆将"黑手"伸向自己父母，不到万不得已的时候她不愿将此事告诉父母，害怕他们在千里之外替自己担惊受怕。可现在顾不上这么多了，她打算回趟家找她爸妈借五万，徐洁的钱她想来想去觉得不能动，因为短期内肯定还不上。而徐洁马上就有四个孩子了，贺鹏做生意也需要资金周转，所以还是找她爸妈借比较好。

可是五万块对她父母来说不是小数目，不亲自回家游说一番恐怕不行。走之前她打电话告诉白媚，说一星期内就会凑够钱。

高老太得知她要回老家找她父母去借钱时，不禁摇头叹气，要说二十万高老太不是拿不出，只是若全给了朵朵，就真一下回到了解放前。家里一分钱没有，脚就像踩在棉花上，心都是虚的，万一朵朵拿钱打了水漂，棺材本都会让她赔掉。

之所以拿十万给朵朵，是因为高老太想着如今这年头谁有钱借呀，她凑不齐另外十万自然就打消了念头，侥幸凑到了也只好随她去折腾。

坐在飞驰的列车上，朵朵默默望着窗外的青青农田和暖暖村舍从眼前绵延逝去，心里暗自想着到家后要如何跟父母开口。她家不比妹儿家，到底是小镇，人均收入比不得大都市的居民。她父母都是普通工人，用当地老百姓的话说，工人阶级是属于富不了也饿不死的群体。

工资涨，物价跟着涨，过去三分钱一个鸡蛋，如今五毛钱一个；过去三四十元工资拖儿带女养活一家人，如今三四百元养活一个人都困难。

有钱的一掷千金，没钱的为了五万元却要长途跋涉，人比人真是气死人！想到这些，朵朵就觉得愁绪如同蛛网一般将她紧紧缠绕，几欲喘不过气来。

然而——

没钱的苦恼也越发激起了她要在商海中拼搏一番的决心。

朵朵老家就像一个世外桃源，从辰溪县城到她们那个孝坪小镇，要过一个直径大约八百米左右的天然石洞，一进洞首先映入眼帘的是孝坪镇云箭公司老总亲笔提的一副对联，在洞内还有条深不见底的阴河，终年只听河水在下面“哗哗”响。据说那条河在解放前曾“勾”去了不少人的性命。朵朵幼时很害怕这个石洞，可成年后每次回家看见它就倍感亲切，因为过了这洞子家就近在咫尺了……

第四十章　放手一搏

林父拍拍她肩膀笑道：
“人生难得几回搏，你就放手去拼一拼吧，
抱着平常心去用心经营就好了。
别看我没做过生意，但我天天看电视读报纸，
什么事我不知道？”

“咦，你怎么突然回来了？事先也不说来个电话？”朵朵妈看着仿佛从天而降的朵朵惊讶地问道。

“想你们了就回来看看呗。”朵朵冲她妈笑了笑，将旅行包搁在客厅一张玻璃茶几上，拉开拉链掏出一些广东特产道：“这是明浩他妈买的鱿鱼、普饵茶、还有……”

林父在里屋看报，听到动静摘下老花镜走了出来，他拿起普饵茶看了看说：“这茶好，我喜欢。哎呀，亲家真是太客气了。”

“你以为白送的呀？”朵朵妈剜了他一眼道，“等朵朵走的时候不要还他们礼啊！还以为有便宜给你占呢！”

“嘿嘿，这人不就是讲究个礼尚往来，图个热闹嘛！”林父不以为然地笑了笑。

“我先去冲凉，坐了二十几个小时的车累坏了。”朵朵说着拿起洗漱用品径直去了洗手间。

“喂，老林，你说这不过年不过节的朵朵怎么回来了？”

“等她出来你问她不就知道了。”林父嗅了嗅鱿鱼赞道，“这个好，炖鸡或炒着吃都不错。”

“就知道吃，问你等于白问。”朵朵妈没好气地拿起鱿鱼塞进了冰箱。

当朵朵妈知道朵朵是辞了职跑回来借钱开公司时坚决反对。林父则没表态，不过朵朵认为老爸表不表态都无关紧要，因为他在这家里基本是属于被剥夺“民主权”的人，老妈才是她要攻克的碉堡。

朵朵是家里的独生女，还在火车上她就想好了，先对老妈动之以情、晓知以理，如果不行就软硬一起上，不怕借不到钱。结果还没等她使出撒泼、耍赖、满地打滚、绝食等伎俩，她妈就缴械投降了。而说服朵朵妈的却是林父，这大大出乎朵朵意料之外！

她原以为老爸在这家里是没有什么话语权的，不曾想正是这没有什么话语权的老爸不知用什么魔法说服了老妈，她心里感动得那叫一个“稀里哗啦”。

朵朵过后悄悄问她老爸用了什么招术，林父笑呵呵地道：“你妈信迷信，我告诉她有一年我出差，在一家庙里找师傅替你测过八字，说你三十岁左右在事业上会走上坡路，而且要发大财。”

“老爸，你可真行!”朵朵冲她爸竖起了大拇指。林父乐得直晃脑袋，对她说：“你就放心去闯吧，我永远支持你。这做生意要学你大表哥喜伢子，他就是胆大有气魄，当年他才十几岁就带着你二表哥从怀化一路逛到了北京，而且是在身无分文的情况下。”

“呀，一分钱没有是怎么去的北京?”

“那时候正在搞‘文化大革命’，他带着你二表哥每到一处就跑去革委会骗人家说是来串联的，革委会管吃管住，你要去别的城市串联还发给你路费，只要写几张大字报就行。”

“他就这样一路招摇撞骗玩到了北京?”朵朵觉得不可思议。

“那当然，他胆大包天，你大伯伯以前发火了都是把他吊在树上用皮带抽。他是打不死的程咬金，抓住了是个死的，蔫头耷脑，放了就像是刚从水里钩上岸的鲫鱼，活蹦乱跳。”

“原来他小时这么调皮啊? 可现在却当上了大老总，手下管着好几百号人呢!”

“他是有出息，所以我才支持你创业。你伯伯家出了老总，咱家也得出一个不是? 我不能让别人说我的孩子不如我哥的。”

老爸充满期待的眼神让朵朵感到了一种巨大的压力。

“我只是说说而已，你别有压力。”林父拍了拍她肩膀笑道：“抱着平常心去用心经营，生意场上有赔就有赚，事情在好处时要学会往坏处想，人无远虑就必有近忧，等事情真到了坏处又要学会往好处想。别看我没做过生意，但我天天看电视读报纸，什么事我不知道? 这做生意一定要讲究诚信，害人之心不可有，防人之心不可无。记住了吗?”

“嗯，我知道。”朵朵点了点头。

晚饭时看着饭菜她皱了皱眉头，没有一点食欲，还伴有恶心。她先以为是这阵子压力过大造成的，后凝神细想，不由吓得冒冷汗，这月例假迟迟未来，莫不是……

到医院一检查，果然是有了，朵朵暗暗叫苦，这孩子来得真不是时候。一则她还没有做妈妈的打算，二则现在哪顾得上这档子事啊！乱了乱了，全乱套了。

翻来覆去考虑了一夜，第二天朵朵就去了医院，得知药物流产需要三天，而且三天后还得来医院临床观察。她嫌费事，一咬牙就忍痛做了人流术，晚上便拖着虚弱的身体登上了返回深圳的列车。

车轮滚滚，夜色沉沉。

朵朵无精打采地蜷缩在卧铺车厢里，扼杀了一个无辜的小生命让她心里充斥着强烈的犯罪感。

半夜她翻身坐起，默默望着窗外影影绰绰的旷野出神，一直以为自己不喜欢孩子，可失去了，心却分明痛了……

第四十一章 还要招标？

“还要招标？”
朵朵惊讶地问道。
“那当然，你以为跟散单似的，
和业主谈妥了就可以坐下来签合同？
这么肥的单，
市内多少门窗公司虎视眈眈地盯着呢！”

回深圳后，朵朵和白媚开始昏天黑地地忙了起来，累得她每天一到家倒在床上就不想动弹。她俩在泰然八路一幢高耸入云的写字楼里租了一间宽大的办公室，俩人自己动手打扫卫生。拖完地，朵朵问白媚："下一步咱们该招工人了吧?"

"呵，我早联系好了。"

"这么神速?"

"那当然，也不看我是谁?"

"你就得瑟吧。"

"猜猜我招了谁来?"白媚扯掉包在头上的帕子，一边拍打着身上的灰尘，一边打量着空荡荡的办公室。

"我又不是林半仙，猜不着。"朵朵撇了撇嘴，顺便用目光秒杀了她一下。

"我在早禾挖了一位师傅。"

"你不是用了美人计吧? 否则早禾的师傅怎么肯屈居到咱们这鸟窝里来呢。"

"切，对一个师傅用美人计，亏你想得出。我只是告诉他，这做人要宁为鸡头，莫为凤尾。"

"得了，就这一句话人家就会被你勾来，你哄鬼呢。"朵朵弯腰拿起摆放在地上的纯净水，拧开盖仰着脖子猛灌了几口。

"这出来打工的，绝大多数人都是向钱看，可讲仁义的不是没有。这师傅有一次跟车送货到业主家，在地下车库搬门窗时不慎将一扇价值几千元的平开门玻璃给摔裂了。正巧我在那，见他脸都吓白了，想想人家每月累死累活也不容易，所以给他支了一招并帮着做了伪证，说这扇门的玻璃是因为路上颠簸造成的破裂。我这次去找他，人家二话没话一口就应承下来，还托他老乡帮忙又介绍来一个门窗制作熟手。"

“看来咱们运气不错。”

“万事开头难，要办的事还很多呢。明天咱们去龙华租厂房，还要打印名片和图册，过几天还得去佛山订购铝型材，一大堆事等着呢。”

“想想这一切都是为咱们自己在忙，再累也心甘。”

“哦，对了，你可得把 Kevin 给我盯紧了。”白媚偏头瞅着她，笑得有点小坏。

“喂，我怎么觉着你这笑别有深意啊?”朵朵用鞋尖挑起地上的一块破抹布朝她扔了过去。

“嘻嘻。”白媚侧身躲过暗器，笑道：“我估摸着，等咱们忙完这阵子，他们公司的招标也差不多要开始了。我可告诉你，假日海滩二期这张单咱们是志在必得。”

“还要招标?”朵朵惊讶地问道。

“那当然，你以为跟散单似的，和业主谈妥了就可以坐下来签合同? 这么肥的单，市内多少门窗公司虎视眈眈地盯着呢。”

“可是招标咱们能竞争得过那些大公司吗?”

“所以才叫你盯紧，只要事先把 Kevin 拿下来了，竞标不就是走走过程的事吗?”

“你什么意思?”朵朵做势要打她。

“呵呵，响鼓不用重锤敲，你懂我的意思。不过我可提醒你，德国人是很古板的，而且老外通常不习惯把私人感情带到工作中去。我这几年的积蓄都投了进来，咱们这公司能否做起来关键就看能不能把他拿下。所以不论用什么办法，咱们都不能让这张单落入他人之手，明白吗?”

“你的意思是说，哪怕牺牲色相也在所不辞?”

“嘻嘻，你的色相比我好，所以即使要牺牲也轮不到我。况且，我看他对你……”

“呸，越说越离谱，你和他什么关系，我就和他什么关系。再敢胡说八道，瞧我不撕烂你的破嘴。”朵朵脸微微红了。

“好，不说了。那咱们言归正传，来合计合计公司该取个啥名好?”

俩人面对面坐在凸窗上，望着下面车水马龙的街道热烈讨论起公司名称。俩人各说了好几个都被对方否决了，要么白媚嫌朵朵取的名不够响亮，要么朵朵又嫌她想的不够大气。

一小时后俩人终于确定了公司名称：雅阁门窗。

白媚伸了个大大地懒腰，跳下窗台笑道：“等把厂房租好了，咱们去佛山把铝型材定回来就可以开始制作样板了，这间办公室咱们全部用铝合金来做隔断。这边摆放你的办公桌，这边是我的，我要在桌上养一盆富贵竹……”

她兴致勃勃地在屋中比划着，脸上洋溢着舒心的笑容。朵朵被她感染了，随即跳下窗台，俩人叽叽喳喳幸福地憧憬起美好的未来……

“哎，我说从现在开始，我改口叫你白总，你也管我叫林总，听见没？”

“听见了林总。”俩人相视大笑。白媚说：“从这一刻起，两位伟大的老总就光荣诞生了。”

“不错，只是这两位伟大的老总身兼数职，销售员、会计、文员、勤杂工等都是咱们。”

“瞧着吧，几年后咱俩手下就会有一大批文臣武将，看见咱俩就得毕恭毕敬尊声老总，连大气都不敢喘一下。”

“噢，希望这一天早日到来！”朵朵忍住笑，双手合十对着窗外的天空虔诚地鞠了一躬。

白媚从早禾挖来的师傅姓王，是一个老实忠厚的四川人，他领着她俩在龙华奔波了几天，最后选中一间民房作为厂房。不曾想这房东和几个朋友另外还集资新建了一幢三层楼的大厂房，得知她们是专业制作铝合金门窗的后，便把那幢厂房的门窗全部包给了她们。

经过一番讨价还价，最后双方谈定以一年租金抵了门窗款项，这样公司还未开张第一笔生意就上了门，乐得俩人眉开眼笑。这是朵朵头一次亲眼目睹白媚谈单的全过程，白媚的口才和销售技巧让她佩服得五体投地、心服口服。

厂房选好了，俩人又马不停蹄地赶往佛山订购铝型材和设备。这阵子相处下来，双方都发现彼此在性格上有很多互补的地方，白媚沉稳干练，朵朵则有一股冲劲，且思维创新，凡事敢想敢做，俩人处得越来越投机。

待佛山那边将铝型材和制作设备运来后，王师傅立即领着他带来的小宋开始赶做样板。小宋是湖北人，二十五岁，个儿不高，一看就透着股机灵劲，见了朵朵和白媚就一口一个林总、白总地叫着。

朵朵对他印象不太好，做了大半年销售，跟形形色色的人打过交道，她发觉越是嘴甜的人越华而不实，她更喜欢踏实肯干不爱言语的王师傅。

他俩在工厂赶制样板，朵朵和白媚则忙着注册公司和订购办公用品。这期间 Kevin 约朵朵喝过几次咖啡，得知她俩在联手开办公司，Kevin 竖起大拇指摇头晃脑地道：“噢，不错，你和白现在都是 Boss 了，比我厉害。”

“那咱俩换个位置成不？”朵朵含笑斜睨着他。

在 Kevin 面前，朵朵越来越注重穿着打扮，她买了几套不同面料、不同款式的改良版旗袍。每次与 Kevin 见面她都打扮得千娇百媚的，举手投足无不透着娴雅与妩媚，以致 Kevin 看着她的时候眼里的笑意越来越深……

第四十二章　火热开业

朵朵翻着白眼反击道：
“合着就我一人迷信呀？
是谁说4、8代表四季发来着？”
俩人为这事争执不下，
最后只得各退一步，
把日子定在了4月7号。
“7”是挖钱的锄头，
这下俩人都没有异议了。

朵朵和白媚联手创办的“雅阁门窗有限公司”在2009年4月7日这天举行了简单的开业庆典。为定开业日子俩人打了几天的口水官司，白媚中意4月8号，因为4、8代表四季发。而朵朵则认为4848意味着死吧死吧，她坚决反对把开业日子定在4月8号，她认为6号比较好，六六大顺嘛！

白媚说：“得，这还没开业咱俩就意见不合了，往后还怎么齐心协力啊？你也太迷信了吧？”

朵朵翻着白眼反击道：“合着就我一人迷信呀？是谁说4、8代表四季发来着？”

俩人为这事争执不下，最后只得各退一步，把日子定在了4月7号。

“7”是挖钱的锄头，这下俩人都没有异议了。

开业这天，白媚穿了一套黑色职业装，头发盘得一丝不苟，笑得一脸的阳春白雪。朵朵身着浅蓝色套裙，脖子上系了一条白色丝巾，看去既端庄又不失妩媚。

妹儿带了一帮朋友来造声势，还请了几个人的小乐队，办公室大门上贴了大红对联，门前摆了五六个扎着彩带的大花篮，场面颇有几分喜庆。

至此，白媚才知道朵朵是已婚人士。她冲朵朵挤了挤眼，将她拉到一边悄声道：“没想到你还是隐婚一族。”

“这可不能怨我，婚后我接连应聘了好几份工作，可已婚未曾生育的哪家企业敢要啊？这还不算，更多公司招女性职员的先决条件就是25岁以下的未婚者。不明白为何社会发展到今天对女性要求仍苛刻至此？25岁以后便统称为没用的老太婆。”朵朵一脸无辜兼委屈状。

“这倒也是，人家怕前脚招你进来，后脚你肚子大了，他们又得重新招人。”

她这话让朵朵想起被自己摧残掉的那个孩子，心里忽悠荡了一下。

“你老公模样还不错，哎，他是干什么的？家境如何？”白媚用胳膊肘儿撞了撞她。

“操心你自己吧，二十大几的人了身边连只公蚊子都没有。我真怀疑你是做了变性手术的男人。”

“你才是，你全家都是。”

“没看出你还有问候别人全家的习惯，这毛病可不好。”朵朵笑着掐了她一下。

“对了，Kevin 不知道你已婚吧？在假日海滩这张单的合同没到手之前你可别让他知道，继续做你的隐婚一族。”

“你真八卦，我和他之间什么也没有，不是你想的那样，别胡说了。”

“切。”白媚做了个鬼才信你的表情。

她俩租的这间办公室位于写字楼的第九层，室内正面墙上贴有一副巨大的海滩风景画，画面上蓝色的天空映照着柔软的沙滩，一只海螺安静地躺在椰子树的倒影下。画前面是四扇红胡桃木做的推拉门，门两侧和顶上都装有日光灯，灯光和玻璃将后面海滩上的风景衬得越发鲜活。

另外两面墙则分别装有黑胡桃、红樱桃、沙比利及白色铝合金的推拉与平开门，中间一道柚木推拉门将整间办公室一分为二，隔成了两个办公间。之所以在办公室采用这么多的玻璃门，主要是方便一些要看样板定单的业主。

因为制作样板的王师傅是从早禾出来的，所以门无论是质量还是工艺和早禾都是一个水准。公司虽刚成立，规模不大，但朵朵和白媚决定一切都按早禾的模式去运作，只是价格上可以变动，毕竟还没打响品牌，不可能一口价。

待妹儿那帮人和她俩一些前来庆贺的朋友走后，朵朵和白媚坐在各自办公椅上，十分惬意地转动身子打量着自己今后的战场。朵朵目光掠过桌上的电脑、传真和打印机，唇边漾出了浅浅笑窝……

“林总，请问我可以进来吗?”白媚拿着一个绿壳文件夹，眉眼含笑地敲着玻璃门说。

“什么事?”朵朵将脚摞上办公桌拖长声音道，“一般自己能解决的事不要麻烦别人，知道了吗?”

“和尚撞道士，我看你美得连自己八辈祖宗姓什么都忘了。”白媚手里的文件夹朝她当头拍下。

“喂喂，我说你现在怎么越来越爱动手动脚了?”朵朵侧身避过，笑道，“原来那个笑里藏刀、阴阳怪气的白媚死哪去了?”

“你才阴阳怪气，你全家都阴阳怪气。”

“又来了，我全家招你惹你了还是怎的？被你问候好几遍了。”

“呵呵，不闹了，咱说点正经事。”白媚在她对面坐下，正色道，“咱们现在是处于创业阶段，我们手上客源大多都是有钱的主，所以我们走的是高档路线。因为越是高档商品利润空间越大。你看这装修还有办公用品，虽不奢华，可气派绝对不小。该讲究、该装点的门面咱不能含糊，但创业阶段能省的坚决不浪费，何况金融危机下更要提倡节约不是。”

“你到底想说啥？直说，绕那么多弯子干吗？”

“你说你有点耐性行不行？你为什么工作上屡屡出错，就是缺乏耐性，凡事喜好急功近利。”

“嘻嘻，接受批评。”朵朵眨了眨眼，不觉坐直了身子。

“往后这A4纸要正反两面利用，虽省不了几个钱，但好过浪费。这里省一点，那里省一点，月底算账就不是小数目了。”

“嗯。集腋成裘，聚沙成塔。”朵朵点了点头，很认真地表示了赞同。

“这是我整理的关于和客户打交道谈单的一些心得，你有空就仔细看看。”白媚将手里的文件夹递给她。

“噢，无比感谢！”朵朵双手接了过来。

“等会儿吃了饭咱们去工厂转转，我让王师傅和小宋再辛苦一阵子，加班加点赶紧将房东那批门窗做出来。”

“说起这个我倒想起一事，工厂那些设备和铝型材值好几十万呢，搁在那也没个自己人守着怕不稳妥。你看是不是再请个……”

“再请人不要钱呀？”朵朵话没说完白媚就打断她道，“王师傅是早禾的老员工了，有他在我放心，再说他和小宋都住在厂房里，谁敢来偷呀？”

“那倒也是。”朵朵话刚落音，一穿着制服的男孩站在门口问道：“请问林小姐和白小姐在吗？”

“什么事？”俩人扭头看着他，异口同声道。

“您二位就是吧？是这样的，Kevin先生打来电话，他在我们店订了个花篮送给二位，请签收一下。”

白媚笑道：“Kevin架子可真大，派人送个花篮来，自己连面都不露一下。”

“他前天就飞去大洋彼岸了，要一星期后才回来呢。”

“呵，连他行踪都这么清楚，还敢说你们之间没什么吗？”

“你别那么庸俗行不行？”

“我俗故我在。”白媚冲她翻了个大白眼。

“懒得理你，跟个八婆似的。”朵朵毫不客气地回敬了她一眼刀。

“我说咱俩得把这斗嘴的劲用到工作中去才对，假日海滩这单，早禾可是咱们最大的竞争对手。你还不知道吧？岳明飞和Kevin交情不浅，咱得同心同德，携手打败他。”

朵朵心里一惊！

岳明飞曾教给她很多销售技巧，没想到转眼就要和他成为商场上的竞争对手。

商场如战场，不是你死就是我亡！

对敌人仁慈就是对自己残忍！

何况开办这公司她可是拿着两家老人的钱在搏命，如今不管对面站的是何方神圣，都得白刀子进红刀子出了。

第四十三章　销售秘笈

吃过晚饭，
朵朵躺在床上仔细研究着白媚的销售心得，
妹儿照例坐在电脑前开发他的游戏软件。
朵朵看了会儿，
心内连连赞叹，
这真是一本销售的“红宝书”啊！
白媚针对各种类型的客户详细做了见招拆招的解说，
看得朵朵唏嘘不已。

工厂里王师傅和小宋正在下料，干得热火朝天的。

看见朵朵和白媚进来，王师傅只点了点头，表示知道她们来了，便继续干着手里的活。

“林总，白总，祝开业大吉！财源滚滚！”小宋放下切割机，抱拳笑道。

“呵呵，承你吉言，公司做大做起来了，你和王师傅可就是第一批的开国功臣。这几天还得辛苦你们，把房东的那批门窗赶制出来。”白媚看着他微微一笑。

“这有什么辛苦的，我们不怕累，就怕没活干。”

“好好干，我和白总不会亏待你们的。”朵朵原来对小宋印象不太好，后来在赶制样板期间见他干活手脚利索，肯下力气，不由对他转变了看法。

这间厂房大约二百个平方，右边堆放着铝型材和玻璃，左边用木板隔了三个小单间，第一间是办公室，里面放着一张桌子和传真机等办公用品，另两间放着两张单人床，王师傅和小宋晚上就睡在那儿。

看着地上切割好的型材，朵朵眼眶突然有些酸涩，这可是“雅阁门窗”成立后的第一张单，虽赚得不多，但好的开头就是成功的一半。这边借了公婆十万块，那边借了自己父母五万，十五万的欠款就像两座大山压在她心里沉甸甸的。

啥时把钱还上了石头才能落地呢?

“小宋，你那身份证什么时候能办好？要抓紧哦。”

“我妈打电话说已经在办了，我让她办加快的，一星期后就能取，办好了我妈就会马上给我快递过来。”小宋抓起扔在工具台上的毛巾擦了把汗，冲白媚咧嘴笑道。

“小宋，上次你说你是哪的人来着?”朵朵问。

“湖北，一个鸟不拉屎的穷乡僻壤。在一个北风呼啸的冬天，我出生了。但我的出生并不受欢迎，复杂的原因我愿意略去，反正不是主题。在我出生后的几天里我就被安排了丢弃的命运，这意味着在零下的温度里我要独自度过一夜，然后终结人生。”

“是不是啊？怎么听着像说书一样？”朵朵唇角带笑瞟着他。

“嘿嘿，是真的。当爸妈要抱走我的时候，一直趴在一旁的一只老黄狗却突然跃上我的襁褓，以一种狗的姿势抱住了我。据说，那天它用狗脸紧紧贴着我的小脸蛋。关于‘为什么’，你可能会设想一千个可能、一万种原因。但是结果只有一个，那就是我父母在那种场景的感染下放弃了对我命运的安排，因此我今天能站在这跟你们说我的过去。”

“挺能贫嘴的。”白媚上下打量了他一眼，“等公司做大了你去跑销售吧，要不对不起你这张嘴，更对不起那只老黄狗。”

“嘿嘿，那敢情好，谢谢白总抬举。”

朵朵和白媚在工厂待了几个小时，帮着打胶，清洗中空玻璃内的灰尘。创业初期凡事亲力亲为与下属打成一片，很容易激发他们的工作热情和积极性。王师傅虽很少言语，可他干起活来气势明显与先前有所不同。小宋性子活跃，不时地插科打诨使得厂房里笑声不断。

她俩走后，小宋从裤兜里掏出一盒白沙烟，递了一支给王师傅，说：“大哥，歇会儿，来抽支烟。”

“我先干完这点活。”王师傅接过烟夹在耳后。

小宋跳上工具台，点燃烟美美吸了一大口，然后徐徐喷出烟雾，扭头对王师傅说：“这林总和白总还真不错，年纪轻轻就做了老总，白总好像还没结婚吧？”

“你娃干好你的活，打听那些闲事做啥子嘛？”

“嘿嘿，这不闲着没事随便扯扯么。”

“这女人办公司不容易，现在她俩都是亲自在跑销售，白总在销售上那是没得说，咱俩干好分内的事，替她们把工厂这边打理好，干好了大家都好。”王师傅瓮声瓮气地道。

“那是，那是。女人创点业是挺不容易，干活。”小宋甩掉烟头，拿起切割刀专心致志地忙活起来。

自打朵朵开公司后，高老太一家在饭桌上的话题多半便是围绕她的公司展开。朵朵笑着将下午小宋说的他与那只老黄狗的故事讲给了大家听。高老太扯扯嘴角道：“他这多半是在说鬼话，过去乡里人一生就生七八个，生了又养不活才想着送人或丢掉，可没有哪家会把男孩丢掉的。男孩在乡下人眼里都是命根子，哪里舍得丢掉呢？何况如今和过去不同，乡下最多也只让你生两个，谁家还会养不起要去丢掉，除非孩子有缺陷。”

“政策是死的，人是活的。”朵朵问她，“你忘了徐洁已经生了四个了？老四她家贺鹏都嚷着要送人呢！”

“做孽哟！不知她生那么多干什么？怎么也没人去管管？”

“她生了就把孩子送到贺鹏老家，给爷爷奶奶带着。据她自己说，她每次回去，出门都只带一个孩子，从来不带着两个一起出去。”

“那当地的计生办是做什么的？老子就不信人家不知道她生了那么多孩子？”

“鬼知道，我也纳闷呢，怎么家里几个孩子没人去关心从哪来的？徐洁说贺鹏他们那的乡下人特别讲究生儿子，谁家生不出儿子就会被村里人集体瞧不起。”

“这都什么年代了，还有这么愚昧落后的地方？”妹儿觉得有些不可思议。

“呵呵，咱中国还有很多贫穷落后的小村庄呢！”嘟嘟爸说，“湘西一些小地方还有穷得家徒四壁连饭都吃不上的人。”

“咦，对了，怎么明妍今天又没来吃饭，她最近在忙些什么？”朵朵眼睛瞟向嘟嘟爸。

“她们药店那帮人现在迷上了美食，隔三差五就轮着做东下馆子。”

“哼，穷快活！”高老太不满地瞪了眼女婿，“你就由着她胡来，几个钱不是买包就是打牌，现在又送去饭馆，家里的饭菜吃了会死不成？”

嘟嘟爸笑了笑没吭声，心内暗道：“不由着她还能怎的？难道要对她使用家庭暴力？若真那样，你还不得揣着两把菜刀找我拼命呀？”

吃过晚饭朵朵躺在床上仔细研究着白媚的销售心得，妹儿照例坐在电脑前开发他的游戏软件。朵朵看了会儿，心内连连赞叹，这真是一本销售的“红宝书”啊！白媚针对各种类型的客户详细做了见招拆招的解说及一些促成订单的小窍门，看得朵朵唏嘘不已。

白媚在最后提到，要想成为一名合格优秀的销售员，除了要对自己所推销的产品性能了如指掌外，还必须同时了解并熟悉与本产品相关类的一些常识，了解的越多越好。例如门窗销售员，掌握装修类知识就可以在与业主谈单陷入僵局或无法打开局面时起到绝佳作用。多数业主于装修是门外汉，而业主订制门窗家中必然在装修，面对狡猾的装修商他们定会有着这样那样的困惑。那么，做为销售员就可以在此时巧妙地将话题转到装修上，你及时运用自己掌握的装修常识为业主解了忧，不仅能增加他们对你的信任度，还对促成门窗订单有着巨大的推动作用。

难怪白媚业绩那么好，看人家对客户心理琢磨得多么透彻，若不是与她成为合伙人，想从白媚手里得到这些资料怕是比登天还难。

合上文件夹，朵朵觉得有些亢奋，一些她在跑销售时遇到的疑惑在白媚这些资料里都得到了解答。她此刻有些跃跃欲试，恨不能马上就投身到水深火热的销售中去，一下子拿下它几十个大单才过瘾。

轻轻闭上眼，她沉浸在自己美好的遐想中，似乎看见铺天盖地的钞票漫卷而来，将她一点点掩埋，唇角不由得勾出一丝梦幻般的笑意……

第四十四章　想入非非

“好，今年咱们要赚二十万元的纯利润，
明年五十万，后年一百万。”
白媚神采飞扬地道，
“咱们先在幻想中视觉化一下好不好？
闭上眼睛假设咱们的目标已经达成了。”

深圳四月的天空如一方无暇的暖玉，澄澈莹润，阳光轻轻洒下暖辉，将高楼大厦镀上一层耀眼的光华，昭示着国际大都市的气势磅礴、繁荣昌盛。

朵朵步履轻快地跨上台阶匆匆往电梯走去，她穿了件白色斜纹衬衣，下身一条米色 V 字裙，这样的搭配既衬出了淑女的优雅，又不失职业女性的利落。

到了办公室，她刚放下包白媚就款款走来，白媚今天穿了件职业休闲两用的黑外套，里面翻出雅致的白色蕾丝领子，裤子是那种垂坠的面料，盖住脚面，只露着优雅的鞋尖。

她看看朵朵打趣道：“哟，今天打扮得这么青春靓丽，看上去跟一纯情少女似的。”

“你这是损我提升自己呢？我要是少女，你岂不成了粉嫩嫩的幼女？”

“你别拿豆包不当干粮，揣着表扬当批评。”白媚含笑剜了她一眼，将包甩在桌上，拉开椅子，嘴角兀自噙着笑意慢悠悠地道：“我呢，虽没有玫瑰的娇艳，但也如野菊花一样，细细看还是自有芳华的。”

“切，还绝代芳华呢。你怎么不说自己是空谷幽兰了？我可记得你好这口。”

“这不是为了突出对比么？野菊花 VS 玫瑰。”

“野菊花 VS 玫瑰？我看干脆给你一个支点，让你去撬起地球得了。”

“嘻嘻，行啊。不过你放心，我在撬之前一定会先把你送出地球。”

“不和你斗嘴了，我要把和你斗嘴的劲转化成工作上的动力。今天可是咱们正式开工的第一天，来个竞赛吧！虽然以我目前的实力 VS 你，无异于以卵击石，但好歹也能稳居第二名，哈哈。”

“行。咱们也来个月终评比，输的请吃大餐。”

“你这不摆明宰我吗？不过别骄傲，兔子赛跑输给乌龟不是奇迹。”

“行啊，我会在前面树下睡大觉等着你，等你追上来，咱俩再并肩牵手追着太阳跑。”

“这话我喜欢，金光大道，哈哈。”

此后，每天早上俩人到了办公室，打趣一阵，做好清洁工作后就雄纠纠、气昂昂分头赶赴战场。

忙碌的日子总是过得飞快，转眼半个月就过去了。

这天早上俩人坐在办公室，大眼瞪小眼，忧心忡忡地看着对方。半个月下来，白媚接了五张单，朵朵接到两张。照这样下去，别说赚钱，房租都赚不回。

“唉，看来我把事情想得过于简单化了。”白媚叹了口气道，“我手上客源虽然多，可人家很大程度上是冲着早禾的这块金字招牌。早禾象征什么？象征品牌！象征品质！而雅阁算什么？雅阁什么都不是！”说到后面白媚有几分歇斯底里了。

“你这么快就泄气了吗？”朵朵心里虽然着急，可见白媚这样她更急。她之所以破釜沉舟地跟着白媚创业，一来当然是有她自己的那份事业心在里面，二来是白媚工作上的沉隐和从容促使她下定决心闯一闯。

如今遇到点挫折，白媚就这样灰头土脸的，她能不着急吗？

朵朵将心里的焦虑熨平，耐心开导鼓励着白媚：“没有谁做生意一开始就一帆风顺，当我们发现前进的路上横着一堵墙时，不能一转身就想撤退，更不能去撞墙，因为无论你怎么撞，墙都不会倒下来，相反自己会撞个头破血流。咱们应该想想怎么翻过或绕过这道墙……”

“你说得对，我刚才有些失态。”白媚不好意思地笑了，她拉着朵朵的手说，“谢谢你的激励与启发，我发现自己当初选择你合伙是个明智之举。”

“别这么说，与其说我是在激励你，倒不如说我是想通过你的振作来带动自己做得更好。”

“激励是外在的，启发是内在的。我们每个人都需要得到由内而发的关键力量，这样才能帮助我们在成功这条漫长的道路上获得稳定而持续的力量。让我们一起加油！”

“嗯，加油！永不言败！”四只手紧紧重叠在一起。朵朵笑道：“咱们来设定一个目标，而且这个目标要大到一旦达成，咱们乐得梦里都会笑醒。”

“好，今年咱们要赚二十万元的纯利润，明年五十万，后年一百万。”白媚神采飞扬地道，“咱们先来视觉化一下好不好？闭上眼睛假设咱们的目标已经达成了。”

俩人真拉着手闭上眼睛开始视觉化，别说还真管用，办公室在她俩脑海中真下起了金钱雨，桌上、地上到处都是花花绿绿的钞票，朵朵甚至觉得站在面前的白媚都化成了一堆钞票。

“哈哈哈——真神奇!”

俩人乐弯了腰。

只是她们此时都没想到，随后而来的一个电话就如洪水猛兽一般，倾刻就将她俩卷入了万丈深渊。

第四十五章　家贼难防

王师傅蹲在空荡荡的厂房里用力揪着自己的头发，
朵朵和白媚跌跌撞撞赶到时，
两位干警已经做完了笔录。
见到她俩，王师傅站起来嘴张了张，
最终长叹一声，
复又蹲在地上，
两手抱着头懊恼不已。

王师傅蹲在空荡荡的厂房里用力揪着自己的头发，朵朵和白媚跌跌撞撞赶到时，两位干警已经做完了笔录。见到她俩，王师傅站起来嘴张了张，最终长叹一声，复又蹲在地上，两手抱着头懊恼不已。

“您二位就是这厂子的老板吧?”一干警问道。

朵朵和白媚脑子一片空白，机械地点了点头。

“你们先看看这个。”那干警递过一张纸片，眼里透着同情之色。

林总、白总：

你们好！

首先真诚致声谦，我并不想做个坏人，也没有谁打生下来就是坏人，但我不得不出此下策！

我知道二位是有追求、有抱负的人，嘿嘿，很不幸，我也是这样的有志青年。我要过锦衣玉食、天天开宝马、左拥右抱的美好生活。但我不想站在山脚下一步步往上爬，那样太累，像我这样的聪明人（注：冰雪聪明）是不屑于干那样的蠢事的。所以我选择从半山腰爬起，如果运气好的话，能再捞个揽绳或直升机啥的直接空降到山顶是最好不过的。

对于很多还没有创业的人来说，创业是实现一个美好梦想、一个理想和实现信念的开始。然而创业又是孤独的，开始的时候，你必须自己策划一切，以最坏的打算、最好的准备来策划这个过程。所以，如何从二位这里顺利借走创业的启动资金使我煞费苦心呀！好了，废话就不多说了，如果你们能有幸渡过这次难关东山再起，那么我在此祝二位能在今后的重重困境中杀出生天，取得辉煌的胜利！

另外，当你们还没有实力和大公司竞争的时候，记住不要去挑战比你强大的对手，小心经营你们的策略，风水轮流转。呵呵，机会总是留给有准备的人。

这几句赠言算是我给二位的一点小小回报，千万别谢我；否则我跟你们急。

哈哈，再见我就不说了，祝二位创业愉快！

小宋在信的末尾还画了个龇牙的笑脸，气得朵朵大骂："混蛋！"

昨晚小宋买来一大包熟食和几瓶啤酒，拉着王师傅一起吃喝。喝了几杯后，王师傅上下眼皮就开始打架，早上一觉醒来，才发现价值四十多万的铝型材及磨具等设备都不翼而飞，就连办公室那台几百元的传真机也没能幸免。最要命的是介绍小宋来的人和小宋也才认识不久，除了知道小宋是湖北人外其余的一无所知。

从工厂出来，朵朵和白媚先前的兴奋就像秋天失去水分的叶子，一点点萎干了。她俩失魂落魄地望着车来车往的街道发呆，眼神如落日一般深沉，看上去格外的苍茫。

真是讽刺啊，朵朵嘴角勾出一抹凄凉地苦笑，原以为王师傅和小宋睡在工厂里就安枕无忧，却忽略了家贼难防，如此弱智还异想天开地创什么业？

梦想原来可以破灭得如此彻底，如此让人猝不及防。四面八方交织的各种声响听在耳里仿佛都成了辛辣的嘲笑，就连空气似乎都凝重起来，眼前景象渐渐变得遥远。

朵朵和白媚就这样一动不动地站在街头，仿如两具雕像，迎面吹来的风里带有一股温热，而她俩却感到一阵刺入骨髓般的寒冷……

特区是个不夜城，各色霓虹在夜色下次第而开，闪烁着无尽奢华。

夜色隐匿了白天的暄嚣，街角流莺已经开始在招揽生意，紧身黑裙，短到不能再短，路边上不时还有三三两两的大学生情侣旁若无人地相拥亲吻。

入夜时分，朵朵和白媚喝得醉熏熏地从一家酒吧出来，一脚高一脚低地摇拽在午夜街头。

"你说……"白媚重重靠在一颗椰子树干上，胸脯剧烈起伏着，瞪着迷离的醉眼大叫道，"你说生活为什么要……一而再、再而三地捉弄我？"

朵朵醉得并不比她轻，闻言转过身，晃了几晃才稳住身形。胃里一阵翻江倒海般的难受，她拼命忍着才没呕吐出来。瞥见马路对面有家金碧辉煌的大酒店，她不假思索地拉起白媚摇摇晃晃就横过了马路。

到了酒店大堂，朵朵忍着胃部不适，眯眼对吧台里的接待小姐说："豪华双人间。”

打开门，布局淡雅又不失华丽，朵朵很满意，反正损失巨大，不如自己挥霍一次，今朝有酒今朝醉，不管明朝死与活。

白媚蹬掉鞋子倒在床上失声痛哭，朵朵则一头栽倒在沙发上，阵阵酒气袭来，她慌忙起身，明明往前迈步，可身子却不由自主地倒退，一个趔趄，一屁股坐在了地上。

爬起后，她撞进洗手间吐了个天昏地暗，空气中瞬间弥漫着淡淡的酒馊味，眼泪顺着她清秀的面庞滚落，如黄河之水滔滔不绝……

她不知自己是何时爬上床的，也不知白媚是什么时候睡去的，只知迷迷糊糊睡着后做了无数奔跑的恶梦。朵朵在梦中见到高老太跳着双脚尖声咒骂她是败家精，妹儿面目狰狞咆哮着质问她为什么要做掉孩子，吓得她仓皇逃出家门。满街拥挤的人群，大家都带有目的性地往前奔走，人人脸上似乎都挂着春风得意的笑，唯有她仿佛被全世界抛弃了似的，神情呆滞地站在街头茫然四顾，不知何去何从?

在杂乱无章的梦里，朵朵一会儿又梦见一只大狼狗穷凶极恶地追着她跑进了一条死胡同，惊慌失措中头顶传来笑声，她抬头望去，房顶上黑压压站了一大片人，可没有一人伸出手来救她，甚至还有人往她身上扔石块和臭鸡蛋。而那只狼狗突然变成了人面兽身的小宋，他对着惊恐万丈的朵朵发出阵阵狼嚎。更令她魂飞魄散的是房顶上的人不知何时全变成了人面兽身的小宋，无数个青面獠牙的小宋张大嘴露出森森白牙，一步步向她紧逼过来。

朵朵拼命想呼救，无奈发不出一丁点儿声音，绝望之际被吓醒，她大汗淋漓地翻身坐起，瞪着奢华的红地毯大脑一时有些缺氧，有点“梦里不知身是客”的味道。等神智清醒后，想到她蒙受的巨大损失，一种尖锐的痛楚立即遍布全身。

她下意识地往对面床上瞟去，却见白媚睁大两眼望着灰蒙蒙的窗外，目光似穿透重重夜幕落在了记忆的某个点上。

“阿媚，阿媚。”她轻轻叫道。

“你醒了。”白媚偏头看了她一眼。

“嗯……你在想什么?”

“想刚来深圳时的一些事。”白媚发出一声幽长的叹息。

这样无助落寞的白媚让她心酸，也让她害怕。她曾经极度厌恶白媚脸上虚伪的假笑，可此刻……她宁可对面床上躺着的是从前那个虚伪，但又让人觉得高高在上拥有超常工作能力的白媚。

“毕业后我和相恋四年的男友共同来特区闯，原以为我会和他携手白头到老，可没想到爱情在残酷的现实面前那么不堪一击。”

“怎么了?”朵朵问。

“来了几个月，他工作高不成低不就，高兴了就抱着我信誓旦旦地说，一定要为我打下一片无风无雨的晴空。哼，哼哼……”白媚开始大笑，笑到泪流满面。

朵朵不知该说什么好，悲凄一点一点在她心底蔓延……

白媚笑够了继续说：“他每一份工作都干不长久，总嫌专业不对口，回到家就骂天骂地，骂老板狗眼看人低，抱怨自己满腹才华得不到施展。那段时间我很怕下班回家后看到他愁眉苦脸的样子。可有一天，当我回家时，他已人去楼空，一张薄薄的纸片把四年的爱轻易就画上了句号。”

“哎，生活中有太多无奈，我们无法改变，也无力去改变。”

“谁说的?”白媚嘴角浮现一丝冷笑，“那狗东西可不就改变了，他舍弃我投奔了在大学期间一直暗恋他的一个胖女孩，那女孩家在京城有点权势。据几个北漂的同学说，他在那女孩父亲的帮助下进了一家外企，如今混得人模狗样的。他走后，我在出租屋里昏睡了一个月，每天都会梦到他，醒来却只摸到爱情冰凉的尸体。后来我终于想明白了，爱情真的不是面包。人，没有爱情不会死，但没有面包必死无疑。我重新振作起来，积极地找工作，玩命地挣钱，我不想比他差，我要证明自己比他活得更滋润。可万万没想到，我几年辛苦换来的又是一张纸片。”

“阿媚……”朵朵难过得说不出话来。

第四十六章　勇于面对

公司的“瓶颈”在每个时期、
每个环节都会出现，
既然走上了创业这条路，
就应该勇于面对各种变化。
创业过程中什么事情都可能发生。
事情发生的时候，
必须冷静对待，
要有相应的后备计划，
不能让自己处于被动的地位。

当清晨第一缕阳光在酒店巨大的落地窗上蹦蹦跳跳时，白媚嫌恶地皱了皱眉，跳下床一把拉上了窗帘。但凡遭受了重大挫折的人都习惯躲藏在阴影中，似乎害怕阳光照亮心中的伤痛。

朵朵和白媚就像两只鸵鸟蜷缩在酒店里，时间在她俩的愁眉上一点点流逝，十二点后她俩不得不退房走到阳光下。

置身在喧闹的人群中，她俩内心的落寞非但没有得到缓解反而无限扩张。

“你打算去哪？回家吗？”白媚幽幽地问道。

朵朵没吭声，抬头望天，天空很蓝，可她心里却盘踞着大片大片灰色的云。几十万元的设备和铝型材没了，公司还没起步就将倒掉，她拿什么脸面去见妹儿一家啊？

回家的路太重，压得她抬不动脚。

“哎，不想回家就先上我那去猫几天吧。”白媚深深叹了口气，往公交站走去。

车来后，她拉着朵朵挤了上去，车上人很多，她俩抓着吊环随着车身颠簸左右摇晃。

深南道上一辆辆私家小轿车川流不息，车内宽敞舒适的靠椅上坐着的大多都是优雅的成功人士吧？而自己呢？身边却挤得跟个铁桶似的。两下一对照，失落就像一张蛛网将朵朵紧紧缠绕，又如毒蛇一点点啃噬着她的心。

每一次都在徘徊孤单中坚强
每一次就算很受伤也不闪泪光
我知道我一直有双隐形的翅膀
带我飞飞过绝望

不去想他们拥有美丽的太阳
我看见每天的夕阳也会有变化
我知道我一直有双隐形的翅膀
带我飞给我希望
我终于看到所有梦想都开花
追逐的年轻歌声多嘹亮
我终于翱翔用心凝望不害怕
哪里会有风就飞多远吧

车厢里飘起了张韶涵清脆悦耳的歌声。张韶涵一个外表瘦弱内心却很坚强的甜美小女生，小小的人儿，歌声却那么富有力度，充满了爆发力。

人在情绪极度低落时很容易受到来自外界一点微小的触动，张韶涵这首歌中的词意震憾了朵朵和白媚，她俩不约而同转过脸默默注视着对方，彼此似乎都从对方眸中看到了点什么。

车还未曾进入前方站台，朵朵就扯着白媚挤到后门边上，挤的过程中似乎踩到了几个人的脚，引来一片抱怨。

到站后，车门刚打开她就拽着白媚奔到了人行道上。

“阿媚，就这么认输你甘心么?”朵朵眼底跳跃着两簇小小的火焰，一双美目熠熠生辉。

“当然不。你有什么好办法? 难道你还会变钱不成?”

“不会变但咱们可以借啊。”

“借? ……你是说……” 白媚目不转睛地盯着她，见朵朵微笑点头，白媚拍了她一掌笑道，“真有你的，咱们设备和型材虽然没了，可公司牌子还在呀，咱们可以找银行贷款，我昨晚怎么就没想到?”

“昨晚咱们表现太差劲，一点小挫折就趴下了。创业需要精明的头脑和策划能力，我想创业的成功与否最终比的是智商和策划能力。公司的“瓶颈”在每个时期、每个环节都会出现，既然走上了创业这条路，咱们就应该勇于面对各种变化。创业过程中什么事情都可能发生，事情发生的时候，必须冷静对待，要有相应的后备计划，不能让自己处于被动的地位。”

“对，作为创业者，咱们的思维还必须要开阔，当别人看见的是困难的时候，咱们看见的应该是机会。要有敢想、敢干和敢闯的心态和思维。虽然小宋让咱们蒙受了巨大的经济损失，但有句话说得好，不经历风雨哪能见到彩虹!”

“呵，昨晚你还嚎啕大哭呢。”朵朵冲她挤了挤眼。

“去你的，你自己表现得还不是活像死了亲娘老子一样，还有脸说我。”白媚斜睨她一眼，“咱们别在这浪费时间了，分头行事，我去找王师傅，让他陪我去早禾工厂那边，咱们多出点钱先调一个师傅过来，让他跟早禾请半月假，帮着王师傅将房东和已经订单的几个客户的门窗赶制出来。”以往沉稳干练的白媚瞬间复活。

“行，那我回家换套衣裳再去银行问问贷款的具体事项。”

“好的，晚上你来我家吃饭，咱们再详谈今后如何发展。”

“不是吧，我请你在豪华酒店住了一夜，你就在家随便弄几个菜打发我啊?”

“谁让你领我去酒店的? 你自己骚包关我屁事。”白媚扔给她一个大白眼道，“晚上见。”

朵朵抿唇轻笑，俩人面部都一扫先前的灰败之色，容光焕发、精神抖擞地挥手作别而去。

“你死哪去了?”朵朵刚踏进家门高老太就骂道，“一晚上不回来也不说打个电话，手机也关了，浩子急得什么似的，到处找你。”自打高老太借钱给朵朵后在她面前说话腰杆子越发比以往挺得直了，动不动就爱用长辈的口吻训斥她。

“哦……昨晚在白媚家吃饭喝了点儿酒就在那睡了，手机可能没电自动关了。”她边说边溜回房，掩上门悄悄做了个鬼脸。相处久了，朵朵也知道婆婆是刀子嘴豆腐心的人，所以一般情况下她不会过多计较婆婆说话的方式。

“不像话。”高老太随后推门进来，“一个已婚妇女在外过夜连个招呼都不打。你看看妍儿，她虽然爱摸摸牌，可从不在外过夜，有什么事都会事先打电话告诉嘟嘟爸一声。”

“妈——”朵朵微微撅起嘴，“什么已婚妇女嘛，说得真难听，我才 27 呢。”

“嫁了人都是妇女，你还以为自己永远 27 吧。这一眨眼就是奔三的人了，还让人不省心。”

“嘿嘿，不说永远 27，至少这岁数也保持十年不变。”

“十年不变，那是狐狸精差不多。你以为……”高老太唠叨一大通才摇摇摆摆去了客厅。

昨晚朵朵害怕妹儿打电话过来听出自己情绪不对，在和白媚去酒吧前就关了机。这会儿一开机，未接电话和短信就铺天盖地而来，她匆匆翻看着，前面全是妹儿的号码，最后两个居然是 Kevin 打来的。

换好衣服化好妆，朵朵从家里出来边走边给 Kevin 挂电话。

“嗨，林，近来好吗? 我昨晚就飞回了深圳。”电话通后 Kevin 热情洋溢的声音就传了过来。

“我很好，谢谢关心。”

“以后和我说话别这么客气，晚上我请你吃西餐。”

“晚上?”朵朵停下脚，想了想说，“今晚不行，明天吧。”

“噢，好的。那明天见。”Kevin 声音隐约透着点儿遗憾。

朵朵瞄着手机狡猾地笑了，男人嘛，就要偶尔给他们制造一点遗憾，因为遗憾是男人心中一道凄美的风景线。不管是黑眼睛还是蓝眼睛的男人大多都不懂得珍惜，他们信奉得不到的才最美丽，失去的最富有诗意。这家伙一回来就打电话给她，看来对她好感不浅，朵朵在兴奋之余忽又升起几分不安。

哎……不管了，这次蒙受了巨大的经济损失，无论如何也得先抓紧 Kevin 这条大鱼，绝不能让他这单飞掉。至于以后的事，边走边看吧!

朵朵在银行业务部门了解到贷款必须符合以下申请条件：

1. 借款人应当是经工商行政管理机关（或主管机关）核准登记的企（事）业法人、其他经济组织、个体工商户等，拥有工商行政管理部门颁发的企业法人营业执照。

2. 借款的用途应具有经济效益，能按时还本付息。

3. 符合银行其他有关贷款规定要求。

除了上面三点还得提供以下资料。

1. 借款申请书。

2. 企业法人代表证明书或授权委托书，董事会决议及公司章程。

3. 经年审合格的企业（法人）营业执照（复印件）。

4. 借款人近三年经审计的财务报表，以及近期财务报表。

显然雅阁门窗公司不符合以上申请条件。

创个业咋就这么难呢?

第四十七章　营销策略

“你是想改变营销策略？”
“嗯，毕竟公司刚起步，
不能一口就想吃个大胖子，
得一步一个脚印慢慢来，
稳扎稳打，
抓住房价下跌这个机会，
改走中高档路线。”
朵朵若有所思地点了点头说：
“顾客是企业生存发展的基础，
市场竞争的实质就是争夺客户。”

白媚在家做了一顿丰盛的晚餐，桌上还摆了一瓶红酒，电脑里反复播着那首《隐形的翅膀》。朵朵来后边脱鞋子边问："你那边的事办得怎样？顺利吗？"

"搞定了，你呢？银行贷款一事有什么问题？"白媚笑盈盈地接过她手里的包。

"有点麻烦，咱们边吃边聊。呀，你还会做麻辣烫呀？"朵朵瞪着圆滚滚的牛肉丸和鱼丸直咽口水。她用勺从一只不锈钢锅里捞起一粒牛肉丸，在白媚调好佐料的小碗里粘了粘就迫不及待地往嘴里塞。

"啊啊啊——烫，烫死了。"她慌忙张大嘴用手不停扇着。

"瞧你那馋样，没人和你抢，你慢点儿吃行不行啊？"白媚拿起开酒器剜了她一眼。

"干吗又喝酒啊？不喝，昨天的酒还没完全醒呢。"

"为了庆祝咱们从打击中站起来，这酒一定得喝。"

"那好吧。别人是舍命陪君子，我就舍命陪妇女。"

"去你的，你嫁了人的才是正宗妇女。"

"怎么你的观念和我婆婆一样错误？三十八岁以上的才是妇女，没满三十八岁的应分为已婚女青年和未婚女青年。"

"切，原来是在你婆婆那受了伤，才拿妇女这根大棍子来砸我。不过你打击不了我，我可是快乐的单身女青年。"

几粒牛肉丸下肚，朵朵额头上就渗出了细密的汗珠，她抽出一张纸巾擦了擦说："单身的日子难过，再等几年还嫁不出去，你就给我躲在角落里哼单身情歌吧。"

"单身的日子并不难，难的是成天应付那些千方百计想让我结束单身的家伙。"

"你就得瑟吧！"朵朵吐吐舌子，伸手又捞起一粒鱼丸。

“喝酒，喝酒，别光顾着吃，喜欢这玩意，以后我常给你做。银行那边到底怎么回事，说来听听。”

朵朵端起杯子和她碰了碰说：“银行那边交给我去办，你就别操心了。只是等咱们贷到款买来设备和型材，工厂那边……”

“放心，那边不会再有事。吃一堑，长一智。以后没有身份证的咱通通不用，而且通过这次事件后王师傅一定会尽心尽力的。”

“嗯，也对，跑得了和尚跑不了庙。当初要有小宋的身份证咱们也不怕他飞到天上去。对了，你下午去早禾找了谁过来帮忙?”

“郑师傅。他不是过来帮忙，从今天起他就是咱们雅阁门窗的员工了。”白媚得意地斜睨着她。

“我没听错吧? 王师傅肯来是因为你曾帮过他，可郑师傅为什么愿意舍弃早禾那样的大公司跑来咱们这座小庙呢?”朵朵惊讶地问道。

“哈，这当然得归功于我的人脉关系好。我为早禾卖了几年命，连这么点人脉都没攒下还混个屁啊！人际关系在职场中尤为重要，哪怕一个不起眼的保洁员，能不得罪都最好别去得罪，你给了人家尊重，不定哪个关键时刻人家就会投桃报李。”

“有道理。现在我明白你为什么一天到晚对谁都笑得那么灿烂了。”朵朵对白媚这番话很表示了赞同。

白媚将喝空的杯子倒满酒又问道：“银行那边你确信能搞定?”

“放心，拼了命我也会搞定。我都打听好了，只要找家大企业做保就行。”

“哦。”白媚瞅瞅她道，“你是打算找 Kevin?”

“和聪明人说话就是省心。”朵朵笑了笑，“他约了我明天共进晚餐。”

“你有把握他能帮咱们吗? 这企业对企业担保出了问题可就要连带赔偿的。”

“咱们只贷五十万，我想他应该会帮这个忙。”

“那就看你的了。”白媚冲她眨了眨眼，莞尔一笑。

“喂，我怎么觉得你这个笑有些暧昧啊?”

“是你自己想到他就暧昧了吧? 话说 Kevin 这样的成功男士对女人还是蛮具杀伤力的。”

“你是在告诉我你受伤了?”朵朵拿眼斜瞟着她，眸中带有几分捉狭。

“我早已对爱麻木了，又怎会受伤呢? 我可提醒你，千万别告诉他咱们公司发生的这档子事。”

“当然。这我还拎不清么? 吃亏上当只怪自己无能。试想，有哪家公司会把一张大单交给一个无能的人去做啊? 我这里早想好了说辞，就说开业以来咱生意不错，打算贷点款扩大规模。”

“来，干杯!”白媚举起酒杯笑道，“我真佩服自己找了你来合伙。”

“这是夸我呢，还是夸你自己呢?”

“哈哈，都一样。咱们这次在绝望中奋发，人生必将辉煌。我就不信余旺财一个土包子能成功而咱们却不能，等发达了我要开着宝马上京，把所有北漂的同学都请到五星酒店海吃一顿，让那些狗东西看看我是如何靠着自己努力过上好日子的!”

“如果我是你会感激他，因为他的负心激励了你的斗志。”

“我呸，心灵的伤痕不是上下嘴皮轻轻一碰，说几句冠冕堂皇的大道理就能抚平的。我永远都不会原谅他!”一想到那家伙为了前程抛下自己，白媚就双目喷火。

“啧啧，这麻辣烫的味道真是超赞。”朵朵赶紧转移话题。

“我当初特地跟一个四川人学的，因为他爱吃四……”白媚猛地打住，有些无奈地吹了吹额前刘海，“不说他，提起他就冒火。咱们还是来谈谈公司产品今后如何定位吧！虽说越是高档的商品利润空间越大，可我琢磨着 Kevin 说得很对，他说金融危机下买一百元一条领带的人少了，但买一万元一条领带的人不会少。所以，我想房价跌后买房的应该都是中产阶级居多。”

“你是想改变营销策略?”

“嗯，毕竟公司刚起步，不能一口就想吃个大胖子，得一步一个脚印慢慢来，稳扎稳打，抓住房价下跌这个机会，改走中高档路线。”

朵朵若有所思地点了点头说：“顾客是企业生存发展的基础，市场竞争的实质就是争夺客户。我早就有这样的想法，只是你坚持一开始就要走高档路线，其实创业初期阶段如何能积累资金才是最重要的。要不今后我专跑中档楼盘，你跑高档的? 咱们在赚大钱的同时也不放过任何赚小钱的机会。”

“呵呵，一开始是我好高骛远了，一门心思想赚大钱，没学会走路就想着跑，我检讨。”

“写份深刻的检讨上交组织，要触及灵魂、深挖思想根源才行，否则不予通过。”

白媚没好气地白了她一眼：“你当初既然想到了为什么不说出你的想法呢?”

“谁让你业绩比我好呢，干咱们销售这一行的向来不是凭业绩说话么? 谁业绩好说话就响亮。”

俩人打趣一阵后，朵朵提议道：“你看咱们再建个网站搞网络营销如何? 像咱们这样的小企业应当充分利用低成本高效率的网络营销手段。在品牌推广阶段先以低价来吸引消费者，在计算成本基础上，减少利润而占有市场。品牌积累到一定阶段后，再来调整价格。”

“行，网上促销可以节省大量人力和财力支出，还可以避开资金不足、品牌弱势的弊端，面对大企业的挤压能够在节省开支的情况下不被打倒。白天咱们分头跑单，晚上可以在家继续办公。”

“嗯。从今天起咱们要生出一双隐形的翅膀，希望有朝一日能飞上蓝天自由翱翔。”

“一定会的。”白媚举起酒杯示意朵朵一口干了。

第四十八章　入乡随俗

“可我不反感。”
朵朵侧身挣脱了他的手，
有些蛮横地盯着他，
“你现在脚下踩着的是中国的土地，
我们中国人讲究的是熟人好办事，
你得学会入乡随俗。”

为了赴 Kevin 之约，第二天下午朵朵特意跑去美发店将一头卷发拉直，晚上她精心装扮了自己，一袭白色长裙配着柔顺如瀑布般的长发，使她看上去犹如夏日茉莉般，格外的清新怡人。

“嘿哟，今天怎么搞得跟个黄花大闺女似的?”朵朵欲出门时高老太太瞥了她一眼问道，“你那公司开张以来有没有效益啊?”

“一切都在朝着好的方向发展。”朵朵在鞋架上抽了双在脚踝处粘有小花的高跟皮鞋对她说，“妈，等公司赚钱了我就请一保姆回来专门侍候您。”

“哈哈，老子还有这个命呀!”高老太立时喜得眉开眼笑，“那我就等着那一天了。你是去和客户谈生意吧? 以后约客户要么早点要么晚点，别挑这快吃饭的时间，搞不好还得掏钱请人家吃饭，不合算。”

“放心吧，就算请客我也会把这笔钱加进单子里。”

“哦，那还差不多。”目送朵朵出门后，高老太扭头对郑老爷子说，“这朵儿硬是不显年龄，快三十的人了看去跟二十三四岁一般。”

郑老爷子没吭声，但脸上却露出了难得一见的笑容。

Kevin 看见朵朵时眼前一亮，如果说卷发身着改良版旗袍的朵朵是端庄妩媚的，那么直发一身白裙的朵朵则是飘逸梦幻的。Kevin 由衷地赞道：“林，今晚你看去真美!”

朵朵抿唇轻笑，她要的就是这效果，愉人心必先悦人眼，将欲取之必先予之嘛!

“去自助餐厅好吗?”坐在 Kevin 的黑色林肯里，朵朵扬手很随意地将头发捋至耳后，白皙的脖子在车灯映照下如玉般光洁。她望着 Kevin 浅笑，眼波宁静，举手投足无不透着优雅。

“没问题。”Kevin 晃了晃脑袋，冲她挤了挤眼，油门一踩，黑色林肯缓缓向前驶去……

自助餐厅食物多样化，朵朵和 Kevin 拿着碟子挨个挑选着自己爱吃的点心，正经用餐朵朵觉得还是这儿比较好。西餐厅在她看来更多的是吃气氛，她对西餐并不感冒。

“嗨，师姐。”冷不丁有人拍了她一掌。朵朵回眸，见王雪雁这丫头俏生生地立在她身后。一件明黄色的宽松休闲衫搭配紧身短裙，头发高高梳起在右侧斜斜挽了个髻，看上去青春逼人。

“雪雁呀，好久不见。你一个人吗?”朵朵微微一笑。

“和几个死党一起来的，她们在那边。”王雪雁兴奋地朝朋友就坐的方向指了指，“师姐，你现在在哪儿高就呢? 我可真想你。”说完不停打量着站在朵朵身边的 Kevin，眸中有着毫不掩饰的好奇之心。

“我也想你，看见你真高兴，这是我朋友 Kevin。”朵朵借着 Kevin 转移了话题。

“你好!”Kevin 冲王雪雁礼貌地点了点头。

“啊，你好!”打过招呼寒喧了几句后，王雪雁将朵朵拉到一边挤眉弄眼地悄声问道：“师姐，你发达了，什么时候傍上了这么个英俊的老外啊?”

“别胡说，只是普通朋友而已。”朵朵用胳膊肘儿轻轻撞了撞她。

普通朋友? 切，鬼才信! 王雪雁在心里翻着白眼。

从自助餐厅出来，朵朵提议去大梅沙看看海上的夜景，Kevin 欣然同意了。

大海气象万千，即便在夜里也有着让人惊心动魄的美!

朵朵和 Kevin 站在沙滩上向远处望去，只见海水和夜空合为一体，分不清是水还是天。正所谓“雾锁山头山锁雾，天连水尾水连天。”远处的海水，在薄纱一样透明的月光映照下，像片片鱼鳞铺在水面，粼粼晃动，美不胜收。

“你喜欢看海?”Kevin 扭头问朵朵。

“是的。这儿没有城市的狭窄、拥挤与嘈杂。大海似乎凝聚着一种无法言说的神秘生命力，给人一种超越自然的深刻。”清爽潮湿的海风轻轻扬起她的长发和裙角，她静静站在沙滩上，眼神专注地望着远处，看上去美得仿似一幅工笔画。

Kevin 情不自禁地拥她入怀……

海水轻轻地抚摸着细软的沙滩，发出温柔的“刷刷”声，在 Kevin 强势而又缠绵的热吻中朵朵大脑一片空白，只剩茫茫海水在翻滚起伏……

潮来了，汹涌的潮水，后浪推前浪，一排排白花花的潮水簇拥着冲过来，声似雷霆万钧，势如万马奔腾。大海刹时间变成了无边无际的战场，海风吹着尖厉的“号角”，海浪似乎是千百个英勇的战士，向海岸猛烈地进攻着，发出隆隆呼喊。

一排排浪撞在岸上，溅起一片片浪花，朵朵从陶醉中惊醒，她慌乱地推开Kevin。

月光下，他俩并肩踏着软绵绵的沙滩慢慢向前走着，晚来的海风，清新而又凉爽。朵朵偷偷瞟了眼Kevin，原本她打算今晚小小地色诱一下他，然后再软语求他相助。可这会儿朵朵有些闹不明白方才她和Kevin之间到底是谁诱惑了谁?

想起今晚的目的，她暗吸一口气，默默打好腹稿后轻声对Kevin说："那个……我和阿媚打算扩大公司规模。"没想到话一出口竟有些结巴，朵朵暗自懊恼。

"你不觉得在这美丽的夜色下谈工作上的事有负良辰美景吗?"Kevin停下脚步，嘴角噙着一抹特温柔的笑。

"呃……可是……"

"嘘——"Kevin将食指贴在唇上做了个禁声的手势，然后轻轻托起她的下巴说，"别可是了，看着我。"

一对上他那双迷人的蓝眼睛，朵朵就有些意乱情迷，强制稳住神，她拂下Kevin的手轻声道："我有事要跟你说。"

"什么事?"Kevin深情地看着她。

"请你替我们公司做保向银行贷款。"

Kevin眼神有几分黯淡下来，见朵朵充满期待地望着他，Kevin微皱着眉头道："我很不喜欢在私人时间谈论公事，也不习惯这种做法。"

"可我喜欢。"朵朵悻悻然转过身咬着下唇暗自气恼不已，唇上还留有这家伙的气息，可他却翻脸不认人，白白让他占了便宜，果然鬼子就是鬼子，不通情理。

风吹着她衣裳领口往后狂飚，露出了迷人的锁骨，在海风肆虐下看去竟有着说不出的无助。Kevin心里柔软地一动，他上前轻轻扶着朵朵双肩说："Sorry，林，我很想帮你，但我真的很反感把私人感情牵扯到公事上。"

"可我不反感。"朵朵侧身挣脱了他的手，有些蛮横地盯着他说，"你现在脚下踩着的是中国的土地，我们中国人讲究的是熟人好办事，你得学会入乡随俗。"

几句话噎得Kevin张口结舌，俩人无言对峙了片刻，朵朵眸光渐渐柔和下来，她轻轻摇着Kevin手臂软语道："帮我，好吗?"

"OK!"Kevin暂时败下阵来，"既然要我担保，那我总该先了解我要担保的这家公司开业以来的经营状况及往后的发展前景才能决定吧?"

"谢谢你，Kevin。"朵朵喜不自禁地踮起脚尖在他脸上吻了一下。

“NO，我想你误会了。我只是说先了解一下，能不能做这个担保现在我还不能答复你。”

“放心，如果没有能力偿还这笔贷款我也不会找你担保，当你是朋友才找你帮忙呢，明天我和阿媚整理一下公司开业以来的销售单据再交给你过目。”

“噢，好吧，就这么办。”Kevin无奈地耸了耸肩。

虽说他尚未完全答应，但朵朵早已盘算好了，她打算明天让白媚再去找他，俩人轮番上阵就不信拿不下Kevin。有时某件事的成功往往只需再有一点点外力推动即可达成，就好比童话故事“拔萝卜”，最后加上小老鼠的力气萝卜就能拔出来。何况白媚和Kevin的交情也很深，由她再出面求助，应当会马到成功吧！

月光下，朵朵巧笑嫣然地望着Kevin，漆黑的眸中闪着一丝慧黠……

第四十九章　迎来转机

怎么回事?

不是说金融危机正一步一步继续在向实体经济蔓延肆虐吗，

怎么一下就春回大地了?

这边金融危机蔓延下的逼人寒气还没过去，

那边就在上演“日光盘”辈出的楼市热销。

不仅置业者雾里看花，

很多业内人士也跌破眼镜，

只得连声感叹：

楼市万花筒，叫人看不懂。

明明是寒气未消，转眼就热浪腾起；

刚刚还呵气成冰，

屁股没有掉过来就鸟语花香了。

Kevin要视经营状况来决定是否为雅阁做担保，朵朵和白媚只得在账目和销售单据上做了一番手脚。侥幸应付过Kevin，她俩终于如愿以偿拿到了贷款。

有钱就好办事，设备和型材到位后雅阁又开始了运转。债务大，压力跟着大，她俩开始玩命似的跑起了单。工厂里，王、郑二位师傅也在挥汗如雨地赶制着门窗，而深圳的房产业还真被Kevin给说对了。他曾说房价继续大幅下降和成交量大幅下挫的局面将不大可能出现，房地产市场将面临良好的发展机遇。

果然如他所言，房价在这几天突然就开始一千一千地慢慢回升，深圳楼市就像金融危机的冬天下逆市绽放的梅花，广大持币观望的置业者几乎跌破了眼镜。

怎么回事？不是说金融危机正一步一步继续在向实体经济蔓延肆虐吗，怎么一下就春回大地了？这边金融危机蔓延下的逼人寒气还没过去，那边就在上演“日光盘”辈出的楼市热销。不仅置业者雾里看花，很多业内人士也跌破眼镜，只得连声感叹：楼市万花筒，叫人看不懂。明明是寒气未消，转眼就热浪腾起；刚刚还呵气成冰，屁股没有掉过来就鸟语花香了。

深圳楼市变脸，也忒快了吧？

这个问号写在这个城市的面孔上，也写在所有与地产冷暖相依、休戚与共的人们心上。

不买吧，人家动辄就是“日光盘”，“一夜售罄”的火爆故事连连上演，耳边时闻“声声涨”，说心里不慌那是哄鬼的话。持币观望的置业者再也坐不住了，唯恐房价飚升，纷纷开始掏钱购买房屋。

萧条中的楼市陡然升温给这个春天增添了几分喜气，也让朵朵和白媚浑身充满了干劲。

这天下午朵朵在一刚入伙不久的中档楼盘里转悠，如何快速准确判断一所小区里有哪几户人家在进行装修，只需锁定电钻声传出的方位即可。

她站在G栋楼下，竖起耳朵眯眼往上瞧了瞧，确定“轰隆隆”的电钻声传自十七楼后，她抬脚进了这栋单元楼。迎面走来一提着公文包、行色匆匆的男子，擦肩而过时那人突停下脚，转身叫道：“林小姐。”

朵朵闻言扭头面带诧异地打量着他，这人生得膀大腰圆，白衬衫上打着一根艳俗的红领带，浑身上下无处不彰显着暴发户似的意气风发。

“请问你是……”朵朵觉得此人似有几分眼熟，一时却又想不起在哪里见过。

“哈哈，林小姐真是贵人多忘事啊！”他毫不介意朵朵忆不起自己是谁？两手上下比划着，咧嘴笑道：“荔香园、吊门窗。”

“哦……是你呀，我说怎么看着眼熟呢？”原来这人是去年年前在荔香园吊门窗的游击队长，朵朵记起他当时给自己名片时曾说过会带着手下那帮队员转正。心里一动，不由问道：“看你春风满面的，是在这座小区里接下大单了吧？”

“哈哈，这是我现在的名片。”他从包里掏出一盒名片抽了一张递给她。

“金木装修公司？”朵朵扫了一眼，晃着那张金灿灿的名片说，“你现在发达了，有了自己的公司，连名片都是烫金的呢！”

“没办法，这名片就好比公司的脸面，不做讲究点不行。”

朵朵心内暗笑，现在有几人用这样的名片呀？可嘴上却道：“那是，名片是得讲究点。”瞄了瞄名片上“陆正中”仨字，她抬头冲他莞尔一笑：“陆总发了财可要照顾一下我哟！”

“哈哈，借你吉言。只是公司刚起步不久，还谈不上什么发财，能保住不赔钱就烧高香了。我们目前在这小区接了三个单，门窗都一并包下了，不过都是些抠门的主，用不起你们公司的产品。”

朵朵微微一笑，从挎包里拿出自己的名片双手递给他道：“我和同事合伙办了间公司，主要生产中高档的铝合金门窗，还请陆总多多关照。”

“哦，那我得改叫你林总了？哈哈，往后咱两家在生意上得互相关照才是。”

“什么呀，你手下管着好几十号人，你才是正宗的老总。我呢，目前差不多是光杆司令，单都得自己亲自来跑，哪里称得上什么老总啊？你就直呼我小林吧。相请不如偶遇，不知陆总是否有时间，要不咱找一茶楼坐下好好聊会儿？”

“这时间嘛，就像女……嘿嘿……挤挤总是有的。”陆正中挠了挠头，他本想说时间就像女人的乳沟挤挤总是有的。话说一半，突然想起在朵朵这样的年轻女人面前说乳沟不太合适，才将那两字憋回肚里。

朵朵和陆正中从小区出来就近找了家茶楼，选了一幽静的位置，要了两杯茶和几碟小点心。东拉西扯一阵，朵朵开始切入正题：“陆总，咱两家都是刚起步的公司，怎么也得互相帮衬着才是。这一回生，二回熟，从今往后就是朋友了，你那三个单的门窗可得先考虑我们雅阁哦！”

“好说好说，有钱嘛，大家一起赚。”陆正中呷了一口茶，拍着胸脯滔滔不绝地说，“你要和我打交道久了就知道我陆正中绝对是个爽快人，虽说房价上涨导致购房者逐渐增多，但这些人购房后兜里就没落下几个钱了，所以拼命在装修款上一压再压。不瞒你说，我接的这些单都是人家大公司不愿也不屑于接的，但咱们没办法不接呀？咱这刚成立的公司资金不足，哪怕绳头小利的单也得先做着。不怕你见笑，有时一张单我自己一分钱都赚不到，赚的钱仅够开手下人的工资。可就这样的单我还得接，因为不接我就得从自己口袋里掏钱白白给他们开工资。”

朵朵知道这家伙大费唇舌的目的不外乎是想压价，如今的她可不是从前那只菜鸟。她慢悠悠地品着茶，听凭陆正中在那儿诉苦，只是偶尔点头微笑一下，表示附和。

她这里笑得无风无浪、波澜不惊，陆正中便拿不准她心里打的什么主意。待他不说了，朵朵才缓缓开口：“越是利润小的单，业主就越斤斤计较，因为一套房购下来再加上装修和买建材的钱，对中产阶段来说就是一笔不菲的费用。他们只得把钱掐紧一点，能省一分是一分。而我们这些刚起步的公司没有资本跟大公司一样挑肥拣瘦，哪怕只有一点微薄的利润也得接，但没有利润的单我是无论如何也不会做的。”

“那是，那是，嘿嘿。”陆正中讪讪地干笑了两声。

“陆总也知道，我原来就职的那家公司专生产高档门窗，我认识的业主大多都是有钱的主，这生意场上讲究的是礼尚往来，互利互惠，没准哪天我就能介绍一个大客户给你呢。再说了，我那现在虽然还只是一家小公司，但我的师傅都是从原来就职的那家公司高薪挖过来的，他们制作门窗的技术那叫一个资深，活干得漂亮对贵公司也有益不是？业主满意了，一传十，十传百，你以后的生意就跟滚雪球似的源源不断。”

她这话有些分量，陆正中在心里暗暗掂量着，上次荔香园一别，谁能想到今天又在这碰上她呢？世事难料，先不说她日后是否一定能为自己介绍大客户，生意场上多个朋友就多条道。

想罢，他哈哈笑道：“林小姐看来也是个爽快人，那咱们就打开天窗说亮话。现在的业主一个个鬼精鬼精，东西要好的，钱却不多给。我是真心实意想结交林小姐这朋友，以后咱们常来常往嘛，所以这次三张单门窗这一块，我陆某一分钱不赚，权当人情送给你。推拉门业主要求 1.6 厚的料，每平米 46 元，早两天有几家门窗公司的业务员提出每平米42元成交，我都愣没答应。”

朵朵轻轻勾了勾唇，伸出一只手，沉声道：“每平米50元。”

“你这就没意思了，业主给的就是每平米46元，你总不能让我从自己的装修款中拨钱出来给你补这差价吧?”

“看来陆总并不真心交我这朋友呀！那咱们也就没必要再浪费彼此的时间了。祝贵公司生意兴隆！财源广进！”朵朵挥手召来服务生，欲埋单走人。

“哎……林小姐，哪有让女士掏钱的道理?”陆正中赶紧拉开皮包拉链抽了一百元给了服务生，然后对朵朵说，“48，为了证明我是实心实意想交林小姐这朋友，我从自己装修款中拨点钱出来，怎么样，我是够意思了吧?”

“既然如此，我也退一步，49。”

“这……这这……”陆正中瞪了瞪她，跺脚道：“哎呀，我就人情送到底，49就49。这次我可是亏了本和林小姐做生意，日后林小姐手上有装修单可千万别忘了我陆某人。”

“那是一定的，我还指着和陆总长期合作呢。这49元每平米也就是为了交你这朋友，你去市场上打听打听，1.6的料每平米低于50元有谁会接? 咱明人不说暗话，那42元的人家能给你1.6厚的料么? 以次充好让业主发现，你以后在这行可就混不开了。咱钱要赚，可品质也得给人家保证，这做生意最要紧的就是信誉二字。”

“对对，信誉，信誉，这可是生意人的根本。”陆正中忙点头道。

“那咱们现在就把合同签了吧?”朵朵从包里拿出销售单据、合同及一个微型计算器摆在玻璃桌上。

“行，你明天就派师傅上门量尺寸，一星期后安装行吗? 我那等着贴瓷片。”

“哟，这恐怕不行，我们租的那间厂房的房东有一批门窗正在赶制。师傅们现在量尺寸都抽不开身，待会儿我还得亲自去量。”

“帮帮忙吧，要不让师傅先把门框做好送来安上，我这就好贴瓷片。这瓷片不贴我后面的活都得停下，工人一天不做事我还得侍候他们吃喝拉撒。”

“先安门框也行，只是我到时还得叫车再来装门扇，这单我本来就没赚你几个钱，这一来二去的车费和人工费你可得另出才行。”

“这……那你就赶紧叫工人给我先做吧，争取一星期行不?”

“我尽量，但不能说死，合同上咱还是按章程办事，我给你写上10天后交货，争取一星期。”

“行，你放在心上就是，帮我多催催。”

填好销售单，朵朵拿起计算器算了算说：“你先交一万二的订金。”

陆正中打开包，掏出一叠钱数了数搁桌上说："记得帮我催着点，最好一星期后就来安装。"

朵朵抬头对他笑了笑："放心，我会尽量替你安排。"

眼前这个一脸沉稳、办事利落的林朵朵，与陆正中在荔香园初次见到时判若两人。他在心内暗自嘀咕："这娘儿们还真是士别三日，当刮目相看啊!"

第五十章　王牌销售

“想吃销售这碗饭，
不光要有坚强的毅力和顽强的斗志，
更要具备敏锐的眼光和灵活的头脑，
还必须善于观察，然后抓住细节，
从细节寻找突破口撕开客户的心理防线。”

让陆正中没想到的是朵朵很快就给他介绍了一宗大买卖，一套高级别墅的装修，喜得他心花怒放。这别墅是白媚一个业主买下的，门窗这块定给了白媚并托她联系一家信誉好的装修公司。朵朵知道后就力荐了陆正中，她觉得陆正中脑子还是蛮活泛的，和他搞好关系有利于长期合作。

但白媚可不是省油的灯，她估摸着朵朵接的这三张单的业主给陆正中的价每平米绝不会低于 55 元，得让他把差价吐出来才行。朵朵说这好办，有了这装修单做诱饵不怕他不吐。

陆正中是个精明的家伙，他当然不会为了芝麻舍弃西瓜。在白媚领着他和业主见过面初步洽谈了签订合同等事议后，他就主动补上了差价，并许诺会在他所结识的业主中大力推广宣传雅阁门窗，两家建立友好联盟，携手并进。

随着房价慢慢回升，房屋成交量逐渐增大，朵朵手上的订单也相应地越来越多。而此时，白媚手中庞大的业主资源也开始陆续发挥作用，一个月后她俩算了算账，除去所有开销净赚七千元，初战告捷，俩人乐得眉飞色舞。

“咱们选择在金融危机下做建材还真压对了宝，房价又跟以前似的飞涨，购房者一天比一天多，买房的多了，门窗需求量自然也就猛增。”朵朵说着合上账本道，“哎，我说咱请个办公室小妹行不? 让她白天驻守公司，打点网站上的生意怎么样?”

“行，这事就交给你去办，请个人来咱们也不用再把座机电话转接到手机上了。”白媚爽快地点了点头。

“最主要咱们有了一个兵，不再是光杆司令。这小兵得看咱俩脸色行事，咱也好真正过把 Boss 瘾。”

“啧啧，没想到你朵朵是这么肤浅虚荣的一个人。”白媚笑盈盈地瞟了她一眼。

“才知道，我就肤浅就虚荣，并将持续肤浅虚荣下去。”朵朵昂起头，冲白媚摆出一副扬扬自得的欠扁相。

星期六上午朵朵去人才市场招聘，在公车上邂逅王雪雁。她一身装扮已提前进入火热的夏天，小吊带、短裙外加露趾高跟皮凉鞋。见了朵朵一口一个师姐亲热地叫着，她问朵朵去哪儿，朵朵随口说去女人世界逛逛。不曾想王雪雁说她也要去那，正好搭伴一同前往。

她跟块橡皮糖似的黏着朵朵，被她缠得实在没辙了，朵朵只得告诉她自己和白媚合伙办了家公司，现在要去人才市场招聘文员。王雪雁听了先是惊讶得不行，她怎么也没想到这俩人一前一后辞职出来居然另立了山头。眼珠转了转，她随即在心里迅速盘算开了，如果加入雅阁先从文员做起再找机会转入销售，不怕得不到她俩的悉心传授，这销售做好了一月下来钞票可是很可观的。

想罢，王雪雁将包往肩上一甩，伸手拽着朵朵胳膊，语气略带了点撒娇的韵味道：“师姐，你看我去你们公司做文员行么?”

“你不是说真的吧? 放着大公司的前台不做跑来我们这小公司任文员?”朵朵微感诧异。

“切，一个小前台谁稀罕。小公司发展空间大，而大公司已形成一定规模，新人很难混出头的。”王雪雁微嘟起嘴，轻轻摇着她肩膀道，“师姐，你就让我来你们公司吧，对你和阿媚姐的能力我是百分百信服，我相信雅阁一定会声名鹊起、名声大振的，好不好嘛?”

朵朵略沉吟了一下，说：“你愿来我欢迎，只是薪水目前不会太高哦!”

“没关系，等发达了师姐还会亏待我不成? 再说了，日后我怎么也算得上开国功臣吧? 嘻嘻，看着公司一天天壮大很有成就感啊。”

“那行，你什么时候能过来正式报到?”

“星期一我就递交辞呈，一个小前台还不是立马就批的事，周二就过来怎么样?”

“行，那就这么说定了。”

朵朵先前不愿将开公司一事告诉王雪雁，是怕她在早禾传得人尽皆和，因为朵朵不希望岳明飞这么快就知晓。后想了想，为了假日海滩这单，雅阁与早禾迟早会短兵相接，和岳明飞的较量在所难免，早晚他都得知道。而且王雪雁这丫头好歹做过一阵子销售，对铝合金这块也较熟，既然她愿来倒比请个什么都不懂的新人要强点。

白媚知道此事后也没什么异议，只淡淡说了几句：“据我所知，这小妮子不太藏得住话，你有嘱咐她暂不要在早禾说咱们开公司的事么?”

“我有跟她提过，不过她即使说了也没什么，早晚还不得知道呀。这王雪雁一来，咱雅阁带王、郑两位师傅一起全都是从早禾出来的，余旺财要知道了还不得气坏呀?”

“管他呢，我挺瞧不起他那人的。他的成功不过是拣对了时机，再加上祖坟冒了点青烟。实则余旺财骨子里还是有着根深蒂固的小农思想，这严重阻碍了他的拓展眼光；否则早禾的经销商早就遍布全国各地了。”

“我也觉得他这点有些不可思议，为什么他不愿将公司产品给人代理呢?”

“为什么? 切——”白媚不屑地道，“正雄门窗，早禾的商业死对头知道吧?正雄老总原是早禾的副总，最初和余旺财一起打拼天下的，早禾能有现在的成就他功不可没。后来公司做大了，想代理早禾产品的经销商越来越多，可余旺财死活不同意，他一怒之下辞职与人另创了正雄公司。”

“哦，还有这回事啊！我怎么不知道正雄老总原是早禾的副总? 以前在公司也从没听人提起过?”

“我是刚进公司那年听说的，正雄迅速发展起来成为早禾最有力的对头后，余旺财就不许任何人在公司再提及此事，你们后面进来的员工当然就无从所知了。据说正雄老总当年离开早禾时曾拍着桌子对余旺财说：‘你现在虽然从头到脚都用名牌包装着，可你的灵魂仍穿着破草鞋在山疙瘩里转悠，你的眼睛只看到山里那点土地，看不到群山外的广阔天空。’”

“你说他为什么不愿把产品给别人代理呢?”朵朵觉得余旺财这点实在让人费解。

白媚扯了扯嘴角说：“这鬼才知道。以前销售部有个职员说：‘余旺财就像市场上独家卖大米的，大家都趋之若鹜争着抢着购他的大米，而他则得意扬扬地站在上帝的角度居高临下俯视着众人。若有商家想经销他的大米，他是无论如何也不会答应的，因为他不能容忍市面上有人和他一起卖着白花花的大米，他的眼睛只看到你和他卖同一商品了，而看不到落到口袋里的银子。’”

朵朵摇头叹息道：“哎，世上真是什么样的人都有，若是我宁可把米一下卖给经销商自己跑去一边数钱。不过总的来说，我还是觉得早禾是家不错的公司。好公司与坏公司的区别在于：坏公司你即使待在里面也觉得它不好，而好公司即便把你炒掉了，你心里仍然觉得它好。如果不是有机会自己创业，我倒真想长久待在早禾。”

白媚皱了皱眉头说：“那倒也是，虽说每周五的例行大会把我雷得外焦里嫩，但早禾的福利待遇和办公环境都还过得去。”

“你还怕开大会? 我刚进早禾时看你们一个个泰然自若的，还以为你们全都练成了金刚不坏之身呢?"

"屁。不过是看在钱的份上强制忍耐，暂时麻木了而已。好在咱们出来了，从此不用再遭那份罪了。努力拼搏几年，咱一定要把雅阁这块牌子做大、做火。"

"说得好。现在铝合金市场上早禾和正雄是这一行的龙头老大，咱们得向这两家公司看齐，有目标才有奋斗的动力，争取尽早赶上他们，形成三国鼎立之势。"

朵朵眼神在这一刻突现锐利之色，白媚看了看她笑道："我就知道没看错你，现在不光是早禾和正雄，还有很多家公司都把 Kevin 他们那单列入了 2009 年的重大计划中。这商场上的厮杀历来残酷无比，不是你死就是我活，咱们若抢……"说到这白媚顿了顿，稍停片刻才说道："咱们若侥幸拿下这单，岳明飞在早禾的日子可就有些不好过了。"

"怎么你还担心他?"

"他不过是替人打工卖命，我担心他做什么? 只不过我是他手把手带入行的，辞职时他再三挽留，当时我没告诉他辞职的真正原因，怕以后见了面会尴尬。"

"怕什么，我看你就跟铜墙铁壁似的连水都泼不进去，你不是惯于装疯卖傻把所有想法都隐藏在天使般的笑容下么? 还怕什么尴尬?"朵朵眼含讥诮地打趣道。

"去你的。我那不叫装疯卖傻，是为人处世圆滑。身在职场，人人都得学会这招，否则很容易得罪人。"

"你难道还怕得罪人?"朵朵指着自己的鼻子笑道，"我进早禾开第一次大会时你睁着两眼说瞎话，那时怎么不怕得罪我呀?"

"那不同嘛，两害相较取其轻，我总不能为一个试用期的新人去挨上司一顿批吧? 搁你身上也不会。"白媚嬉笑道，"好了，咱不说过去那些个不愉快的事，待会儿我请你吃中饭算补过总行了吧?"

"谁跟你计较过去的事了，不过是说说而已。"朵朵冲她挤了挤眼，用小勺轻轻搅拌着手里的咖啡说，"没想到你是岳明飞带出来的，名师出高徒呀，我也得到过他的指点，想到不久后要和他正面冲突心里还真不是滋味呢。"

"呵，我说呢，怎么你能躲过裁员风波? 原来是他在背后保啊。不过你可真敢找，不说请教同事跑去找经理，这弄不好一个不留神就会被上司打上不团结同事、没有团队精神的烙印。"

"请教同事?"朵朵翻了翻眼说，"我在你那还没少受气呀? 当时我工作屡屡出错，再不找人取取经，饭碗就要被砸了，横竖是个死，不如背水一战，成了是天不灭我，败了大不了提前滚蛋。"

"哈哈，想吃销售这碗饭，不光要有坚强的毅力和顽强的斗志，更要具备敏锐的眼光和灵活的头脑，没有人一上来就积极热情地主动倾囊相授于你的。想得到别人指点或拿下单子，你就必须善于观察，然后抓住细节，从细节寻找突破口撕开别人的心理防线。”白媚说着拍了拍她肩膀笑道，“现在咱们是同一条船上的人，凡我知道的都毫无保留教给了你，在我的栽培下你定会成为一名王牌销售员。”

“我不光要自己成为王牌销售员，今后还要让咱公司所有销售人员都成为精英，绝不搞余旺财那套一带一的模式。有时真是难以理解，为什么他做的一些事都有悖常理，可早禾偏偏还那么强大呢?”

“做生意多多少少还是讲究点个人财运，而且事物没有绝对性，有些看似不合理的事背后往往隐藏着深奥的玄机。就说销售吧，或许只有早禾是例外，别的公司都会安排专业人士来个统一培训，可人是很奇怪的动物，有人教时你往往不会用心去学，反而认为新人理所当然应该得到企业的培训。可若没人教时，一切都要靠你自己去努力拼搏，你就会产生危机感，就会千方百计削尖脑袋去钻。就说你吧，我没教你，难道你就一直对销售一窍不通么? 难道早禾因为不搞新人培训，销售部就成了空军吗? 不但没有，最后留下的往往还都是精英骨干，所以这或许就是早禾为什么能强大的原因吧!”

“我说不过你，好像你说的话都总是有些道理，余旺财能做到一个呼风唤雨的老总肯定还是有他独到的地方。”

“咱们要学会发扬光大别人的长处，再改进弥补别人的不足，事业才能蒸蒸日上！一个公司的亏损赢利关键就在于销售部门是否强悍，咱们若打败早禾拿下Kevin这单，岳明飞就该头大了。余旺财那一通怒骂先不说，各部门头头的落井下石就足够他喝一壶了。这职场中水深着呢，平时面子上大家都和和气气、称兄道弟的，可私下谁都认为销售部里油水重，一个个眼瞪得血红，逮着机会不好好踩他才怪呢!”

“那也是没办法的事，人在商场身不由己，不打倒他，他就会反过来吃掉我们。不说这些了，那单拿不拿得下尚未可知，咱们还是赶紧先去跑单才是正经。每个周一和每月一号我都希望能接到单，得个好彩头。”

朵朵整理好办公桌上的文件，拿起包欲招呼白媚一起下楼，突然手机响了，掏出一看，她冲白媚叫道：“呀，是岳明飞。”

第五十一章　养虎为患

岳明飞眉头拧成了结，

开着黑色林肯的老外是 Kevin 吗？

默默想了会儿，他眼神一亮。

是，是 Kevin 没错。

岳明飞忆起朵朵曾告诉他说自己接触到了一个大的工程单，

原来那时她嘴里说的就是 Kevin 这单。

王雪雁拿着纸箱在前台收拾自己的物件，早上一来她就递交了辞呈。一平时和她处得很熟的男职员走过来，单手撑在台面上打趣道："雪雁，看你印堂发黑，是挤进世界前五百强的外资大企业了吧?"

"我呸，你才印堂发黑。你不光印堂发黑还山根泛青，一副要倒大霉的相。"王雪雁说着扬起右手甩了个漂亮的响指，"老娘我要去做明星了，这小前台谁爱做谁做。"

"嘿，越是漂亮小女生说话越雷死人。这做明星可是要懂得潜规则，要不今晚上我那儿，哥哥免费贡献身上所有的硬件设备，让你先实习实习潜规则如何?"

"滚。"王雪雁斜眸用目光狠狠秒杀了他一下。

"美女就是美女，就连瞟个眼都这么勾人。得，我先忙着去，今晚我家大门随时为你敞开。"

"回来，劳驾帮我把这些扔到碎纸机里去。"

那男职员回头瞅了瞅她摞在台面上的一堆纸片，咧嘴笑道："你让我滚我就滚，现在你想让我回来，对不起，我已滚远了。哈哈——"

王雪雁低头自顾整理着桌面，眼皮都没抬一下，脸上神情摆明了他会滚回来。

"嗨，我说你到底去哪高就啊?"那小子果然死回来了，右胳膊枕在那堆废弃的纸片上斜倚着吧台，吊着双眉问雪雁，"事前从没听你说过要辞职，怎么这会儿说辞就给辞了?"

"天机不可泄露!"王雪雁摇摇摆摆地哼起了歌。

"这有什么好保密的? 难道对我也不能说? 你可真不地道。"

王雪雁越不说，他就越想知道，经不住他三问两问王雪雁就告诉了他。知道白媚和朵朵合伙开了公司，他带着羡慕的口吻说："白媚可是岳明飞的爱将，销售部的中流砥柱，现在居然自己开公司办厂了，厉害！那个林朵朵不知工作能力怎样，但人长得倒不错。”

“你可别小瞧她，上次我在自助餐厅遇见她和一老外在一块儿，他们走的时候我特意跟出去看了看，好家伙，那老外开着辆黑色林肯，不光多金，人还帅得掉渣。为什么这样的人没让我傍上呢?”王雪雁发了会儿花痴又对他说：“我看人的眼光一流的准，我看她的能力和白媚有得一拼，跟着她俩干革命，我有理由相信我的未来不是梦。”

王雪雁在这和他说得绘声绘色，却没留意岳明飞在后面将她说的话一字不漏悉数听了去。

回到办公室，岳明飞心情异常复杂，手下职员转眼成了创业者，而他还在原地踏步。在感到落寞的同时，岳明飞心里又升起一团火，白媚走时他曾代表早禾再三挽留，还替她丢掉一份待遇不错的工作婉惜来着，没想到白媚一声不响和朵朵联手创起了业，这多多少少让他觉得自己受到了愚弄。

而那个林朵朵……

岳明飞眉头拧成了结，开着黑色林肯的老外是Kevin吗?默默想了会儿，他眼神一亮。是，是Kevin没错。岳明飞忆起朵朵曾告诉他说自己接触到了一个大的工程单，原来那时她嘴里说的就是Kevin这单。

创业阶段一般来说是一个企业人心最齐、最团结的时期，但一个没形成规模的小公司要想和早禾抗衡无异于以卵击石。可如果林朵朵和Kevin真是恋人……那么加上这层关系，假日海滩这单她们对早禾就构成了威胁。

这个林朵朵，岳明飞皱了皱眉，他此时暗自懊恼没早在她工作上屡次出错时将其踢出早禾，对自己曾悉心指点过朵朵更感窝火。他原以为自己调任北京分公司任职一事彻底泡了汤，可早几天余旺财从北京回来后把他叫去了办公室，亲昵地拍着他肩膀说：“分公司那边的经营状况目前不太理想，看来有必要加强领导班子，你先在这边好好干，五月底一定要把迅达房产那单给我拿下。”

余旺财这番话意在告诉他办好了这事你就可以高升了，办不好则难说。房产业近来虽说很火，但都是中档型楼盘和二手房，年后早禾的效益平平，所以假日海滩这单对早禾来说很重要。

原本岳明飞认为在这单上早禾最大的劲敌就是正雄公司，没想到半路杀出雅阁这匹“黑马”。他脑子里浮现出朵朵初次跑到他办公室来请教他的情景，不觉微微眯起了眼，这女人干起事来有股不达目的不罢休的势头，尤其她向你请求帮助时，那眸中闪烁出的光芒令人很难抗拒。

不可否认，这漂亮女人就是占有优势啊！当初指点她时，岳明飞怎么也没想到会养虎为患，这下可真是搬起石头砸了自己的脚，这林朵朵很有可能成为自己调任北京的挡路虎。

想到这儿，岳明飞翻出朵朵电话号码拨了过去。朵朵看到是他打来的电话心里有些不安，白媚扔给她一个镇定的眼神："没事，咱们已不是他手下的兵，他怎么问，你就怎么回答，该说什么就说什么。"

朵朵按下接听键："岳经理，您好！"

操！岳明飞暗暗咒骂一声。朵朵以前都是叫他经理，现在却在称呼前冠上了姓，无形中就将她自己与他摆在了同一位置上。岳明飞听了极不爽，嗓子眼似乎痒得难受，他一时还有些难以接受曾经的下属用这种口气和他说话。

岳明飞扯了扯领带，眸中怒火还没隐去脸上就已挂上了笑容，"林朵朵啊，我没什么事，只是听说你和白媚合伙开了公司，特地打个电话道声贺，祝财源广进！生意兴隆！哈哈！"

"借您吉言，谢谢！也祝您步步高升！"

俩人不咸不淡又聊了几句没什么油盐的话才收线，白媚似笑非笑地对朵朵说："他不打给我却打给你，他这什么意思呀？"

"什么意思你还不清楚？敲山震虎呗。"

白媚闭上眼用鼻子轻轻吸了口气："我似乎嗅到空气中隐隐弥漫的硝烟味了。"

"该来的躲不掉，走吧。"

拎上包从公司出来，等电梯时朵朵偏头问白媚："当初离开早禾时他再三挽留你，你为什么不告诉他实话啊？他现在肯定对你有看法了。"

"那会儿我还不知道公司能不能办得成呢，我可不想让人看了笑话，我得给自己留条后路，万一办不成还可以回去不是。"

"没听过好马不吃回头草这话吗？"

"这话通常泛指男同胞。"

朵朵笑着揶揄道："你的意思是男人是马、女人是草？我可不想做株草，要做你自己做去，我看你就做根毛茸茸的狗尾巴草好了。"

"你才狗尾巴草，你全家都是。"白媚冲她翻了翻眼，尔后又道："不过草也没什么不好，生命力旺盛，绿油油的，充满生机和希望。比花强，花开得太过短暂。"

"花开得是很短暂，但能留下瞬间永恒的美丽。而且在来年春风吹拂下会开得更加灿烂。"

"那你就做朵喇叭花，做死的灿烂去吧！"

俩人说说笑笑从电梯出来，表面看似轻松，可心里都明白，岳明飞刚才那通电话，已经点燃了雅阁和早禾在假日海滩这张肥单上的战火……

第五十二章　唇枪舌战

岳明飞这话有些讲究，
明里是夸朵朵，
可细细一品，别有深意。
他摸爬滚打好几年才混上个部门经理，
而你林朵朵凭什么这么快就有了自己的公司？
他在暗讽朵朵靠的是美色。

朵朵和白媚背着包奔波在各大楼盘里，由于人手不够，她俩除了接单还得亲自上门量尺寸。因此，在她俩的包里除了化妆品外还有合同、销售单、计算器和卷尺等。

忙碌的日子总是过得飞快，转眼就到了五月中旬……

Kevin 公司关于假日海滩门窗那块已经开始立项，标书近日就会发放，月底 30 号正式投标。

朵朵和 Kevin 之间的来往越来越频繁，关系似乎也越来越暧昧，每次面对 Kevin 深情款款的眼眸，都会让朵朵既心慌意乱又有些不安。最初她时常在心里提醒自己要注意把握交往尺度，本着吃小亏占大便宜的原则与他周旋，等签下单后再委婉地暗示他自己早已嫁做了他人妇。

可后来她发现自己渐渐沉迷在他那双漂亮的蓝眼睛里有些不能自拔。跟 Kevin 在一起让她觉得自己就像在高空中踩着钢丝，既提心吊胆害怕跌下去摔得粉身碎骨，又迷恋那种飘飘欲仙的紧张刺激感。

中午 Kevin 打来电话约她晚上一块共进晚餐，下午朵朵还在和客户谈单，他的电话就来了，俩人在电话里约定了见面时间和地点，跟客户分手后朵朵就匆匆赶了过去……

近来每到黄昏，天空都会盘踞着厚厚重重的云雾，夕阳只能乘一点点空隙，迸射出一条条绛色霞彩，宛如沉沉大海中的游鱼，偶然翻滚着金色的鳞光，像一团快要熄灭的火球。

朵朵披着霞光气喘吁吁地赶到约定地点时却没见到 Kevin，她想可能是路上堵车的缘故，因为此时正是下班高峰段，来往车辆繁多。她站在滨海大道路边一株椰树下等着 Kevin，夕阳在她发梢上洒下了淡淡余晖，使她整个人看上去立体得像是被放进了一幅风景画里。

她不时偏头往前方张望，在等得有些焦燥之际终于看见黑色林肯缓缓开了过来……

“噢，对不起，让你久等了。”Kevin 欠身替她推开副驾这边的车门，充满歉意地对她笑了笑。

“没关系，我也是刚到。”明明已等得心烦意燥却要冲他莞尔一笑，朵朵暗暗鄙视自己。若对方换做妹儿，这会儿她不是大发“雌”威，就是掉头而去了。

“跑单很辛苦吧?”Kevin 见她脸上带有淡淡倦容，不禁心生怜惜，伸手在她肩上轻轻拍了拍。

“还好，习惯了，公司目前已上了正轨，再熬段时间等公司壮大起来我就不必亲自去跑单了。”

“这么快就上了正轨？噢，你和白可真是女强人。”

“那当然。”朵朵狡猾地笑了笑，不说上了正轨怎么接你们公司那单呀?

“想去哪吃饭?”Kevin 问。

“随便你。”

“OK，那咱们就去景华。”

景华，一家装饰得十分欧化的高档饭店，挑高三层的穹顶，柔软宽大的意式沙发，再配上清爽而舒适的钢琴曲，让刚走进大厅的朵朵惬意得想眯上眼小睡一会儿。

“嗨，Kevin。”随着话音岳明飞满面笑容地走来热情和 Kevin 握着手。他看了看朵朵，装出一脸诧异的样子问道：“你们俩怎么会在一起啊?”

朵朵微微一笑：“我和 Kevin 很早以前就认识，刚在路上遇见就顺便敲他一顿了。”

“哦，哈哈，相请不如偶遇，不如过去一块用餐吧?”

岳明飞极力邀请他俩过去，他那桌的四个人都是 Kevin 认识的各大企业管理阶层人士，岳明飞向他们介绍朵朵时说：“这是小林，原来是我们销售部的一名职员。”他将小林两字咬得很重，意在提醒朵朵，就算你现在有了自己的公司，可在他眼里你仍然是过去他手下的小职员。

落坐后，一黄姓经理问朵朵：“林小姐如今在哪儿高就呢?”

“哈哈，小林厉害着呢。”不待朵朵出声岳明飞就笑道，“她让我知道了美女不全都是花瓶，我摸爬滚打好几年才混了个部门经理，可小林进了我们公司不到一年，现在就出去开创了自己的事业，佩服啊!”

岳明飞这话有些讲究，明里是夸朵朵，可细细一品，别有深意。他摸爬滚打好几年才混上个部门经理，而你林朵朵凭什么这么快就有了自己的公司？他在暗讽朵朵靠的是美色。

他这番含沙射影的话朵朵岂能听不出，原本她对岳明飞是很尊敬并感激的，可这会儿岳明飞的形象在她心里一落千丈。

来而不往非礼也！

她嫣然一笑："有句话说不想当元帅的兵不是好兵，但我不太认同这话。若是人人都当了元帅，那谁来当这个兵呢？岳经理您说我说的对吗？"

"哦……哈哈，小林越来越会说话了。"岳明飞颇为尴尬地笑了笑，他对朵朵暗讽他永远只能当个小兵大为光火，见 Kevin 和另外两人在谈论股票，他随即参与了进去，不再理会朵朵。

"林小姐这么年轻就有了自己的公司，前途无量啊！"

朵朵觉得这个黄经理的笑带有几分猥琐，她勾勾唇算是做了回应。这餐饭吃得她心里的郁闷不是笔墨可以渲染的。

第二天早上在公司她将和岳明飞在饭桌上的较量告诉白媚后，白媚撇了撇嘴说："他原本就不是什么特有风度之人。不过，你讽刺人的功夫我可是领教过，一句话能把人顶到墙上不能动弹。"

"是他自己先招惹我的。他彻底粉碎了他在我心中的形象。"

"岳明飞是属于那种大多数拥有高职高薪就心满意足的人，毕竟像咱俩这样雄心勃勃、具有魄力的创业者并不多哈。"

在她俩说话之际王雪雁一头汗水地奔了进来，嘴里一迭连声惊呼："我没迟到吧？我没迟到吧？"

"迟到一秒，扣一百。"她俩异口同声道。

"啊？有没有天理呀？"王雪雁放下包仰头做喷血状。

朵朵和白媚相视一笑，然后转身去了洗手间。洗手间回来见王雪雁手托香腮盯着电脑桌面在苦苦思索，她往电脑上瞄了瞄，王雪雁打开的 QQ 对话框里有一道题：

一对夫妻晚上睡在床上，老公饿了下床去厨房找吃的。去了许久不见归来，老婆于是起身去察看，走到厨房发现老公已惨死在冰箱前，旁边还有一只拖鞋，问凶手是谁？

朵朵笑道："这对夫妻是小强呗。"

"哇噻！师姐你太有才了。"

"少拍马屁。上班时间 QQ 和 MSN 只能用于和客户交谈，拿来私聊罚款五十元。"白媚"恶狠狠"地恐吓她。朵朵也用力戳了戳她脑袋说："下次再发现就罚你三百。”

王雪雁这小妮子自打进了雅阁就一口一个林总白总地叫着，朵朵和白媚不让她这样叫。因为在创业初期和后期阶段应有不同的管理模式，初期应将下属的心与自己的心连接在一起，只有建立深厚的感情才能让下属“士为知己者死”。

只有相互关系融洽、和谐，充满爱的氛围，大家才能充满激情地去面对工作中出现的压力与挑战。可这俩人平时又总爱不自觉地联合起来“欺压”王雪雁，因此王雪雁背地里管她俩叫东西宫太后。

“我冤枉，比窦娥还冤。”王雪雁哭丧着脸说，“发消息的人就是网站上的客户，你们不是说和客户谈单先要从对方的兴趣爱好入手吗?”

“算你有理。”白媚抿唇暗笑。

“他又发来一道题。”王雪雁尖声道，“他怎么老爱发这些脑筋急转弯的题啊?师姐，你再帮我猜猜。在同一水平线上并排爬着三只蚂蚁，第一只蚂蚁说：我后面有两只蚂蚁；第二只蚂蚁说：我前面有一只蚂蚁，后面有一只蚂蚁；第三只蚂蚁说：我前面有两只蚂蚁，后面有两只蚂蚁。”

念完她又自言自语道：“这怎么可能? 第三只蚂蚁后面怎么还会有两只蚂蚁呢?”

“第三只蚂蚁在撒谎。”朵朵笑道。

王雪雁半信半疑地将朵朵说的发了过去，对方立即发过来一个笑脸，她拍手叫道：“I 服了 YOU！师姐，你真是太太太聪明了。”

“不是我聪明，是你俩太弱智。”她这话一出口就招来她俩目光的围剿，“怎么，不服气? 那好，我给你俩出个字谜，一个史上最简单的字谜，猜不出来就是笨蛋。听好了，春天百花香，打一字。”

白媚和王雪雁想了会儿都不知这史上最简单的字迷究竟是个啥字? 可又不愿背上笨蛋之名，因此俩人继续蹙眉苦思……

十分钟后——

王雪雁抽出一张 A4 纸剪了个白旗，上面写着大大的“投降”两字，她举着白旗挥了挥，苦着脸做欲哭状：“隆重要求公布答案。”

朵朵明眸慢转，笑得一脸的无害：“答案我也不知道，因为谜面是我乱编的。”

“可恶——”

尖叫声中，白媚和王雪雁像两支利箭似的带着破空声杀了过来，朵朵两手抱着头“咯咯咯”地笑得花枝乱颤……

就在她们开心地打闹之际，妹儿家发生了一件大事！

第五十三章　明妍婚变

“离她个鬼脑壳，她个二百五，
人家小男孩会真心喜欢她？
还不是哄骗她两个钱，
把她当宝耍，你别理她，
等她爸爸回来看不捶死她，
她头脑发热，发神经！”

自从超市塑料袋开始收费后，高老太就将用过的袋子洗干净，晾干，再折好收起来。早上做好了家里的清洁工作，她拉开抽屉拿出一个塑料袋准备叫对门的周大妈一同去买菜，刚打开门就见嘟嘟爸从电梯出来，眼里布满血丝。

“你今天不上班啊?”高老太疑惑地问道。

“请了一上午假，我来拿嘟嘟放在这儿的一些衣物。”

“你……你拿她衣服去干什么?”见女婿神色不对，高老太慌了，隐约觉得事情不妙。

“高大妈，走吧。”对门周大妈开门出来催着高老太。

“嗯……我今天不去，家里还有菜。”高老太神情有些窘，勉强挤出一丝笑容却比哭还难看。

“哦，那我走了。”周大妈边说边往屋里瞄了瞄，瞥见嘟嘟爸坐在客厅沙发上便热情地打了声招呼：“小刘来了，今天不上班吗?”

“上班，马上就去。”嘟嘟爸淡淡地答道。

“噢，高大妈，那我走了。”

“好，你去吧。”目送周大妈进了电梯，高老太赶紧关了门进来，“好好的你要把她衣服拿去做什么?”高老太说着，破天荒地倒了杯水递给女婿。

“过几天休假我打算把她送去我妈那儿。”嘟嘟爸接过水杯放在玻璃几案上。

“为什么突然要把嘟嘟送你妈那去啊? 妍儿知道不? 她出差什么时候回来?”高老太急声发问。

“她根本就没去出差。”嘟嘟爸低下头，痛苦地抱着脑袋。

“你……你、你这话什么意思? 你别吓我老太婆。”在高老太的连连催问下嘟嘟爸抬起头说：“大概是在年前的时候，她在牌场认识了一个小她八岁的男孩，昨天晚上她把那男孩带到家里……”

“这个死砍脑壳的，她要做什么?”嘟嘟爸话还没说完高老太就尖声叫起来，“她把那小痞子带回家想做什么?”

“月初她就跟我吵着要离婚，我让她看在孩子的面上先冷静一下，可她铁了心非离不可。”

“离她个鬼脑壳，她个二百五，人家小男孩会真心喜欢她? 还不是哄骗她两个钱，把她当宝耍，你别理她，等她爸爸回来看不捶死她，她头脑发热，发神经。”

“我们已经离了，她昨晚回来就逼我签字，俩人闹了一晚上，我看她心已不在那个家，强留着也没用，早晨就把字给签了。”

高老太闻言，又气又怒又担忧，她一辈子的生活重心都系在老伴和一双儿女身上，这下女儿睁着两眼往火坑里跳，差点把她气得背过气……

晚上朵朵回到家见客厅里轻烟弥漫，老头儿阴着脸在吞云吐雾。家里气氛大异于往常，心里不觉暗自纳闷。回房将包挂在衣帽架上，想了想，她终是按捺不住好奇心，起身去了厨房。

厨房里高老太黑着脸“乒乒乓乓”用力挥着锅铲，脸上的神情就跟与谁有仇似的。

老头儿老太太今个儿是怎么了?

朵朵拧开水一边洗手一边轻声问高老太：“妈，爸今天怎么突然吸起烟了?”高老太一听立马关了火，举着锅铲冲到客厅对着老头儿就是一通大吼：“你怕是想死了，戒掉十几年的烟又在抽，老的小的都不让我省心。当初我就不同意妍儿嫁给他，都是你说让孩子按自己的意愿生活，她自己喜欢就好，现在好了，她不喜欢了，一个家说散就散了，你开心了。”

朵朵头一回见婆婆跟公公发飙，唯恐老头儿暴跳如雷，她慌忙将老太太往厨房里劝。可出乎她意料的是老头儿居然一声不吭地默默掐灭了烟，高老太仍然不依不饶地数落着他。

妹儿开门进来看见这一幕惊得目瞪口呆，打小他就没见老妈对老爸高声说过话，他和朵朵内心都受到了极大震憾。看着眼前怒睁双目对着老头儿尖声叫骂的高老太，他俩不由面面相觑，眸中有着同样的困惑，都在纳闷这还是从前那个对老头儿唯唯喏喏的高老太么?

晚餐桌上高老太扒拉两口就撂下了碗筷，老头儿一张脸自始至终就阴得仿佛能拧出水来。朵朵和妹儿默默嚼着嘴里的饭菜，大气都不敢喘一下，空气沉闷得让人透不过气来。

吃过晚饭朵朵在厨房洗碗，高老太走来对她说：“朵儿，你等下用手机给那死砍头的挂个电话，老子打了一下午她都不接，看她接不接你的？”

“好的，洗好碗我马上就打。”

朵朵原以为明妍也不会接她电话，连老妈的都不接会接弟媳的吗？可高老太眼里写满了焦虑，她不忍逆了高老太的意。没想到电话一拨过去明妍就接了，她刚“喂”了声手机就被高老太一把抢了过去，但明妍一听她的声音立马就挂断了，气得高老太又是一阵怒骂。

“妈，你别急，我再给她发个短信，问她现在好不好？”

“管她好不好呢？她死了都好，省得给我丢人现眼。”

朵朵短信发过去没多久明妍就回了消息，她让朵朵转告高老太说她一切都好，不用替她担心，并让高老太保重身体。朵朵将明妍发来的短信念给高老太听后，她大嚷道：“你再告诉她，如果她心里还有我这个老娘就赶紧跟那小痞子一刀两断，让她立刻给我滚回来。”

“好好好，妈你先别着急，你先坐会儿，我这就给她发。”朵朵将高老太按在皮椅上，拿起触笔给明妍写着短信。她当然不会按老太太的吩咐那样写，她只是让明妍过几天等高老太消了气就回来，别把高老太急出个好歹来。明妍回了个大哭的表情，朵朵则告诉高老太明妍过几天就会回来。

“这家伙是个害人精哟！”高老太跺着脚说，“她领着小刘头一次来家里我就没看上，可她非要嫁他。结婚后我发现小刘人还是蛮不错的，又勤快，对她又体贴，可她硬是被鬼摸了脑壳，好好的就闹起离婚。离了嘛，你也给我找个更好的呀？这人往高处走，水往低处流，她倒好，反找个二流子，这不是要活活气死我呀？”

高老太捶胸顿足将明妍好一通大骂，待她出去后妹儿说：“我姐脑子进了水，我姐夫多好的人，一个好好的家庭就这样破碎了。当年我妈嫌我姐夫家条件不好加上个子又矮了点，不让她嫁，她非闹着要嫁，老公是自己选的，这会儿却又整出这些破事让两位老人不得安宁。”

“哎！”朵朵叹息道，“现在这些都不是主要的，关键是那小男孩图的肯定是她那几个钱。妈听姐夫说明妍只要了家里的存款，房子和嘟嘟都给了姐夫。”

“等钱用光了他就会飞走，我姐真不知是中了哪门子邪？”

朵朵和明妍关系一直处得不错，虽然上次因她不慎将书砸在高老太额头上闹过一点不愉快，可没多久俩人就都忘了。想着明妍和一个小男孩厮混在一块，朵朵也不免替她担忧，想了想，她问妹儿：“要不我再发短信约她明天出来谈谈？”

“没用，她肯定被那家伙迷得晕头转向了，否则她能离婚吗？你现在和她说什么估计她也听不进去，只有等到钱被骗光、人家甩了她时才会醒过味来。”

“赌场认识的会有什么好人啊？明知她最后会人财两空，我们如果不尽自己最大的努力去劝说她，真等她到了那一天，我们心里一定会自责内疚的。”

妹儿皱了皱眉头说：“那行，你最好约她明天中午见，到时我和你一块去。”

“好。”朵朵点了点头突然又道，“对了，妈以前有这样凶过爸么?”

“在我记忆中从没有过。”妹儿肯定地答道。

“哦——”朵朵蹙着眉若有所思，她一直以为婆婆是看公公脸色活着，认为他们的婚姻不存在爱，可现在看来不是这样。

第五十四章　一点技巧

他笑得一脸的满足与幸福，
朵朵趁势又夸了彤彤几句。
这是谈单中的一点小技巧，
和带着孩子在身边的客户谈单，
首先夸赞其子女永远不会错，
不仅能融洽气氛还有助于打开客户的心理防线，
博得对方的好感，从而顺利拿下单子。

猥琐，绝对的猥琐！

第一眼看见明妍的小男友，朵朵脑子里就冒出这两字。

猥琐在这尖嘴猴腮的家伙身上被诠释得淋漓尽致。可明妍对这个小男友却十分中意，说话声音都变得软软的，神态还带有小女孩式的娇憨。

在朵朵老家有句话说："烂米不烂糠，总要有一桩。"意思是说不管怎样总要有一样是好的，用来说人就是指你必须有一样是值得别人称道的，但这家伙浑身上下没一处让朵朵看得顺眼。

而妹儿自打和朵朵跨进上岛咖啡屋脸上就一直雨雪交加，只是他素来性子好，即使不悦也隐忍不发。及至见那小子居然当着他和朵朵的面搂着明妍叫老婆时，心里的火气便"蹭蹭蹭"地往外窜，一张脸就跟放进了冰柜似的"滋滋"冒着寒气。

朵朵头一次看见妹儿这神情，她惊讶地发现妹儿冷起脸和郑老爷子竟十分神似。她用脚在桌下悄悄碰了碰妹儿，暗示他脸色放缓和一些。

明妍瞥见自己弟弟紧绷着一张脸，便讪讪地拿开小男友的手，嘴里嗔道："别乱叫，谁是你老婆啊?"

"操，你难道不是我老婆? 我可警告你别给我红杏出墙，你要敢给我戴绿帽子，看我怎么治你。"那小子说着掏出一支烟甩给妹儿，"浩子，接着。"

妹儿一掌将他抛过来的烟拍飞，"嗖"地起身抓着明妍的手低吼道："跟我回家。"

"嘿……嘿……嘿，你这玩儿的哪一出啊?"那小子脸色"唰"地一变，伸手就去推妹儿，"她回不回家你管得着吗?"

"去你的。"妹儿一拳揍在他鼻梁上，一抹血当场喷涌开来。

"啪。"明妍先是愣了愣，醒过味儿来想也没想就给了妹儿一巴掌，"你凭什么打他?"

朵朵恨不得抡起包狠狠砸醒明妍，那小子从地上爬起来叫嚣着欲扑向妹儿，被闻讯跑来的经理和几个店员扯住了。他嘴里不干不净地骂着脏话，妹儿上前就要抽他，朵朵赶紧拉着他说："算了算了，咱们走吧。"

那经理急忙高声问："打坏的东西你们谁来赔?"

明妍说："我来，我来。"

妹儿狠狠瞪了明妍一眼，才和朵朵出来，他脸上有一道浅浅的指甲划痕，可能是方才被明妍指甲划破的。朵朵从包里掏出纸巾，妹儿侧脸避开说："没事，不用管它，今天的事回去别和妈说。"

"嗯，我知道。"朵朵点了点头。

"你电话响了。"

"哦。"朵朵掏出手机，见是公司里的座机号，赶紧按下接听键。电话是王雪雁打来的，她告诉朵朵昨天在网上老出题的客户有意向落单，约在华侨城他所在小区里的茶吧见面。王雪雁随后又将客户的姓名和电话用短信发在了她手机上。

"别让人家久等，咱们打的过去，先送你到华侨城。"妹儿心情不好，说话声音也闷闷的。

小区里的茶吧布置得挺幽静，朵朵站在门口四处看了看，一个胖胖的中年男人见状冲她招了招手。她笑着走过去，胖男人问："是雅阁的林小姐吗?"

"是的，您好，姜先生。"

"好好好，坐，请坐。"他身边还有个七八岁左右的小女孩，眉眼和他极像，粉嫩嫩的透着股机灵劲。他对朵朵说："这是我女儿彤彤。"

"姐姐好。"不等他吩咐，彤彤就扬起小脸甜甜地和她打了声招呼。

"彤彤好。"朵朵坐下后对他笑道，"这孩子真可爱！我特喜欢像她这样聪明伶俐的小女孩。"

"哈哈，女儿就是我的无价宝呀！彤彤，快谢谢姐姐对你的夸奖。"

"谢谢姐姐！姐姐你好漂亮哦！"

"哟，彤彤可真会说话。"朵朵亲昵地拍了拍她的小脸蛋。

"哈，我这女儿不是我夸她呀，的确聪明好动脑，对脑筋急转弯类的答题尤其感兴趣。"

难怪他在网上爱给雪雁发那些题，朵朵听了暗笑。

"前不久我去北京出了半月差，有天我打电话回家，我女儿问我找谁? 我说姜羽彤，她说不在出去玩了，我问她：'那你是谁呀?'你猜她是怎么回答我的?"

“不知道。”朵朵含笑望向彤彤，“你是怎么回答的？告诉姐姐好不好？”

“我爸爸会告诉你的。”彤彤边吃果冻边俏皮地冲她眨了眨眼。

“哈哈，这小东西居然说她叫姜建国，差点把我气晕。过了几天她给我打电话，我想终于能报仇了，我就说你是谁呀？我不认识你。没想到她居然说：‘啊，我听你声音也不熟悉，肯定是我打错了，那我挂了。’我怕她挂赶紧急着说：‘没错没错。’结果她在电话那边就大笑起来。唉，我彻底醒悟，跟我家彤大人斗，我永远都是必败无疑。”

他笑得一脸的满足与幸福、朵朵趁势又夸了彤彤几句。和带着孩子在身边的客户谈单，首先夸赞其子女永远不会错，不仅能融洽气氛还有助于打开客户的心理防线，博得对方的好感，从而顺利拿下单子。

俩人围绕姜先生的女儿谈了一阵，待小家伙上学去后才言归正传。姜先生品了口茶说：“我在罗湖购置了一套小复式，那边离我公司近，等以后搬过去这边的房屋就用来出租。原本我打算把门窗直接包给装修公司，但有一天我无意中打开你们公司的网站，发现上面的门窗做得非常漂亮，你们是做好后在业主家拍的实景图吗？”

“对，图上门窗都是我们公司制作的。”朵朵心内暗叫惭愧，因为网站上的图片大多都是从早禾翻拍过来的，只是做了一些技术处理。但这只是宣传手段嘛，而且白媚说早禾、另外还有很多公司的图册最初也大多是移花接木来的，都是等慢慢发展起来才逐渐换上自己的图片。

姜先生点了点头说：“你们公司负责经管网站的小王服务态度很好呀，每次都耐心细致地解答我提出的所有问题。而林小姐也这么会说话，既优雅又大方，由你们的人品相信你们产品，所以我决定把所有门窗都定给你们公司。”

“非常感谢您的信任，谢谢！”朵朵微微一笑，“产品没有最好，只有更好，我们一定会保质保量，还烦请姜先生多多推广我们的产品。”

“哈哈，那是一定，我会在朋友和同事中替你们大力推广的。我那套房别的门窗都好说，就是我女儿书房的推拉门我有要求，不知你们能不能做到？”

“哦，请问您有什么要求？”

“门洞师傅已经打好了，我让他们量过尺寸，大概 5.2 平米，宽 2.6 米，高 2 米，我问过工头，他建议我做三扇推拉门，但我不喜欢三扇，我要做四扇行不行？”

“四扇可以做，但是一扇门就很小哦，带门扇就只有 65 公分。”

“我看看 65 公分有多宽。”他说着从裤兜里摸出一把鲁班尺，拉到 65 公分处偏着头看了看说，“这么宽可以，只是门拉开后我要见光尺寸是 1.48 米，能做到吗？”

“这肯定不行，见光大概是 1.26 米左右，做不到 1.48 米。”朵朵莞尔笑道。

“1.26 米?”他看看鲁班尺连连摇头，“不行不行，1.26 米这儿是病，上下都不吉利。我就要见光 1.48 米，这是我女儿的书房，这个门的见光尺寸很重要，你看 1.48 米这儿上面是财，下面是登科，我就要这个，你看要怎么样才能做到这个尺寸?”

(PS：鲁班尺，为建造房宅时所用的测量工具，类似卷尺。鲁班尺长约 42.9 厘米，相传为春秋鲁国公输班所作，后经风水界加入八个字，以丈量房宅吉凶，并呼之为“门公尺”。其八个字分别是：财、病、离、义、官、劫、害、本。财、义、官、本为吉；病、离、劫、害为凶。每格 6.3 公分，各分为四小格，各标上不同的吉凶应语。)

朵朵告诉他：“要做 1.48 米的见光尺寸，除非把门洞再打宽一些。”

他一听头摇得跟拨浪鼓似的：“不能打不能打，我问过工头。我本来也是想让他们打大一点，工头说打不了了。”

“哟，那这事可真有点不好办，不加宽门洞无论如何也做不了你要的见光尺寸。”朵朵沉吟会儿道：“您一定得做见光尺寸吗? 很多人装修不讲究这个，可一样大吉大利。”

“不不不，大量的实际例子证明，门的尺寸确实有不可轻视的致吉致凶作用，其中的道理可以这样解释：房屋以门作为气口，通过门来接纳外界之气。进来的可能是有益于人身心健康的‘生气’，也有可能是有害于人身心健康的‘病气’或不吉之气。其关键是气口的尺寸大小，大小合适的气口才能将‘生气’纳入户内，把其他不吉之气拦于门外。”

他端起茶杯抿了口又道：“试用现代科技理论来解释，门类似于微波谐振腔，不同尺寸的门对不同波段的微波具有不同的谐振效应。而不同波段的微波对人的生理功能和精神活动有不同的影响。此与收音机的天线长短对不同的无线电波段接收效果不同的原理非常相似。”

朵朵听得头都大了，他能说出这么多道道来，看来这门他是非做 1.48 米的见光尺寸不可了。朵朵最怕业主迷信这个，因见光尺寸很是麻烦。朵朵在早禾时曾经就有个 BT 业主为了见光尺寸差点让她抓狂，那业主不仅门洞要求见光，就连每块门扇的玻璃他都要求见光，说什么玻璃是透明的，也必须要见光尺寸而且不容忽视。结果算来算去，门洞尺寸合上了，玻璃尺寸又对不上，算了一下午，算得朵朵眼冒金星。

而今天这业主更绝，宽 2.6 米的门洞却非要做 1.48 的见光尺寸，这不是活活难死人么?

第五十五章　寻找细节

“哦……”朵朵心里动了动，

她知道一些装修商有时因怕麻烦不愿在已做好的工序上再多费功夫。

想了想，她对姜先生说：

“你看这样行不，

我叫上一个搞装修的朋友，

我们一起去现场看看是否真的不能再打?”

“姜先生，你看书房门是否可以改做一个铝合金的高档平开门？否则按现在这门洞的宽度，无论做两扇还是三扇或四扇的推拉门都达不到您想要的见光尺寸。”

“哦，平开门的尺寸一般是多大?”

“和房门一样 80 公分，也可以做到 85 公分。”

姜先生看看鲁班尺皱着眉头说：“哎呀，80 公分下面可以，但上面不行，不好不好。”

“80～90 公分内有没有吉利点的呢?”朵朵不死心地问道。

“没有，这一块都没个好的尺寸。哎，若是门洞可以加宽该多好啊，一切问题就都迎刃而解了。”

“对了，那墙为什么不能再打了？工头有说是什么原因吗?”

“他们说墙里有钢筋不能打。”

“哦……”朵朵心里动了动。自打看过白媚的那本销售秘笈后，她就留心上了装修类的常识，因门窗销售员除了和业主打交道外，还要与各大装修公司头子打交道。有次她去陆正中办公室，听到他手下的装修工在摆一业主的龙门阵，好像是说那业主想在哪块做点改动，而他们不愿在已做好的工序上再费手脚，就用专业术语将业主糊弄过去，让他打消了改动念头。

想起此事，朵朵挑挑眉，对姜先生说：“你看这样行不，我叫上一个搞装修的朋友，我们一起去现场看看是否真的不能再打?”

“你的意思是说工头糊弄我？那墙还是可以再打掉点的?”

朵朵抿唇一笑：“我只是希望可以再打。”

“哦，那你朋友现在能去吗?”

“我问一下，您稍等。”

朵朵打电话找陆正中帮忙，把事情跟他一说，他一口就答应下来，连声说没问题，马上就派人过来华侨城。

来的是在“荔香园”小区吊门窗的那个矮个子，姜先生开车载他俩去了罗湖。到了后，工头没在，只有两个工人在屋里，姜先生将他俩领到一间毛坯房前，指着小半堵墙问矮个子：“就是这里，你看这点能不能打掉?”

矮个子看了看，伸手在墙面拍拍后说能打，姜先生听了那叫一个气。可气归气，他还得装孙子，没签装修合同前他是大爷，工头是孙子，合同一签，工头成了说一不二的大爷。

没办法，谁让他在装修方面是个门外汉呢！他担心得罪了工头，人家随便玩个阴招就能让他吃暗亏。所以，姜先生给工头打电话时还得赔着笑脸，用商量的语气问他那墙是否可以试着打掉。

工头先是一口咬定不能打，待姜先生告诉他自家来了一亲戚，以前搞过装修，说那墙可以试着打掉之后，工头沉默了会儿方说，那你实在要打就让工人先试着打打看喽！

门洞问题一搞定，姜先生立即就落了单，签好合同。朵朵看了看时间已是下午五点，家里近来气氛不太好，她不愿早早回去。想了想，她决定回公司，假日海滩那单还有十几天就要开始正式招标了，她得好好琢磨一下如何把标书做出彩。

刚跨进公司大门，王雪雁就急切地问道：“师姐，姜先生落单了吗?”朵朵冲她比了个胜利的手势，王雪雁满面欣喜地欢呼一声，“啊——这可是我从网上把客户忽悠到现实中的第一个成功案例，看来网络营销大有前途啊！从明天开始，我要在深圳各大建材营销网大面积地撒网捕鱼。”

“好好干，做好了下月我会考虑给你发放奖金。”

“真的?”王雪雁眨了眨眼。随即打蛇随棍上地蹭到朵朵身边，拉长语调娇嗲嗲地道：“师姐——”

“什么事?”朵朵笑盈盈地看着她。

“没事，我去给你冲杯咖啡。”王雪雁瞄了瞄朵朵桌上的咖啡盒，抽出一包咖啡，拿着杯子屁颠颠地跑了。

朵朵摇了摇头，嘴角噙着丝丝笑意。

“师姐，泡好了，喝吧。”没多久，王雪雁就将泡好的咖啡殷勤地捧到了她面前。

“无事献殷勤，非奸即盗。有什么事就直说。”朵朵笑眯眯地白了她一眼。

“嘻嘻，师姐，可不可再招个人来接替我的工作啊?我想跟着你或阿媚姐去跑单。”

“嗯，好，我会考虑，但不是现在，知道吗？你先把网上的客户多给我抓几个来。”

“谢谢师姐！我一定会努力的！”虽然网上能钓到客户，但成交的几率太低，所以王雪雁见朵朵答应下来，欢呼一声便窜回了自己的座位。

“师姐，你现在忙吗？要是不忙，我可不可以请教你一个问题？”过了会儿王雪雁又问道。

“说吧。”朵朵晃动着鼠标，悠闲地浏览着雅阁的网页。

“有一个客户曾问我要过门窗的报价，可报价发给他几天却没一点回应。我发过几次信息去问他，他每次都说还没时间看，问多了我怕客户会烦，所以这单我不知道还要不要跟下去？”

朵朵笑了笑说：“这样的情况我也遇到过。去年有个客户谈得差不多了，但他就是不落单，也不说什么原因，我隔三差五就打电话给他，后来他好像很烦了，我就在心里犹豫这单还要不要跟下去？”

“哦，那后来呢？”

“后来我想，干吗不跟啊？大不了他觉得我烦，把我拉进黑名单，那样我也就死心了，赶紧另找别的目标。可若是不跟，你永远都不会知道这个客户到底会不会落单，你很可能就白白错失掉一个机会。”

“结果他到底落没落单呢？”

“最后他说被我的执著感动了。所以，不要轻易放弃任何机会。”

王雪雁若有所思地点了点头，紧接着又问道：“到底要怎么和客户沟通呢？为什么有的客户很容易交流，而有的就像一块铁板，水都泼不进去呢？”

“这个因人而异，同样的沟通方法对 A 客户有效，但对 B 客户可能就会引起极大反感。有些客户，你解说得越专业，他们越信赖你；而有些客户则喜欢从天气或个人兴趣爱好谈起。大多数客户往往先与销售人员建立个人关系，再上升到与企业建立关系，销售人员的职责是首先赢得客户的认同，调整自己的处世风格以适应对方。为什么销售精英的业绩会那么好？其实就在于他们充分掌握了客户的心理、特点和需求。与客户打交道就如同医生诊病一样，要能通过简单的沟通或寒暄，从对方言谈举止进行望闻问切，基本摸清客户的特性，然后再对症下药，投其所好，快速出击，才能提升成交量。”

“师姐，我相信咱们雅阁门窗一定会做大、做红火的。”王雪雁托着下巴嘻嘻笑道。

“理由是什么？”

“因为好的销售员创业成功的概率非常大。例如：李嘉诚、马云和史玉柱等知名企业家，他们曾经都是很优秀的销售员。”

朵朵莞尔一笑，她之所以下定决心和白媚一起创业，不就是看中了白媚的销售能力么。在白媚将自己总结的销售经验及技巧给了她后，朵朵跑起销售来便如鱼得水，当然这也要归功于她的悟性比较高，师傅领进门，修行在个人嘛！

她忍不住在心里美美地臭屁了一下，眉眼都透着一股得瑟。

第五十六章　自己解决

如果一个制定的非常完美的营销战略不能得到有效的实施，
那么这个战略也就没有任何价值。
白媚告诉朵朵这则故事的目的是：
你若不想放弃这单就必须拿下 Kevin，
至于怎么拿，
你自己解决。

“你们在说什么呢？一个个笑得那么春意盎然？”白媚走进来将手提袋甩在桌上，正欲拿口杯去倒水，王雪雁就跳起来说：“阿媚姐，我帮你倒。”

“哦，谢谢！”白媚将杯子顺手递给她，扭头对朵朵说：“今天早上出门不知是不是踩到了狗屎，居然接下两个大单，猜猜金额是多少？”

“一百万？”朵朵乐得眉眼弯弯的。

“一百万我就领你一同去裸奔。”白媚带笑剜她一眼，“两个单加起来三十多万。”

“哇噻，阿媚姐你真是太厉害了。”王雪雁这小妮子是不放过任何一个拍马屁的机会的。

白媚接到大单，朵朵在由衷高兴的同时也隐隐有丝嫉妒。自从贷到款公司重新运作以来，她又在心里暗暗和白媚较上了劲，总想在业绩上赶超白媚。虽然目前她接下的单要比白媚多，但白媚跑的是高档楼盘，一个单的金额就抵她三四个单。

白媚仰头猛灌了几口水，然后坐下打开电脑，她在MSN上对朵朵说：“Kevin公司的标书后天开始发放，Kevin那儿你能搞定吗？有几分把握？”

她之所以采用MSN和朵朵对话是不想王雪雁听见，因为怕那小丫头和早禾的一些同事在网上聊天时说漏嘴。

看到她发来的信息，朵朵想了想回道：“说实话，我最初对自己还蛮自信，可随着交往的深入，我发现他即死板又狡猾，每次我婉转地提到此事，他要么说私人时间不谈工作上的事，要么就是故意转移话题谈其他事，搞得我一点信心都没有。”

“这么说你想放弃这单？”

“当然不想。”

“我也不想，这单对咱们很重要。若论咱们公司目前的规模和实力，都不具备和大企业争夺的资格，更别说一些中型企业了。但咱们有一个别人没有的优势，那就是你，明白么?”

“好吧，我承认 Kevin 对我有些好感，但这没用，他是一个公私分明的家伙。上次替咱们做担保，对他来说已是破例了。”

“你应该好好想想怎么利用他对你的好感，让他为你循私一次。他能破一次例，自然也会破第二次例。咱们要想竞争过别人，唯一的办法就是在 Kevin 身上打开缺口。”

“你有什么具体点的好办法?”

“我给你讲个故事吧!”白媚抬头看了看她，尔后双手在键盘上飞快地敲着，她给朵朵讲了一个“老兔子和小兔子”的寓言故事。

老兔子和小兔子

森林里住着两只兔子。一天，小兔子正在疯狂地奔跑，老兔子看到了，不解地问他为何这样匆忙?小兔子喘着气停了下来，奇怪地反问道:“难道您不知道狩猎季节已经到了吗?”

老兔子像父亲一样注视着小兔子，语重心长地说:“小伙子，如果你只是为这件事情烦恼，我倒有个解决的办法。那就是把自己变成一棵大树，猎人就会从你身边走过去，不再开枪打你，因为他们把你当成了一棵树。”

“绝妙的好主意!”小兔子说，“为什么我以前就没有想到呢?如果是那样，猎人就会走过去，一点儿也不会注意到我。非常感谢!”

老兔子接着走自己的路，忽然又听到小兔子在后面紧张地问:“可是我怎样才能把自己变成一棵树呢?”老兔子又停了下来，耸了耸肩膀，冷冷地回答道:“小伙子，我已经给了你一个主意，你应该感谢我，不要再拿这些细节的问题来烦我了，你应该自己解决。”

这则寓言故事的营销启示是说:如果一个制定得非常完美的营销战略不能得到有效的实施，那么这个战略也就没有任何价值。白媚告诉朵朵这则故事的目的是:你若不想放弃这单就必须拿下 Kevin，至于怎么拿，你自己解决。

朵朵看后先是给她发了个“衰”的表情，紧接着又问:“你有什么高招就给我支一下嘛，俗话说一人技短、两人技长，我这儿实在想不出什么好办法来对付他。”

白媚回了一个龇牙的笑脸说："色诱这招怎么样？要知道一个成功的男人背后一定有一个女人，而一个成功的女人背后却有一大片男人。"

"你为什么不自己去啊?"

"哈，我倒是想来着，无奈神女有意、襄王无情，人家只饮你那瓢水呀!"

朵朵又发了一个撇嘴的表情说："呃，我并不是一个视婚外性生活如洪水猛兽之人，但问题是 Kevin 并不是色中恶鬼呀，他不是那种你和他 XXOO 后就会满足你任何要求的人。"

"废话，这我当然知道，别忘了我认识他远在你之前，如果他是可以单纯用色来做交易的人，各大公司早就派出美女轮番公关了。"

"有道理。"

朵朵对着电脑龇牙咧嘴地做了个怪相。

自从年三十那晚她在 Kevin 家"落荒而逃"后，两人再在一起时，Kevin 除了偶尔亲吻她便再没有其他亲密之举了，或许 Kevin 是怕再次把她吓跑吧。

最初朵朵是抱着既不吃亏又能达到目的的念头接近他的，可是近来 Kevin 看她的眼神越来越让她恐慌。每次他用那双像大海一样深邃幽蓝的眼睛含情脉脉地盯着她时，她的心就似小鹿一样"砰砰"乱跳，既渴盼他能说出什么让她欢喜的话，又害怕他说出来。

然而，不管 Kevin 令她有多么的意乱情迷，在朵朵心里始终没有忘记自己最初的目的。因为银行和两边老人加起来几十万的欠款如大山一样压在她心上，让她想忘也忘不了，就连梦里都时刻在想着如何尽快把这巨大的黑洞填平。

见她半天不吭声，白媚发来一串问号，紧接着又问："你在想什么呢?"

朵朵转眸看了看她发过来的消息，回复道："我在想，眼看招标在即，可我对 Kevin 是否会帮咱们，一点把握也没有，到底该怎么办呢？或许咱们先想想如何把标书做出彩来。"

"标书你不用操心，交给我办好了。我见过早禾的标书，一定会在他们的基础上做得更好，你就放心吧!"

朵朵正欲回信息给白媚，陆正中就打来电话，他告诉朵朵他在科技园接了两张单，门窗都一并包下了，要朵朵约个时间去签合同。

谢过他后，朵朵心里突然升起一个念头，她想起陆正中原来给她的名片上似乎还有搬家清洁一类的项目，不禁问道："陆总，你们公司现在还接清洁类的单吗?"

"哈哈，小单就不接了，大单可以考虑，洗地机、吸尘器等工具都还在呢。怎么，你手上有清洁单?"

“咱们见面再详谈，我请你吃晚饭，顺便把门窗的合同和销售单给签了。”

“行，那待会儿见。”

朵朵一挂断电话，白媚就问：“你什么时候又去跑清洁单了?”

“我没事跑那单干吗?”朵朵瞄了瞄王雪雁，然后在 MSN 上对白媚说，“跟你商量个事儿，我想找陆正中借几个人，让他们去工厂里帮忙干半天活。”

“哦，目的何在?”白媚发了个疑惑的表情。

“目的就是钓 Kevin 这条大鱼，正式招标前请他去工厂参观一下，好让他知道雅阁完全有实力生产出符合他们要求的产品来。”

“好主意，只是清洁单又是怎么一回事啊?”

“这生意场上讲究的是利益往来，咱不能白找陆正中帮忙呀? Kevin 他们那单装修完后不需要清洁、洗外墙吗? 我介绍他和 Kevin 认识，至于他能不能接下来就是他的事了。再说，认识 Kevin 这样的开发商对他是大有好处的，不是么?”

“那当然。不过清洁单一向都是包给了装修商，但 Kevin 可以跟装修商推荐或指定清洁公司。要不你现在约 Kevin 去哪家酒店吃饭，然后再告诉陆正中，让他前去那家酒店装做是偶然碰上，再顺便介绍他俩认识。”

“好，就按你说的办。”朵朵笑了笑，抓起桌上的办公电话搁在腿上，拨通了 Kevin 手机后悠闲地转着坐椅……

第五十七章　再次较量

岳明飞订的是一间设有榻榻米的贵宾房，
他带了几名销售部的精英骨干，
还有一位朵朵在早禾时从未见过的年龄和白媚相仿的美女。
好家伙，组团公关来了。
朵朵不动声色地盈盈一笑。

Kevin近来的应酬很是频繁，各大门窗公司销售部的头头们争相请他喝酒、K歌、泡桑拿等。接到朵朵电话的前一分钟，他刚答应了岳明飞的一个饭局，想着朵朵和岳明飞也是熟人，他便邀请朵朵一同前往“香格里拉”大酒店赴宴。朵朵先有些犹豫，可随即又满口应承下来。

岳明飞订的是一间设有榻榻米的贵宾房，他带了几名销售部的精英骨干，还有一位朵朵在早禾时从未见过的年龄和白媚相仿的美女。

好家伙，组团公关来了。

朵朵不动声色地盈盈一笑。

见到她，除去那位生得明眸皓齿的美女，岳明飞等人眼里均迅速闪过一抹不易觉察的惊愕。

那美女不待岳明飞介绍便落落大方地冲Kevin和朵朵伸出手，“嗨，你们好，我叫叶欣，很高兴认识你们。”她说话声音带有好听的吴侬软语腔。

“叶小姐，久闻大名，如雷贯耳啊。”Kevin嘴角微微翘起。

“哟，Kevin先生，您怎么抢我台词呀?”叶欣一句俏皮话令气氛顿时活跃起来。她身着一套淡青色的Chanel女装，一头蓬松的秀发软软盘在脑后，看上去既时尚又温婉。

她到底是个什么来头？朵朵正在心内暗自揣测，就听Kevin说：“叶小姐可是深圳公关这一行里的人中翘楚，岳今日请你来，莫非这餐饭是醉翁之意不在酒?”

叶欣展颜笑道：“哪里，您过奖了。像您这样的青年才俊才称得上人中翘楚呢。今日这餐饭可不是岳明飞心甘情愿请我来的，我一女友刚从美国回来不久，在罗湖购了一套别墅，托我替她介绍深圳顶极的门窗公司，我和岳明飞是打了多年交道的好朋友，于公于私早禾都是不二之选。下午我带女友去找他定了单，好处费我自然不会问他要，但敲他一顿却是在所难免的。”

她话音一落，岳明飞随即接口道：“嘿嘿，她介绍单给我，钱是公司赚了，可请她吃饭却是我自己掏钱。”

叶欣眉眼带笑地瞥了他一眼，说：“得，你们公司财大气粗，作为销售经理，这点钱对你来说还不是毛毛雨呀！”

叶欣不愧是公关行业的狠角色，说话总是自然而然就捎带着提升早禾。岳明飞这次请她来，看来对假日海滩这单是动了大手笔，这一仗不好打呀，朵朵头一次感到了空前的压力。

“叶欣姐，咱们今天能上香格里拉来吃饭可都是沾了你这位大美女的光呀。”销售部的施凡打趣道，“平时我们要岳头请客，他都是用路边大排档打发我们。”

“你小子还敢在这胡说，都是你在叶欣面前瞎起哄，非得上这来吃饭不可，回头看我怎么收拾你！”岳明飞在他后脑上拍了一掌，转头对 Kevin 说，“这帮家伙成天就琢磨着怎么宰我。”

“噢，叶小姐不说了吗，这点钱对你来说不过是下了场毛毛雨而已。”Kevin 摊开两手笑着耸了耸肩。

过了会儿，酒菜上来后，岳明飞安排叶欣坐在 Kevin 右边，他自己坐在了 Kevin 左边，然后招呼大家一一落坐。朵朵刚在施凡旁边坐下，Kevin 就挤眉弄眼地对岳明飞说：“噢，我重色轻友，左右都是美女才能令我食欲大增。”

“哦……哈哈。”岳明飞颇为尴尬地笑道，“是我疏忽了。来，小林，过来这边坐。”几名职员立即起身依次往后挪了一个坐位。朵朵走过来毫不客气地坐在了他和 Kevin 中间，气得岳明飞在心里暗暗骂娘。

朵朵望着一桌精美的佳肴悄悄吞着口水，明炉大排翅、蟹肉蟹黄翅、柠汁银雪鱼、铁板煎虾、佛手海蜇皮、酒蒸全鸡汤等，还有一瓶红方威士忌，这一桌菜下的血本可不小啊！

席间叶欣妙语如花，句句都不显山、不露水，巧妙地吹捧着早禾，逗得岳明飞等人开怀大笑。岳明飞和销售部那几名职员似乎都在刻意无视、挤压朵朵，令她插不进话。朵朵索性缄口不言，默默品尝着美味佳肴。虽不时地面露微笑，却在内心升起强烈的孤立无援感。

酒过小半巡，大伙再次举杯共饮时，朵朵不小心将酒泼洒了一点在衣服上，她歉意地对大家笑了笑：“不好意思，我去洗手间清理一下。”

从洗手间回来时，朵朵刚推开门就听到身后有人叫她，回头一看，陆正中和一个文质彬彬、气质不凡、大约三十出头的男人走了过来。

“哈哈，林小姐，这么巧?”陆正中热情地和她打着招呼。

“是啊，真巧。陆总，您这是准备走还是刚来?”

“刚来，不过没贵宾房了，我正打算换个地方去吃饭呢。”

“不用换了，不如就在这一块儿吃吧?”

“哦，这……这方便吗?”

“没什么不方便，早禾你听过吧? 在深圳铝合金门窗这一块可是顶顶有名。今儿就是早禾销售部的岳经理做东，他们公司财力雄厚，他的口袋自然殷实，你就当打土豪吧!”

她说着莞尔一笑，拿眼瞟向岳明飞，碍着 Kevin 的面子，他只得起身讪讪笑道：“呵呵，小林的朋友就是我的朋友，何况多两个人不就是多两双筷子的事么，没什么不方便的，再说五湖四海皆兄弟嘛。”

“哈哈，那我们就不客气了，过几天陆某做东还请岳经理赏脸。”陆正中豪爽地一笑，和那男人一前一后走了进来。

那温文尔雅的男人是陆正中高薪聘请来的业务经理段青松，毕业于某重点名校，很得陆正中赏识。大凡创业者在创业阶段多能知人善用，只要是重要场合陆正中必定带着他，因为此人不仅有才，而且善于与方方面面的人士周旋。另外，还可以借他提升和装点公司与他自己个人的形象。

互换名片、简单寒暄几句后，陆正中和段青松便挨着销售部几名职员坐了下来。段青松笑着对朵朵说：“林小姐，上次你们公司制作的那批门窗业主验收后赞不绝口，又给我们介绍了几宗大单并指名要雅阁门窗，不想这会碰见你，不如等会儿咱们便把合同签了吧！哈哈!”

“噢，这可真是个好消息!”Kevin 冲朵朵摆了摆头，举起酒杯说：“林，祝贺你!”

“大家一起干吧!”朵朵笑盈盈地端起杯。

有了陆正中和段青松的加入，局面立时就逆转过来。朵朵不再有孤军奋战的感觉，段青松口才果然了得，他不时地插科打诨，逗得朵朵和 Kevin 开怀大笑。

岳明飞今日花重金置办酒席请 Kevin 来赴宴并搬来叶欣，其目的就是为了攻下假日海滩这单。没想到 Kevin 带来朵朵打乱了他的计划，现在半路又杀出两个程咬金来搅局，令他大为光火。

他悄悄给叶欣使了个眼色，叶欣心领神会地抿唇浅笑。从段青松夸雅阁门窗起，她就明白了朵朵先前是故意将酒泼在身上，好制造门口与他俩偶遇的那一幕。她明眸慢转扫了四周一下，说：“这儿的装修真不错，现在市场上存在的装修公司良莠不齐，稍不留神就会碰到一家没有信誉的街头装修公司，我一朋友就摊上这事，对方口舌生花说得天花乱坠，结果房屋装修好后一进门就呛鼻刺眼，搞得吃亏上当还投诉无门。”

“想不上当又保质保量就得找正规的大公司。”岳明飞立即接过话，“大公司良好的信誉和售后服务，会免除很多后顾之忧。”

销售部的几名职员纷纷出言附和。青松微微一笑说：“收房之后，就该为心爱的房子装修了，如何选择一个既放心又环保的装饰公司是非常重要的，引狼入室的往往是自己。叶小姐，告诉你身边的朋友，判断装修公司的好坏并不在其大小，而要看这家装修公司是否具有营业执照和资质证书及当年年检。即便是有名气的装修公司，也要到其固定的营业场所进行核对，这样就避免了吃亏上当投诉无门这类的事件发生。当确认要找哪家装修公司的时候，找朋友一起研究它的报价，以防上当受骗。尤其要注意报价的辅料，合同中一定要明确地注明辅料的品质和品牌。辅料要做到无毒无味，一家人的健康就在这儿了。”

“哈哈，你们谁见过一落地就会跑的小孩?”他一说完，陆正中就笑道，“人都是一天天长大的，公司也是一点点壮大起来的嘛。叶小姐，可别小看小公司呀，今日的小公司说不定就是明天的跨国大企业。”

“哟，陆总真是气魄不凡，我今日就借花献佛。”朵朵举起酒杯对陆正中说，“祝贵公司业务蒸蒸日上！财通四方！”

“好说，好说，有财大家一起发，哈哈。”陆正中起身，豪气冲天地邀大伙共饮，朵朵与青松自然立马起身附和。几人在席上你一言我一语地说得热闹不过，大有喧宾夺主之势，岳明飞当然不甘被人抢了风头，他迅速组织叶欣和手下几名精英向 Kevin 发起攻势。

无奈 Kevin 是房产开发商，对装修类话题显然更感兴趣，陆正中和青松的专业知识都非常过硬，尤其青松更是口若悬河，Kevin 与他相谈甚欢。而叶欣原本就是八面玲珑、善于察言观色之人，一番暗战下来，她发现朵朵和陆正中绝不容小觑，从 Kevin 对朵朵的态度上她也敏感地捕捉到了一点内容。因此，面对岳明飞频频抛来的暗示眼神，她开始装聋作哑，气得岳明飞在心里将他们的老母挨个问候了一遍。

朵朵对这个段青松很是赞赏，他在和 Kevin 的谈话中总是适时借业主之口替雅阁门窗做着宣传，他的口才不仅令朵朵暗竖大拇指，就连叶欣也心生佩服。

岳明飞尽管一肚子火，可他又不能在 Kevin 面前失了大公司的风度，因此始终保持面部微笑。他和几名手下时不时逮着机会就插上一两句话，欲扳回主动权，但每次都被青松巧妙地将话题又转到了装修上。

Kevin 在得知陆正中是四川人后，问起川剧里的变脸及一些民间艺术。说起这些，陆正中便滔滔不绝、眉飞色舞。岳明飞等人一个个气得怒火万丈，一顿饭下来，掏钱让他人做了秀，自己倒成了陪衬。

看着坐在 Kevin 身边笑靥如花、满面春风的朵朵，岳明飞深悔当初没及时把她从早禾一脚踢出去……

第五十八章　压力渐大

买好标书出来，
朵朵想了想，
又折转身进了写字楼。
每次 Kevin 总以私人时间不谈公事为由来搪塞她，
既然如此，
她就在工作时间找他谈好了，
刚看见那么多的竞争对手让她心里有些着了慌。

陆正中带着青松第二天晚上就摆宴请了 Kevin 和朵朵及白媚，酒足饭饱后他提议转移阵地去 K 歌。他和 Kevin 一起吼了几首四川民歌，Kevin 唱得怪腔怪调，他则五音不全，逗得朵朵和白媚捧腹大笑，差点乐翻！

Kevin 和陆正中唱够了话筒一扔，三个男人围着玻璃几案又开始了新一轮地拼酒。喝到兴头上陆正中衣袖一挽，嚷嚷着要青松陪他划拳。青松那样一个文质彬彬之人划起拳来竟有板有眼，颇有几分气势。一旦他赢了陆正中，白媚便拼命拍手叫好，朵朵这才发现她和青松似乎极有眼缘，于是凑到她耳根下悄声戏谑道："是不是看见王子骑着高头白马来了?"

"去你的。"白媚用肩膀撞撞她，轻声道："骑白马的就一定是王子呀? 也有可能是取经的唐僧。"

"你俩在嘀咕什么呢?"青松朝她俩瞄了瞄，拿着啤酒瓶一边往 Kevin 和陆正中杯里倒酒一边问道。

朵朵笑了笑："白媚说你划拳输了就要罚你唱支歌。"

"呵呵，我这人天生没有音乐细胞，不如你们俩唱支歌来听听?"

他这一提议得到 Kevin 和陆正中的大力支持。陆正中说："我们喝酒你们唱歌，大家开开心心乐它一晚上。"

"行，我俩合唱一首替你们助助酒兴。"朵朵拿过话筒递给白媚，"就唱隐形的翅膀吧！"

我终于看到所有梦想都开花……

她俩唱到这句时陆正中居然跟着哼唱起来，朵朵很纳闷他一半老头儿怎么会唱这流行歌的? 不禁拿眼瞟了他一下。陆正中捕捉到她眸中的疑惑，哈哈笑道："我女儿手机上的彩铃就是这几句。"

说着他欲起身再来吼几嗓子，被 Kevin 一把扯住：“划拳，划拳，等我多看几遍也来玩玩。”Kevin 对划拳表示出了极大兴趣。

他喜欢，陆正中和青松自然会耐心教他，财神爷嘛！昨天陆正中在香格里拉第一眼见到 Kevin 心里就在打鼓，他担心佩戴 Giorgio Armani 腕表、一身名牌、穿着讲究的 Kevin 难以接近，没想到担心完全多余。

Kevin 提出和陆正中过过招，为了让他开心，陆正中每赢两三次就故意不露痕迹地让他一局，喜得 Kevin 手舞足蹈，乐不可支。朵朵含笑看着他，觉得他有时就跟个大男孩似的单纯可爱。

十点多时 Kevin 手机响了，接完电话他耸了耸肩对大伙说：“噢，抱歉，我有事要先走一步，今晚我很愉快！谢谢！”说罢抛个飞吻就匆匆离去了。

“奇怪，这时候能有什么事？难道这会儿还有商务应酬么?”白媚疑惑地看向朵朵。

“问鬼，只有它知道。”朵朵抓起沙发上的手提袋说，“主角走了，咱们也聋子放炮——散了吧。”

回到家，朵朵鞋还没换掉就听高老太在房里有气无力地问道：“是朵儿回来了吗?”

“嗯，是我。”朵朵换上拖鞋准备回自己屋，听见高老太房里响起窸窸窣窣的声音，便立住脚朝高老太那边瞄了瞄。

高老太穿着一套纯棉格子睡衣愁眉苦脸地从房里出来，只短短两天时间，她脸颊上两团饱满的肉就失去了弹性，无精打采地往下耷拉着。

“妈，你怎么不睡了?”见往日精力旺盛的婆婆一下子憔悴成这样，朵朵鼻子不觉有些发酸。

“哎……哪里睡得着呀?”高老太靠在沙发上叹着气道，“那不争气的东西家没了，孩子不要了，就连这个家她也不回。下午你爸爸去找她，她班都没上，店长说她请了一个星期的假，也不知是不是病了?”

“你就是喜欢瞎操心。”妹儿从卧室出来说，“就算生病了，她那么大个人自己不会照顾自个儿啊？用得着你替她操那份心么?”

“哎，她是我身上掉下来的肉，我哪能不操心啊?”

“妈，你先去睡吧，明妍不会有事的。”朵朵在她背上轻轻拍了拍，一边用眼神示意妹儿回房去，别在这多嘴。

高老太担心明妍，不住地长吁短叹，朵朵一直陪在旁边柔声劝慰着她。转钟后，老爷子在他房里吼道：“你不睡觉也不让别人睡吗？难道要大家陪你到天亮不成?”高老太这才起身。

朵朵回到自己卧室一头倒在床上不想动弹，妹儿趴在电脑前研究开发他的游戏软件，见朵朵进来他回头看了看说："嘿，你不洗脸脚就睡吗？"

"太累了，不想动。"

"懒鬼。"

"谁说我懒，我只是不想动而已。"

"懒人都不想动，想动的就不是懒人。"

"哎，你说明妍好好的请一个星期假干吗去了？"朵朵翻身坐起。

"谁知道，管她呢。"妹儿关了电脑说，"睡觉。"

早晨第一缕阳光还没爬上窗棂高老太就起床了，眼里有着淡淡的血丝，显然一夜都没睡好。等朵朵和妹儿醒来，她已做好早餐摆在桌上去了菜市场。以往她买菜总要约上隔壁邻居周大妈，但从今天起高老太不打算再约她了。因为周大妈自打儿子离婚后一直闷闷不乐，可知道明妍也离了后她居然一下子就容光焕发起来，令高老太很不快。

这年头的人都是见不得别人家里好，巴不得你跟着一起倒霉才开心。

高老太悻悻地哼了声。

吃过早餐，朵朵匆匆收拾好碗筷，拎起包和妹儿跟在老爷子身后出了门……

车刚拐上滨海大道白媚就打来电话，她告诉朵朵要去和一个客户谈单，让朵朵去 Kevin 公司把标书买来。挂上电话朵朵对老爷子说："爸，我在华强北的地王大厦下。"

郑老爷子微微偏了偏头算做了回答。

妹儿笑了笑，伸手在朵朵一头柔亮的秀发上轻轻顺了顺。就这么一个随意的举动竟让朵朵心里莫名地涌上一股暖流。

她斜眸冲他绽放了一个温馨的笑容。

Kevin 公司采购部里挤满了前来购买标书的门窗公司人员，尽管朵朵一早就知道这单的竞争对手绝不会少，但见到这么多人还是吓了一跳。

买好标书出来，朵朵想了想，又折转身进了写字楼。每次 Kevin 总以私人时间不谈公事为由来搪塞她，既然如此，她就在工作时间找他谈好了，刚看见那么多的竞争对手让她心里有些着了慌。

待她找到 Kevin 办公室，女秘书微笑着告诉她，Kevin 有事外出不在。朵朵问他去哪儿了？什么时候回来？女秘书摆出一脸爱莫能助的表情。

这家伙到底上哪儿了？

第五十九章　心如乱麻

朵朵捧着那束红玫瑰心乱如麻，
在小区亭子里坐了会儿，
她终是将花留在了石桌上……
夜里她辗转反侧难以成眠，
不可否认 Kevin 对她极具诱惑力，
一个多金又帅气的副总不可能让她无动于衷，
何况后面还关联着假日海滩这单呢！

夜幕下的深圳壮观而美丽，到处都闪烁着璀璨夺目的霓虹，宽阔的街道上一辆辆小车宛如流淌的星河，沉浸在夜色里的深圳犹如珠光宝气的绝色美女，处处张扬着纸醉金迷的奢华。

一辆的士停在了“锦江饭店”门前，朵朵下车后踩着八公分厚的鞋底款款朝旋转玻璃门走去。

Kevin与一个金发碧眼的美女坐在临窗的位置不知在说着什么，见到朵朵，他赶紧起身招招手并替她拉开椅子。

“给你们介绍一下，这是我太太Alina，这是林朵朵。”

原来他早有了太太。

朵朵心里不知怎的有些不是滋味。

“噢，错了，Alina现在已不是我太太了，我们上午刚刚签了离婚协议。”Kevin眨了眨蓝眼珠，习惯性地耸了耸肩。

“很高兴认识你。”Alina的中文说得异常生硬，她笑眯眯地起身，张开两手热情地拥抱了朵朵，并在她左右脸颊上各吻了一下。

她这种打招呼的方式让朵朵有些不适应。席间Kevin和Alina不时谈笑风生，朵朵怎么看也觉得他俩不像一对刚刚离婚的夫妻。很多人嚷嚷着离婚后不做冤家做朋友，可真正做到的人朵朵还没见过。而且她心里有个疑惑，不明白Kevin夫妻吃分手饭拉她来做什么?

“林，你一定在心里纳闷我为什么今晚叫上你对吗?”Alina去上洗手间的时候，Kevin对朵朵说，“Alina昨晚到的深圳，等会儿就要飞回法国，她说走前想见见你，所以我就给你打了电话。”

“哦……”

可 Alina 怎么知道她？又为什么要见她呢？

朵朵本欲问，迎着 Kevin 深情的双眸又咽了回去，心里不禁感到一阵恐慌。

“待会儿和我一块去机场送她好吗？”

“唔……好……”朵朵心里乱极了，机械地点了点头。

在宝安机场，Alina 临上飞机前再次拥抱了朵朵，并在她耳边说：“祝你快乐！宝贝！”说完又和 Kevin 热情吻别。

从机场出来，Kevin 从后备箱里捧出一大束娇艳欲滴、包装精美的红玫瑰递给朵朵说：“林，请接受我最诚挚的爱。”

朵朵怔怔地望着他有些不知所措，脑袋晕乎乎的，她觉得自己目前迫切需要安静一下。

“林……你怎么了？”见她双目直直地盯着玫瑰花不言不语，Kevin 唇边的笑意渐渐隐去。

“你和……你和 Alina 为什么会离婚？”朵朵憋红脸答非所问地冒出一句。

“噢，我们彼此都觉得曾经的爱已消失，做朋友会更好。Alina 是百老汇的歌剧演员，她现在事业上开始有了点转折，她要把全部精力先集中在事业上。”

“可是这与你们的婚姻又有什么冲突呢？”

“没有冲突，只是大家都忙着各自的事业，聚少离多，爱情慢慢消逝，这时回到朋友关系让我们觉得更轻松。好了，还是来谈谈咱们的事吧。”Kevin 说完眼睛一眨不眨地盯着她。他这样的目光让朵朵有些无所适从，她嗫嚅道：“哦……我……我有点不舒服，你先送我回家吧！”

朵朵告诉他去南区月亮湾，她这样的反应是 Kevin 没想到的，他眸中有着些微受伤之色。一路上两人都默默无语，车轮压过地面发出的声音沉闷地辗在朵朵心上……

离家还有一站路朵朵就下了车，在她转身欲走时 Kevin 叫住了她：“林，你还没有答复我？”

“嗯……这太突然了，让我想想好吗？”

“噢，当然可以。”Kevin 一下子就咧嘴笑了。

Kevin 以为朵朵没马上答复是东方式的含蓄，所以心情大好，回去的路上他悠闲地吹起了口哨……

朵朵捧着那束红玫瑰心乱如麻，在小区亭子里坐了会儿，她终是将花留在了石桌上……

夜里她辗转反侧难以成眠，不可否认 Kevin 对她极具诱惑力。一个多金又帅气的副总不可能让她无动于衷，何况后面还关联着假日海滩这单呢！

可是，尽管Kevin令她有些意乱情迷，她也能感受到Kevin对她存在的那份好感，但她从未曾想过有一天Kevin会向她开口求爱，更未想过要放弃和妹儿的这段婚姻。虽说妹儿有诸多让她不满的地方，可绝对没有不满到让她产生离婚念头的份上。况且离婚也绝不是向Kevin说的那样轻描淡写，爱不在了、耸了耸肩、转过身就能做朋友。

西方重个人、重竞争；东方重社会、重和谐。西方人的价值观认为，个人是人类社会的基础和出发点，人必须为自己个人的利益而奋斗，为自己才能维持社会正义，爱自己才能爱他人和社会，为自己奋斗也是为他人和社会奋斗。有个人才有社会整体，个人高于社会整体。每个人应该表现出自己的个性，一个人越是表现出自我个性，越能体现人生的价值。

与西方个人高于一切的价值观相对立，儒家伦理价值观则以孔孟的仁义为核心，它强调社会第一、个人第二，个人利益应当服从社会整体利益。儒家伦理认为，只有整个社会得到发展、保持稳定，个人才能得到最大利益。当两者发生冲突时，应把社会利益放在第一位。与此同时，儒家伦理讲家庭和社会上的人际关系与道德标准，强调亲属之间、朋友之间应为一体，天下一家，讲群体意识。

东西方文化的差异决定了朵朵和Kevin对事物有着不同的看法。朵朵觉得离婚不是两个人的事，不是你俩说没爱了就可以大笔一挥而不顾及两边老人的感受。尤其高老太还没从女儿离婚这事的打击中恢复过来。如果她和妹儿的婚姻再有个风吹草动，这样的雪上加霜无疑会要了高老太的命。

虽说她和婆婆在生活中不断出现大大小小的磕碰，可长时间相处下来，朵朵慢慢感受到婆婆对自己还是很友爱的；公公尽管长年冷着张脸，实则对她也很好。朵朵忆起初进早禾时公公车上放着的那一大堆宣传册，还有早上妹儿那不经意地亲昵举动带给她的温馨感。

想到这，朵朵不觉翻身爬起，就着窗外漫进来的月色细细端详起妹儿熟睡的脸庞。一直以来妹儿仿佛就如空气一般自然地弥漫在她四周，很多时候她甚至感觉不到他的存在。

可人能没有空气吗?

她不由推了推妹儿，轻轻叫着他，妹儿含糊不清地嘟哝着："睡吧，大半夜的发什么神经呢?"说罢翻转身呼呼大睡。

"你就睡死吧！"朵朵气得一把拽过被子……

第六十章　招标在即

白媚轻轻吐了口气：
“那就先别和他说，
马上就要招标了，
等咱们有幸拿到这单再说不迟。”
朵朵心事重重地点了点头。

早上朵朵一踏进办公室，王雪雁就跳上来尖叫道："师姐，有人给你送来一大束红玫瑰。啊，你真是太幸福了！"

王雪雁这丫头每天都会提前来到办公室，打扫好卫生就给朵朵和白媚一人沏杯咖啡放在桌上。虽说她爱八卦，可为人倒还机灵，只要找准了队伍，凭她的小聪明在职场中倒也不难闯出一条升职的路来。

朵朵放下包拿起插在花中的卡片看了看，Kevin 用英文在卡片上写着："Good morning！"她暗暗叹了口气，转眸看见王雪雁桌上摆了本杂志便随口问道："什么杂志拿来我看看。"

"我先看看。"白媚踩着话音进来，从王雪雁手上拿过杂志扫了一眼说，"切，娱乐八卦，白痴才看，里面尽是一些被生活强奸得精神失真的文字。"

"给我吧，没人逼你做白痴，你可以选择不看。"朵朵上前欲从她手里抢过杂志。

"我乐于做个纯粹的白痴。"白媚手往后一扬，转个身迅速将杂志塞进了她包里。

朵朵伸出两个食指强烈鄙视她。

"咦，谁给你送的花？"白媚发现朵朵桌上的玫瑰愣了会儿，随即满脸喜悦地拉长声音道："哦——"

"师姐，送花的是不是上次那个很帅很帅的老外啊？"王雪雁趴在朵朵桌上一脸八卦地问道。

"不是，别瞎猜。"

"不管是不是，都让人羡慕。你和阿媚姐都让我羡慕死了，你们都跑下这么多单了。可我呢，至今在网上还只接到一个单，天天窝在办公室，花也没人送，唔唔……"

"你羡慕我做什么？我还羡慕别人呢。"朵朵白了她一眼说，"昨天我去迅达房产公司购买标书，看见那些大公司来买标书的经理一个个开着小车，意气风发的样子别提有多神气了。要是我也开着小车去的，公司有着十几个部门，我也就底气十足、不用惧怕他们了。"

"大公司又怎样？有什么好怕的？"白媚瞄了瞄她说，"我给你讲个故事，这是当年岳明飞讲给我听的。"

老鼠百变

丛林中有一只老鼠叫辉格，整日里闷闷不乐。它自感形象不佳，本领又小，生活在社会的最底层，看人家猫多神气啊！

苦恼的小老鼠辉格来到山神面前，再三哀求给予帮助，把它变成一只猫。山神爷最终被它缠不过，答应了它的要求。于是，小老鼠变成了一只神气的猫。

没高兴几天，又有了新的问题，原来猫怕狗呀。它又去求山神，把自己变成一只狗。可谁料，狗怕狼，于是它又跑去请求变成狼……

如此这般一路变化，小老鼠辉格终于变成了森林中最大的动物——大象。

辉格昂首挺胸，在丛林中漫步巡视，威风凛凛，动物们见了它都低头哈腰，恭恭敬敬，辉格心中别提多高兴了。

可没过多久，辉格又有了一个新发现，大象最怕的竟然是老鼠。这时它眼中最伟大的形象又变成了老鼠，于是它又跑去哀求山神爷……

白媚告诉朵朵这则故事的营销启示就是：羡慕别人是没有用的，因为每个人都有弱点。只有自信，才有勇气打败竞争对手！说完她伸出手和朵朵击了一掌说："加油，为了咱们共同的梦想一起努力！"

过了会儿两人从办公室出来，白媚用胳膊碰了碰朵朵："那花是 Kevin 送的吧？他向你示爱了？"

"别提这茬，我现在心乱如麻。"说到这事朵朵就皱眉头。白媚将她拉进附近一家茶楼说："这事确实让人有些纠结，你怎么打算的？"

朵朵捧起茶杯轻轻叹了口气。

"你老公人看着不错，不过 Kevin 的条件确实强过他不少。"白媚顿了顿，看着她小心翼翼地问道："你没告诉 Kevin 你有老公了吧？"

朵朵摇了摇头。

白媚轻轻吐了口气，“那就先别和他说，马上就要招标了，等咱们有幸拿到这单再说不迟。”

朵朵心事重重地点了点头。

白媚看看她又道：“你喜欢 Kevin 吗?”

“不知道。我突然发现自己弄不清爱和喜欢的定义。我老公一直对我很好，长久以来我心安理得地享受着他对我的好，这都成了一种习惯了。”

“那 Kevin 呢? 你对他是什么感觉?”

朵朵睫毛闪了闪，眸中满是迷茫：“他总是轻易就能让我心跳，我老公从未带给我这种感觉，可我也从没想过要离开我老公。”

朵朵又将昨晚的事说给了白媚听，然后幽幽道：“他对婚姻的看法我不能理解，一句爱不在了就可以分手，前妻刚上飞机后脚就向别的女人求爱。”

白媚笑了笑说：“不同文化背景造就不同的观点，你是在担心和 Kevin 好后，一旦过了爱情保鲜期他又会变是吗?”

“我没想那么远，我一直以为爱是件很简单的事，可现在发现似乎不对。就说我公公婆婆吧，我一直认为他们之间没有爱，只是一对平淡的夫妻。但后来通过某件事我发现自己错了，他们不是没有爱，而是彼此懂得包容和体谅，爱似乎以很多种不同的方式存在，而有些我们平时可能难以觉察到。昨晚我仔细想了想，和我老公在一起我很放松，我可以在脸上顶着面膜时自然地面对他。而和 Kevin 在一起就不行，每次去见他我都得精心装扮自己，我必须时刻把自己最美好的一面展示在他面前。”

“那是因为你在乎他、你喜欢他、你重视他，对吗?”

朵朵点了点头又摇了摇头，“我不知道，我现在脑子一团乱，我从没想过要放弃现在的婚姻，可早上收到他的花又让我摇摆不定。”

“呵呵，有人说，聪明的女人就要嫁一个爱自己的男人，然后再找一个自己爱的男人好好谈场恋爱。可那都是瞎扯淡，一旦爱得要死不活了双方都会想着要跳进爱情的坟墓，但是鱼与熊掌可不是那么好兼得的。所以我说，真正聪明的女人是要既懂得争取自己想要的，又要令自己不受到伤害。还有……”白媚迟疑了会儿接着说：“你想过没有，如果选择 Kevin，意味着你将来有机会定居海外哦!”

定居海外?

这对朵朵确实是个巨大的诱惑。

第六十一章　听天由命

朵朵将一切和盘托出后垂下眼帘静静等待着他的咆哮，
等了片刻不见动静，
她不由抬眸望向 Kevin，
两人默默对视良久，
Kevin 嘴角慢慢浮起一抹嘲笑。
他冷冷地逼视着朵朵："这么说，
从头到尾你对我都没有任何感觉，
只是为了那张单对吗？"

“坏了，坏了。”高老太慌忙关掉燃气灶，跑到客厅将手里的一包鸡精递给郑老爷子说：“你快去下面‘人人乐’超市把这包鸡精的钱付掉，我揣在兜里给忘了。”

“瞧你这记性！”老爷子接过鸡精慢吞吞地走去门口换鞋。

“爸，你这是去哪呢?”朵朵回来在小区碰见他顺嘴问了声。

“去前面有点儿事。”郑老爷子面无表情地点了点头。

到家换过鞋，朵朵去厨房洗手，顺便又问高老太：“妈，要吃饭了爸又跑出去做什么?”

“哎，我在小区外面的‘人人乐’超市买了包鸡精忘给钱了，让他去付一下。”

“哟，妈，你什么时候提高觉悟了?”朵朵打趣道。

因为高老太从前历来是以占小便宜为乐的。

“我在想是不是自己平时没积德，老爱占小便宜，所以老天爷让明妍离婚来报应我?”

“什么报应不报应，那都是迷信。”

“管它迷信不迷信，反正以后我是不占小便宜了，本本分分做人，不该自己的不去想，为儿女积点德。”高老太将锅铲来回用力扒拉了几下对朵朵说，“给我拿个碟子来。”

朵朵打开厨柜取出碟子递给她，然后怔怔地望着高老太出神。刚才高老太那几句话让她颇有几分触动，本本分分做人，不该自己的不去想，简简单单的话却似乎蕴涵了深刻的道理。

看着因明妍的事瘦了一大圈、还要为一家人一日三餐操劳的婆婆，朵朵突然有落泪的冲动。

“你没事杵在这儿做什么?”高老太扭头瞅了她一眼问道。

“哦……我看看有什么需要我帮忙的?”

“不用，不用，你在外面跑一天也累了，现在家里吃饭人少也没多少事，不用你帮忙，快去休息吧，等浩子回来就可以吃饭了。”

朵朵眼圈微红，赶紧转身回了房，这些天她一直为感情上的事纠结着。以前她厌烦一大家子人挤在一块，总想着要搬出去。可现在少了明妍一家，她又开始怀念从前的热闹了。

一想到选择 Kevin 就要离开这个家，家里的一桌一椅都变得温馨起来。有时晚上她想好要放弃 Kevin，可早上到了办公室看见他每天送来的玫瑰又会摇摆不定。

这会儿朵朵在房里翻出影集，一张张看着她和妹儿合拍的相片，往事像幻灯片一样一幕幕在脑海里浮现。每次和妹儿上街他一准走在马路外边，生怕她被来往车辆辗到。朵朵知道他心里是非常渴望有个孩子的，每每妹儿看似无意地和她说起某某同事又喜得贵子或千金时，眼里流露的羡慕都表明了他内心的想法，可他却从不开口向她提出来。

是的，他的爱不像 Kevin 一样来得火热，让人热血沸腾，但细品他的爱，却如一股清澈见底的小溪流，缓缓淌过你的心田，悄悄滋润着你的每一寸肌肤……

“啪”地合上影集，朵朵抓过梳子匆匆梳了梳长发，拿起包跑到厨房对高老太说：“妈，我有事出去一下，不用等我吃饭了。”说完就“蹭蹭蹭”地跑了……

朵朵选了家幽静的酒吧，因为不是周末，所以人不多。朦胧昏暗的灯光交织出一派徜恍迷离的气息。

“Sorry，我来晚了。”Kevin 气宇轩昂地走来，眸中满载着笑意。一看见他，朵朵的心就不可遏制地“砰砰”乱跳，她暗暗深吸口气，她今天必须告诉他一切，否则她害怕自己在他的鲜花攻势下失去免疫力。

“Kevin，你还记得咱们第一次相识的情景吗?”

“噢，当然记得，也是在酒吧里。”Kevin 笑了笑，可随即他似乎醒悟到什么，看着朵朵，笑意一点点从他唇边消失。

缘起酒吧，也缘灭酒吧，她是这意思吗?

“Kevin，我很抱歉，其实一开始接近你我是带有目的性的。”

“哦，继续说下去。”Kevin 脸色变得严肃起来。

朵朵将一切和盘托出后垂下眼帘静静等待着他的咆哮。等了片刻不见动静，她不由抬眸望向 Kevin，两人默默对视良久，Kevin 嘴角慢慢浮起一抹嘲笑。他冷冷地逼视着朵朵：“这么说，从头到尾你对我都没有任何感觉，只是为了那张单对吗?”

“不，不是这样的，这么说对你对我都不公平。”

“哦?”Kevin 双手抱臂探究地看着她，“马上就要招标了，你为什么选择现在告诉我实情，而不是等到招标以后呢? 难道你打算放弃那单吗?”

“不，这单对我的公司很重要，我原本还打算星期六带你去工厂看看，因为我准备找些人来冒充我的工人，我想让你看看雅阁的实力。”

“嗯哼，往下说。”

朵朵倒吸了口气，稳了稳心神，缓缓道：“在我今晚约你来时就已决定放弃那种做法，我不能欺骗一个真心向我求爱的人。我要本本分分做人，踏踏实实创业! 还有……我想告诉你的是，雅阁完全有实力接下假日海滩这单，我们的师傅都是从早禾过来的熟练工人。”

“你现在跟我说这些是还在指望我能把这单交给你们来做吗? 你凭什么认为我会相信一个曾经想投机取巧骗取我信任的人?”

“你也说了是‘曾经想’对不对? 我最终并没有把它付诸行动。”迎着他犀利并带有一丝冷酷的目光，朵朵坚定勇敢地说道，“Kevin，帮帮我，我是真的很需要这单，为了创业我不仅欠有银行的贷款，还借了一大笔钱，我真心希望你能帮我。”

Kevin 面无表情地看着她，半晌从牙缝里挤出句：“对不起，我无能为力。”

甩下埋单的钱，他头也不回地掉头而去……

“Kevin——”

朵朵追到门口，Kevin 身形顿了顿，尔后便决绝地钻进了车里。

夜色下，朵朵立在街头，痴痴地看着黑色林肯渐渐远去……

白媚知道后将她一通臭骂，骂她脑子进水、坏掉了。当初拉她合伙，一来看上了她的能力，二来不就是冲着 Kevin 对她有好感么。可如今眼看招标在即，这个笨女人居然挑这节骨眼上和 Kevin 闹僵，气得白媚想骂娘。但她到底没骂出来，因为白媚太了解朵朵，一旦你骂了她娘，她势必会跳起来骂你娘、骂你外婆、骂你外婆的外婆，会变本加厉地骂回来。

现在朵朵之所以一声不吭将她一通臭骂老老实实消化掉，是因为朵朵自知丢了这单，银行贷款可能不会按期还上，所以才低眉顺眼任她发泄。

白媚气归气，骂过一通解了气，冷静想了想，两人一同创业，凡事还是应当以和为贵，和气才能生财嘛? 何况两人一起经历了磨难，总不能为了一单便伤了和气，失了斗志。要想在商场上战败强大的对手，首先内部就绝不能产生任何矛盾。

想通后，她反过来安慰朵朵：“算了，咱们还是努力去争取那单，至于拿不拿得下听天由命吧!”

第六十二章　招标大会

“相比同类产品，
你们觉得自己的产品具备哪些优越性？
请简单扼要地说说。”
朵朵从包里拿出一截铝合金料头从容不迫地道：
“我们具备同类产品目前尚没有的一个优势，
这是我们师傅最新研制出来的45度接角的门扇，
它要比90度接角的门扇承重力强，
而且更为美观。”

招标这天，朵朵和白媚在Kevin公司的电梯里撞见岳明飞。他西装革履地带着销售部的施凡走进来，他仿似没看见白媚，只似笑非笑地和朵朵打着招呼："嗨，小林，这么巧？噢！对了。"他扯了扯领带装做恍然大悟的样子说："你是来竞标的？嘿嘿，就你们那么个小公司也敢来竞标？有这闲工夫还不如到处去转转，看能不能接下一两个小单，跑这来纯属瞎耽搁工夫。"

白媚眼睛朝上瞟了瞟自顾接过话道："公司再小也是自己的，拿不下单无所谓，就当是凑凑热闹，反正上面又没有老板会怪罪下来。"

"有劳岳经理还替我们操着这份心，祝您好运！"朵朵扯着白媚出了电梯。

"神气个什么劲?"施凡冲着她俩背影嘀咕道，岳明飞气得一张脸都绿了。

会议厅里已聚集了大批前来竞标者，朵朵和白媚找了个位置坐下。白媚瞥了眼随后进来的岳明飞，有些不屑地对朵朵说："这男人犯起小心眼来比女人更甚，我原本还想着和他打声招呼，可谁知他倒摆出那么副姿态来。"

"谁让你从前是他手下爱将来着？你若没跳出来，今天他也不用亲自出马了吧?"

"切，如果马失前蹄，余旺财那有他受的。"白媚说着用手拍拍她肩膀悄声说，"快看，刚走进来那三人，他们都是正雄公司的，那高个穿浅灰色斜条纹西装、拿着文件夹的就是正雄的金牌销售员罗大伟。"

朵朵顺着她的目光看过去，忧心忡忡地道："阿媚，你说咱们是不是真有点不自量力了?"

白媚用眼神居高临下地扫了她一眼说："是有点。但是如果你不是那么笨的话就没有。"

朵朵赏了她一胳膊肘儿。

会议厅里人渐渐越聚越多，闹哄哄的。熟识的人热情地打着招呼，大家都戴着虚伪的面具相互说着假惺惺的恭维话，心里却都恨不得将对方拉下马摔得血肉模糊再踏上两脚才好。

看着这大场面，朵朵心里有些发怵，甚至有打退堂鼓的念头。白媚则镇定多了，她毕竟不是头一次经历这样的场面，只不过以往她是代表早禾出席。因为早禾在门窗行业那是占翘楚地位，所以过去出现在这种场合她通常都是自信满满的。而今天则不同，雅阁一个名不见经传的小公司谁知道呀？说实话，自从知道朵朵和 Kevin 闹僵了，她对这单就不再抱有大的希望。这几天她打过 Kevin 很多次电话想约他出来谈谈，无奈都被他一个“忙”字给打发了。

这次招标采取的抓阄排号，抓完阄大家退到休息室，然后念到谁的号谁再进去，中标的公司会在第二天收到通知。

朵朵抓到的是十九号，忐忑不安地等了许久才轮到她俩。再次跨进会议室就看见 Kevin 正襟危坐在长形会议桌的正中，两边各坐着几名经理级别的人物。

白媚将标书放在桌上，和朵朵依次坐了下来，旁边一人收过标书交到 Kevin 手上。他低头看完标书然后一脸公事公办的样子问道：“相比同类产品，你们觉得自己的产品具备哪些优越性？请简单扼要地说说。”

朵朵看了看白媚，暗示她由自己来说。朵朵是个很奇怪的人，她就像那种大赛型选手一样，没上台前心里没谱，可一旦正式上了台反而从容不迫了。她从包里拿出一截铝合金料头说：“我们具备同类产品目前尚没有的一个优势。这是我们师傅最新研制出来的 45 度接角的门扇，它要比 90 度接角的门扇承重力强，而且更为美观。”

这是王师傅研制出来的，在早禾时他就曾提出过能不能将 90 度接角改为 45 度，遭到了工厂头头们的讥笑。他们认为那是产品开发部技术人员的事，轮不到一个生产工人来指手划脚。

王师傅到了雅阁后念念不忘此事，利用空闲时间他用废弃料头做成了 45 度接角的门扇。朵朵和白媚看后都觉得确实要比 90 度的接角好看，至于承重力是不是真的要强一点还有待考究。她俩决定先把它拿到招标会上露露脸，至少有个和同类产品不同的地方可以拿来说事，就是作为一个亮点也是好的嘛！

朵朵将料头放在桌上往前推了推，Kevin 拿在手里反复看了看说：“除此之外你们还有什么优势呢？”

“比同类产品的价格要低，售后服务好，而且产品更环保。”

Kevin 勾起嘴角揶揄道：“人人都说自己的产品最环保，可环保不是靠上下嘴皮说出来就算数的。”

朵朵不慌不忙地道："乌龟和兔子谁跑得快？有人会说兔子，也有人会说是乌龟。实际上，无论大小快慢，这些动物们依然在地球上生存着。同样的道理，无论大企业的市场占有率有多高，也无论小企业占有率有多低，都同样要在市场竞争中生存。怎么样生存呢？我们雅阁目前虽说是一家名不见经传的小企业，但我们讲的是以诚信为本，这就是我们生存的法宝。所以，不环保、质量不过关的产品我们是坚决不会让它出厂的。"

Kevin盯着她，眼里渐渐聚拢丝丝嘲笑，似乎在提醒她：你还敢提诚信，别忘了你曾打算弄虚作假糊弄他。

朵朵则毫不畏惧地用目光回答他：为什么不敢？我最终不是向你坦白了一切么？

两人无言片刻，Kevin才偏头对身边的人说："好了，叫下一位。"

从招标会出来，白媚问朵朵，"你觉得咱们有希望吗？"

"不知道。"朵朵拍了拍她后背说，"咱们已经尽力争取了，拿不到也没办法，我今天还有两个地方要去量尺寸，下班前公司见，拜拜！"

朵朵量完两个地方的尺寸又去几个楼盘转了转，然后跑去福田一家建材超市收款。这些超市各专柜的老板自己多是没有加工厂的，他们从业主手中接下单再转到各大门窗公司定做。朵朵走进门窗区听见一家专柜传出争吵声，其中一人声音听着有几分耳熟，她不由加快步子走了过去。

"我这里有原始的传真单，你自己看看，这个平开门明明标的是左把手，你给我做成了右把手，这样业主肯定会拒收，你做错了就要返工，凭什么让我另外加钱？这么做生意，以后谁还敢在你那下订单啊？"店主将手里的图纸拍在桌上冲一年轻男子吼道。

朵朵一见那男子便愣住了……

第六十三章　成功中标

第二天，
朵朵刚到办公室就接到 Kevin 公司打来的贺电，
有那么一秒她觉得自己大脑处于缺氧状态，
她几乎不敢相信自己的耳朵，
没想到心心念念惦记了大半年的单终于砸在了她头上。

话说小宋盗走雅阁的设备和型材，就与他表弟在布吉租间民房自己做起了老板。但生意一直不太好，一个门的把手明明给人家做错了方位，返工重做他居然提出要加收返工费。人家老板又不是二百五，当然不肯加，因此两人发生争执而引来了朵朵。

当朵朵带着几名保安出现在小宋面前，他那张脸一下就定格成了一个大大的惊叹号，在心里连连哀嚎这世界太小。

朵朵对他嘲讽道："看来你在半山腰并没有找到直升机空降到山顶，而是跌下了万丈深渊啊!"

小宋垂着头，面如死灰。

与此同时，明妍失魂落魄地回到了家里，高老太一见，立即忙着给她收拾房间铺床叠被，一句责备的话也没说。明妍倒在床上失声痛哭……

晚上九点多，朵朵和白媚才从公安局出来，设备和大部分型材被追了回来。这样，即使 Kevin 公司那单拿不下，银行欠款也能按期还上了，她俩均感到心理压力减轻了不少。

回到家，朵朵一进门就发现明妍的鞋子放在鞋架上，她正欲叫明妍，就被高老太一把拉进房里。

"妈，明妍什么时候回来的?"

"哼，这个死东西差点就回不来了。她请了一星期假带那个二流子跑到海南去玩，还把卡号密码告诉他，结果早上起来发现人财两空。这个二百五，身上项链、手机什么的都被洗劫一空。"

"那她是怎么回来的?"

"好在兜里还有点钱没被拿走，否则她哪里回得来啊?"

“人回来就好，咱们也别再为过去的事说她了。”

“我就是为这个特地嘱咐你们，浩子打电话说要晚点回来，电话里我不好和他说，等他回来你记得提醒他别在明妍面前说长道短。”

朵朵笑道：“放心吧，我们都不会说她的，这人谁没个磕磕绊绊的时候?”

“哎，嘟嘟爸要是能和她破镜重圆，你再让我抱上个小孙子，我这辈子就没有遗憾了。”

“好，我答应你，明年争取让你做奶奶。”

“真的? 哎呀，那我就放心了。”高老太乐颠颠地跑去找老爷子了。

妹儿十点多才回来，他回来时朵朵正在游览雅阁的网页，妹儿关上门手里举着一个绿壳文件夹喜笑颜开地对她说：“老婆，咱们要发了!”

“发什么? 发神经吧!”朵朵没好气地瞪他一眼，“老实交待，跑哪鬼混去了?”

“和一个投资商一块吃饭来着，你看看这是合同，我设计的一款游戏有人看中了，如果这款游戏火了我可不就是要发了么?”

朵朵闻言赶紧打开文件夹认真看了看，看罢不由乐道：“怎么今天尽是好事呀?”她这才将小宋一事说与妹儿知晓，妹儿听后搂着她连声说：“真没想到你一直背负着这么大的精神压力，我居然一点都没觉察到，我这老公做得可真失职。”

“那你怎么将功补过呀?”朵朵扬眸娇嗔地斜睨着他。

“你说吧，只要我能办到的。”

“嗯……我想想。”朵朵抱着文件夹想了想，尔后偏着脑袋笑道：“等你赚到钱了带我出国旅游吧?”

“没问题，带你去越南见见世面。”

“去你的。”朵朵举起文件夹往他头上拍去。

朵朵此时没想到还有更好的事在等着她!

第二天她刚到办公室就接到 Kevin 公司打来的贺电，有那么一秒朵朵觉得自己大脑处于缺氧状态，她几乎不敢相信自己的耳朵，没想到心心念念惦记了大半年的单终于砸在了自己头上。

“阿媚，我不是在做梦吧?”

“当然不是，今晚公司请客，咱们好好乐一乐。”白媚笑得合不拢嘴。

王雪雁兴奋得在边上嚷道：“师姐，阿媚姐，接了大单咱们公司该扩张了吧?”

朵朵颔首笑道：“当然得扩张，首先工厂里就要招人手，然后立马成立销售部门。”

“师姐，我强烈要求成为雅阁销售部的第一个职员。”

白媚说：“雪雁，很多人看不起我们销售人员，总认为销售员是没有能力的人做的事，他们宁可一个月坐在办公室拿2000～3000元的基本工资，也不愿意做销售挑战高薪。你天天待在办公室风吹不着、雨淋不着的不好吗，干吗非得削尖脑袋往销售部里钻呀?”

王雪雁撇了撇嘴说：“那些不愿做销售的是因为他们怕吃苦、怕拒绝、怕努力得不到回报，所以宁可选择安稳的工作。可是你看看那些买车的、买房的、办公司的人，有几个不是做过销售的呢？就说你和师姐吧，你们不都是做销售的么?”

“呵，雪雁，看不出你还蛮有野心的嘛。”朵朵打趣道，“看来你以后也准备做老板哈。”

“嘻嘻，我倒是想做老板，可我哪有那本事呀？我只想学好销售拿高薪，目前的死工资还不够我花的。”

白媚拍了拍她肩膀笑道：“想做老板就得先学会销售，因为这是离老板最近的一条路。做销售你最大的收获不仅仅是销售产品的提成，而是你具备了销售产品的能力，这种能力是你一生的财富。一次性提成再高也是有限的，拥有了持续赚钱的能力，这才是创业成功的保障。很多人想做老板却又不敢做销售，他们有做老板的梦想却没有做销售的勇气，可是如果你连产品都卖不出又怎么做好一个老板呢？所以，你若是有以后自己创业的打算，选择做销售就是正确的。”

“阿媚姐，你就别取笑我了，我哪做得了什么老板，自己创业我连想都没想过。我最大的野心嘛……嘻嘻，日后能做到雅阁的销售经理就谢天谢地了。哈哈。”

“嗯，你这野心还真是有点大，好好努力吧！”朵朵和白媚相视一笑。

华灯初上之际，朵朵、妹儿还有白媚等人聚在一家高档的湖南湘菜馆里，王、郑两位师傅也来了，朵朵欲招服务生来点菜，白媚笑着说不急，还有客人未到。

朵朵问她还请了谁？白媚笑而不答。

直到青松捧着一束玫瑰气喘吁吁赶到时朵朵才恍然大悟。她抿唇暗笑，这两人还真是闪恋啊?

“青松，假日海滩的清洁单你们拿到了吗?”朵朵问。

“哦，Kevin说清洁单包给了装修公司，他另给我们介绍了几套别墅的装修单，陆总说改天请你和阿媚吃饭。”

“Kevin是谁?”妹儿随口问朵朵。她心微微跳了跳，正不知如何做答，白媚就笑盈盈地冲他俩举起了杯，并悄悄跟她眨了眨眼……

尾声

Kevin 临上飞机前对朵朵说：

“希望我再来中国时雅阁已成为顶尖的门窗公司。”

“谢谢，祝一路平安！”

飞机起飞后，

朵朵仰头望着天空，

晚霞飘在空中宛如一条条彩练，

摇曳多姿，

又如朵朵绽开的玫瑰，

姹紫嫣红……

在朵朵和Kevin初次相识的酒吧内，Kevin一脸落寞地唱着一首名为“bressanone”的英文歌。

here I stand in bressanone
with the stars up in the sky
are they shining over brenner
and upon the other side
you would be a sweet surrender
I must go the other way
and my train will carry me onward
though my heart would surely stay
wo my heart would surely stay……

这歌散发着淡淡的忧郁，朵朵静静看着他，心里弥漫着浅浅的离愁。Kevin即将回国工作，下午五点四十分的飞机，走前他约朵朵来到初次相识的酒吧，自招标会后俩人一直未再相见。他唱完下来朵朵问他：“还会再来中国吗?”

“会的，因为我喜欢中国。”

接下来两人都不知该说什么，下午酒吧内的人寥寥无几、冷冷清清，两人默默喝着酒，时间一分一秒慢慢流逝……

“我该去机场了。”Kevin看了看表起身说。

“我送你。”

Kevin临上飞机前对朵朵说：“希望我再来中国时雅阁已成为顶尖的门窗公司。”

“谢谢，一路平安！”

飞机起飞后，朵朵仰头望着天空，晚霞飘在空中宛如一条条彩练，摇曳多姿，又如朵朵绽开的玫瑰，姹紫嫣红……